U0936573

汉译世界学术名著丛书
（120 年纪念版·珍藏本）
出 版 说 明

2017 年 2 月 11 日，商务印书馆迎来 120 岁的生日。120 年前，商务印书馆前贤怀揣文化救国的理想，抱持“昌明教育，开启民智”的使命，立足本土，放眼寰宇，以出版为津梁，沟通中西，为中国、为世界提供最富智慧的思想文化成果。无论世事白云苍狗，潮流左右激荡，甚至战火硝烟弥漫，始终践行学术报国之志，无改初心。

迻译世界各国学术名著，即其一端。早在 20 世纪初年便出版《原富》《天演论》等影响至今的代表性著作，1950 年代后更致力于外国哲学和社会科学经典的译介，及至 1980 年代，辑为“汉译世界学术名著丛书”，汇涓为流，蔚为大观。丛书自 1981 年开始出版，历时三十余年，迄今已推出七百种，是我国现代出版史上规模最大、最为重要的学术翻译工程。

丛书所选之书，立场观点不囿于一派，学科领域不限于一门，皆为文明开启以来，各时代、各国家、各民族的思想与文化精粹，代表着人类已经到达过的精神境界。丛书系统译介世界学术经典，引领时代思想，为本土原创学术的发展提供丰富的文化滋养，为推动中国现代学术和现代化进程做出了突出的贡献。

为纪念商务印书馆成立120周年，我们整体推出“汉译世界学术名著丛书”120年纪念版的珍藏本，寄望既利于文化积累，又便于研读查考，同时向长期支持丛书出版的译者、编者和读者致以敬意。

两甲子后的今天，商务印书馆又站在了一个新的历史时间节点上。我们不仅要铭记先辈的身影和足迹，更须让我们的步伐充满新的时代精神。这是商务人代代相传的事业，更是与国家和民族的命运始终紧密相连的事业。我们责无旁贷，必须做好我们这代人的传承与创造，让我们的努力和成果不仅凝聚成民族文化的记忆，还能成为后来人可以接续的事业。唯此，才能不负前贤，无愧来者。

商务印书馆编辑部

2017年10月

谨以此书缅怀恩师林志纯（日知）先生

（1910.11.11—2007.11.14）

导　论

一

本书所言《吉尔伽美什史诗》(为简捷起见，以下有时简称《史诗》)，指用阿卡德语创作、用楔形文字书写在十二块泥版上、以吉尔伽美什为主要人物的长篇叙事诗。

吉尔伽美什是古代苏美尔城邦乌鲁克(Uruk)的国王，大约生活在公元前2900—前2800年间。乌鲁克即《旧约圣经》中的以力(Erech)，地处两河流域冲积平原南部，位于现在的伊拉克境内，遗址叫瓦尔卡(Warka)，由德国考古学家发掘。两河流域指幼发拉底河和底格里斯河流域，古希腊人称这个地区为美索不达米亚(Mesopotamia)，意为“河流之间(的土地)”。所以，这个地区的古代文明也被称为美索不达米亚文明，包括苏美尔文明、阿卡德文明、巴比伦文明、亚述文明和古波斯文明。

吉尔伽美什的各种传奇故事以口头形式在民间流传了几个世纪，到了乌尔第三王朝时期(约公元前2100—前2000年)，其中的一些故事开始以文本形式流传。乌尔第三王朝的统治阶层是苏美尔人，官方语言是苏美尔语，因此，这些文学作品都用苏美尔语书写，每个作品讲一个独立的故事，如《吉尔伽美什、恩启都与冥界》和《吉尔伽美什与天牛》。

到了古巴比伦时期（约公元前1800—前1600年），有人根据这些独立的苏美尔语短篇故事，用古巴比伦时期的官方语言阿卡德语，或称巴比伦语，即阿卡德语的巴比伦方言，创作了包括多个不同故事的、歌颂吉尔伽美什的长篇叙事诗。这便是最早的把不同故事汇编在一起的古巴比伦版《吉尔伽美什史诗》。

又历经几个世纪的流传、发展和演变，大约在公元前1300年前后，又有人根据用苏美尔语书写的、歌颂吉尔伽美什的几个独立故事以及用阿卡德语书写的古巴比伦版的《吉尔伽美什史诗》，用阿卡德语再改编创作了一部长篇叙事诗，写在十二块泥版上，这就是本书翻译和介绍的《吉尔伽美什史诗》。这部写在十二块泥版上的《史诗》绝不仅仅是对已有相关材料的取舍和改编，它在很大程度上是再创作。在这位作者的改编和再创作下，人类历史上第一部长篇史诗——十二块泥版的《吉尔伽美什史诗》——诞生了。这个历经长期发展演变而形成的标准版《史诗》至少比西方史诗经典《荷马史诗》早了六七个世纪，而早期歌颂吉尔伽美什的那些苏美尔语独立叙事诗要比《荷马史诗》早千余年。《史诗》情节连贯而跌宕起伏，人物性格鲜明生动，语言朴实优美，更有现世与冥世通联，人与神直接对话，想象丰富，哲理深刻，不但是美索不达米亚文学史上的瑰宝，也是世界文学史上的璀璨明珠。

“吉尔伽美什”（Gilgameš）这个名字是阿卡德语书写形式，源自苏美尔语的“比尔伽美什”（Bilgames），意思是“老人（bìl-ga）

（成了）年轻人（mes）”。这个名字显然不是得自父母的乳名，而是后人根据吉尔伽美什的经历给予他的、能够反映吉尔伽美什渴望长生之愿望的名字。针对吉尔伽美什的名字，《史诗》这样写道：“吉尔伽美什，他叫这个名字从出生之日起”（第一块泥版第47行），这表明，对吉尔伽美什这个名字的来历，不但今人感到困惑，古人也有同样的困惑。所以，《史诗》特别为读者释疑。当然，《史诗》作为文学作品，尤其是一半神话、一半写实的作品，讲的也许是真情，也许是虚构，今人已难辨真伪。可以肯定的是，没有任何文献证明吉尔伽美什还有其他名字。

公元前4000年代末至3000年代初的乌鲁克是当时世界上最发达的国家，在经济、宗教、政治、文化、建筑、艺术各个领域都取得了非凡成就。乌鲁克人发明的文字——楔形文字（cuneiform writing）是迄今已知最早的成熟文字，距今有五千余年。20世纪初德国考古学家发掘乌鲁克遗址时，发现五千多块泥版，有的保存完好，有的略有破损，有的破损严重，内容大多数是类似今天账簿的经济文献，年代在公元前3200—前2900年之间。这些泥版不但记载了当时的经济活动，如神庙农副产品的收支情况，还记载了当时在各个领域取得的成就。这批文献中的《百工表》表明，距今五千年前，乌鲁克就有了百余种不同职业，社会分工非常细致；《容器表》罗列了116种不同功能、不同形制的容器，不但显示了当时制陶工艺高度发达，更显示了当时人们对生活品质的追求；《鱼表》记录了百余种鱼，可能包括不同种类的鱼和不同吃法的鱼，一方面显示了餐桌美食丰盛，另一方面也体现了当时人们对自然界的认知程度相当高。这类辞书文献还包括《飞禽表》《猪

表》《植物表》和《树木表》等。然而，尽管这个时期文明如此发达，文字也如此成熟，却没有留下任何历史文献。因此，这个时期的历史人物都成了“无名英雄”，这个时期的社会发展状况也无法详细描述。

公元前1900年前后，苏美尔“历史学家”编写了一个“王表”，现代学者称之为《苏美尔王表》，其中涉及早期乌鲁克历史。《苏美尔王表》把乌鲁克的历史追溯到乌鲁克第一王朝，年代大致相当于公元前2900—前2800年。据《苏美尔王表》记载，这个王朝的前五位国王分别是麦斯江伽舍尔（Meskiaggašer）、恩美卡（Enmerkar）、卢伽尔班达（Lugalbanda）、杜牧兹（Dumuzid）和吉尔伽美什。吉尔伽美什在这个王表中榜上有名，是这个王朝的第五代国王，据说统治了126年。《苏美尔王表》是可以信赖的史料，虽然记载早期历史时过于夸大统治者的统治年代，但就各王朝国王名字和国王序列而言，王表的记载基本符合历史事实。所以，没有理由不相信吉尔伽美什是乌鲁克第一王朝第五代国王，是真实的历史人物。除《苏美尔王表》外，也有其他历史铭文可以证明吉尔伽美什是真实的历史人物。

吉尔伽美什死后不久便被神化。在公元前2400年前后的早王朝晚期，苏美尔地区的许多城邦都建立了吉尔伽美什神庙，把吉尔伽美什当作神来崇拜。随着乌尔第三王朝的建立，苏美尔文明进入鼎盛时期。这个王朝的国王为提高自己的政治地位，称吉尔伽美什为“兄长”，把自己置于仅次于吉尔伽美什的地位。这个时期，吉尔伽美什对后世君王产生的影响达到顶峰，正是在这个时期，讴歌吉尔伽美什英雄事迹的叙事诗相继问世。

美索不达米亚历史年表

年代（公元前）	朝代	特点/关键词
3200—2900	乌鲁克IV—III	国家、文字、高度文明
2900—2800	乌鲁克第一王朝	恩美卡、吉尔伽美什
2800—2500	早王朝（I）	乌尔王陵
2500—2350	早王朝（II—III）	拉迦什、温玛、城邦联盟
2350—2100	阿卡德帝国（王朝）	统一帝国、萨尔贡（I）、阿卡德语为官方语言
	古提人统治	外族入侵
2100—2000	乌尔第三王朝	苏美尔复兴、《乌尔娜玛法典》、苏美尔文学创作高峰
2000—1850	伊辛-拉尔萨时期	《李皮特伊什妲法典》
1850—1600	古巴比伦时期	统一帝国、《汉穆拉比法典》、阿卡德文学创作高峰
1550—1150	凯喜特王朝	《吉尔伽美什史诗》
1157—1000	伊辛第二王朝	尼布甲尼撒（I）
1000—625	新亚述	亚述巴尼拔图书馆
625—539	迦勒底王朝	尼布甲尼撒（II）
559—331	古波斯帝国	三语铭文、希波战争
323—30	希腊化时代	巴比伦尼亚地区仍保持传统书写方式

乌尔第三王朝是最后一个由苏美尔人掌握统治权的强大帝国。这个时期有时被称为“苏美尔复兴”，原因在于此前统治阿卡德帝国的阿卡德人和古提人对苏美尔人而言都是外族，而且作为

官方语言的苏美尔语曾一度被阿卡德语取代。“苏美尔复兴”的重要标志之一是这时的苏美尔文学创作迎来了春天。大部分脍炙人口、流芳千古的苏美尔文学作品都创作于这个时期，包括被现代学者称为“苏美尔史诗”的作品。史诗是以历史人物为讴歌对象的叙事诗，苏美尔史诗歌颂的对象都是乌鲁克第一王朝的国王。目前已知歌颂乌鲁克第一王朝国王的史诗有九部，其中四部歌颂的是第二位国王恩美卡和第三位国王卢伽尔班达，即《恩美卡与阿拉塔王》（*Enmerkar and the Lord of Aratta*，见2006年出版的拙著《升起来吧！像太阳一样——解析苏美尔史诗〈恩美卡与阿拉塔之王〉》）、《恩美卡与恩苏克什达纳》（*Enmerkar and Ensuhkešdanna*）、《卢伽尔班达与恩美卡》（*Lugalbanda and Enmerkar*）、《卢伽尔班达与胡鲁姆山》（*Lugalbanda and Mount Hurrum*）。其余五部歌颂的对象是吉尔伽美什，即《吉尔伽美什与阿伽》（*Gilgameš and Agga*）、《吉尔伽美什与胡瓦瓦》（*Gilgameš and Huwawa*，有A和B两个不同版本，阿卡德语多称“胡瓦瓦”为“洪巴巴”）、《吉尔伽美什、恩启都与冥界》（*Gilgameš, Enkidu, and the Nether World*）、《吉尔伽美什与天牛》（*Gilgameš and the Bull of Heaven*）以及《吉尔伽美什之死》（*The Death of Gilgameš*）。在歌颂吉尔伽美什的五部作品中，除《吉尔伽美什与阿伽》外，其余四部都是阿卡德语版《吉尔伽美什史诗》取材的源泉，它们的内容在《史诗》中多少都有所体现。可以肯定，歌颂乌鲁克第一王朝国王的作品绝不止这九部。

有关乌鲁克第一王朝的史料很少，除《苏美尔王表》提供了有限的信息外，再无其他相关史料。《苏美尔王表》在讲到乌鲁克第一王朝的第一位国王时说：“麦斯江伽舍尔入海上山”，大概指他的足迹南及波斯湾，东至伊朗境内的扎格罗斯山，或他率领军队远征这些地区；关于恩美卡，《苏美尔王表》说他是“建立乌鲁克之人”；关于吉尔伽美什，《苏美尔王表》只说他的父亲叫什么名字，从事什么职业，对吉尔伽美什的功绩未置一词。从其他史料可以得知，吉尔伽美什建造了乌鲁克城墙，这在十二块泥版的《史诗》中也有所反映。尽管现代学者对乌鲁克第一王朝所知甚少，但毫无疑问，在苏美尔人心中，这个王朝是个伟大的王朝，这个王朝的国王，至少前五位国王，都是伟大的君王，是后世君王的典范，是大智大勇的象征，堪为文学讴歌的对象：恩美卡发明了文字，运筹帷幄，不战而屈人之兵；卢伽尔班达发明击石取火，且能独自一人日行千里；而吉尔伽美什膂力过人，翻山过海，无所不能，只是不能获得永生。这些文学形象背后一定有真实的故事，或者说真实的故事被演绎和放大后成为文学形象。

乌鲁克第一王朝较“乌尔王陵”（即20世纪初由英国考古学家吴雷〔C. L. Woolley〕主持发掘的、出土大量金银器的乌尔王陵）代表的乌尔第一王朝（约公元前2700年）稍早一些，在大的历史框架中，他们属于同时代。乌鲁克第一王朝和乌尔第一王朝可能是同宗同族的两个王朝，乌尔王陵遗址出土的大量金银器大概也可以折射出乌鲁克第一王朝的富裕程度，乌尔第一王朝实行的人殉制（乌尔王陵中的一个墓室竟有72人陪葬）完全可能始于吉尔伽美什。乌尔第三王朝时期的文学作品不去歌颂乌尔第一王朝的先王，而偏偏歌颂乌鲁克第一王朝的国王，恰好说明乌鲁克第一王朝强于乌尔第一王朝，也说明乌尔第三王朝的国王更认同乌鲁克的先王是自己的先祖，认为这个王朝诸位国王的丰功伟绩更加可歌可泣。

乌尔第三王朝代表了苏美尔文明的巅峰，但这个巅峰期只持续了短暂的一个世纪。到乌尔第三王朝，楔形文字已经使用了一千两百多年。所以，在这个时期出现文学创作高潮，出现大量优秀的文学作品也是文明发展之必然。苏美尔人是感情丰富、热爱生活且极具精神创造力的民族，在千余年的文化积淀基础上，在乌尔第三王朝这个苏美尔人独霸四方的圣朝中，文学激情得到爆发式释放，也理所当然。

乌尔第三王朝只持续了短暂的一个世纪，在东面的埃兰人和西面的阿摩利特人的夹击下很快灭亡了，最后一个国王甚至成为入侵者的阶下囚，被俘往埃兰。这个时期的文学作品保存下来的甚少，现存的苏美尔文学作品几乎都是古巴比伦时期或更晚的抄本。

吉尔伽美什是苏美尔人，他讲的语言是苏美尔语。苏美尔人是不是两河流域南部的原始居民，目前仍有争议。苏美尔文学就是用苏美尔语书写的文学，并非指苏美尔人创作的文学。苏美尔语属于哪个语系？目前仍不能确定。苏美尔语有黏着语的特点，也有作格语的特点，但和现在任何已知的语言都没有亲缘关系。因此，目前尚不能把苏美尔语归属于任何一个已知语系。阿卡德语是最早的塞姆语，属于东塞姆语，这一支已经绝迹。现在还在使用的塞姆语或属于西塞姆语，如希伯来语，或属于南塞姆语，如阿拉伯语。十二块泥版的《吉尔伽美什史诗》就是用阿卡德语书写的，或更确切地说，是用阿卡德语的巴比伦方言书写的。

不论是苏美尔语文献，还是阿卡德语文献，使用的文字都是楔形文字。楔形文字产生于公元前3200年，由苏美尔人创造，就目前发现的考古材料判断，可能由乌鲁克人创造。苏美尔人创造的文字有单字和合字两种，单字都是象形字，或象意字，合字由两个或两个以上单字组成，组合的原则有会意、形声以及会声，此外还有一些指事字，即在单字基础上加一个指事符号来指明方位的字。一个单字或合字就是一个形、音、义的综合体。在功能层面，楔形文字往往一形多音多义，在表达语言时，多数单字和合字都用来表意，少数用来表音。总的说来，苏美尔人创造的文字体系属于表意为主、表音为辅的表意文字，即西方学者所说的word writing，或logographic writing system。

公元前2600年前后，也就是在楔形文字产生几百年之后，出现了最早的用苏美尔语书写的文学作品。乌尔第三王朝时期，苏美尔文学创作达到巅峰。之后，苏美尔人失去统治地位，苏美尔语逐渐被阿卡德语取代。古巴比伦时期，阿卡德文学（或称巴比伦文学）创作迅速成熟，并达到创作高峰，现在已知的苏美尔文学作品也几乎都是这个时期的抄本。

在阿卡德帝国时期，阿卡德人虽然用苏美尔人创造的楔形文字书写阿卡德文献，但由于阿卡德语与苏美尔语的语言结构完全不同，阿卡德人完全改变了用字方式，或者说改变了楔形文字的功能，把苏美尔人的表意文字用为音节文字，结果是文字的外形未变，功能已然不同，也就是说，表面上看都是楔形文字，而实际上，内在的运作方式发生了根本性变化。古巴比伦时期的巴比伦人以及亚述人和迦勒底人等都继承了古阿卡德时期（阿卡德帝国）的用字方式，即把多数字用为音节字，音节字中间夹杂表意字。表意字基本都采用“训读”方式阅读，即原来的字形和字义不变，但采用阿卡德语中固有的同义词的发音，如：阿卡德语中的“国王”读作 šarrum，但往往用苏美尔楔文表意字 LUGAL（即苏美尔语中的“国王”，苏美尔语读 /lugal/）书写。直到公元前 1 世纪还有人用阿卡德语（巴比伦语）和楔形文字创作文学作品。可见，楔文文学（包括苏美尔文学和阿卡德文学）至少有两千五百多年的历史。

楔文文学的体裁非常丰富，除史诗外，还有神话、颂诗、教谕、谚语、谜语、寓言、争论以及书信体文学，等等。乌尔第三王朝时期，文学作品常被放在“图书馆”里集中收藏。为了便于查阅，当时的泥版管理者（相当于现在的图书管理员）还编写了图书目录，取文学作品中第一行中的第一个单词或第一个词组作为文学作品的标题，再将这些标题按照泥版的实际排列顺序书写在一块一块的泥版上。这种书写不同文学作品标题的文献被现代学者称为“文学目录”（literary catalogue）。最初发现这种文学目录泥版时，学者们茫茫然不知所以然，不知这种文献为何物。后来发现，泥版上书写的都是某文学作品的第一个字或第一个词组，而这种把不同作品的名称排列在一块泥版上的文献无异于现代的图书编目。例如，《恩美卡与阿拉塔王》的古代题目是 uru gu_4-huš，uru 的意思是“城市”，gu_4 的意思是“牛”，huš 的意思是“野”，连起来就是“城市，野牛”，这是这部作品的第一个词组，也是这部作品的标题。再如，《吉尔伽美什、恩启都与冥界》的古代名称是“在那日”（即 u_4-ri-a），取的是首行“在那日，在那遥远之日”（u_4-ri-a u_4 sù-rá re-a）的第一个短语。《吉尔伽美什与胡瓦瓦》（A）的古

代名称是“王……前往那人居住之山”（en-e kur-lú-tìl-la-šè），取的也是首行“王决定前往那人居住之山”（en-e kur-lú-tìl-la-šè géštug-ga-ni na-an-gub）的第一个短语。

把作品的第一个单词或词组作为该作品的标题的做法有一个很大的好处，即便于查找。古代摆放泥版的方式，就像我们今天摆放卡片一样，竖着排列，作品的开头部分朝上。所以，取第一个单词或词组作为作品的题目，查找时可一目了然地看到第一行。可以说，这是人类历史上最早的图书管理学，也是非常科学和非常实用的，有了这类文学目录，现代学者才对某些文学作品的古代名称有了了解。在没有发现文学目录之前，现代学者只能用现代名称称呼古代文学作品。发现文学目录后，有些学者开始使用古代名称，如何抉择，全凭个人喜好，与学术水平无关。大概由于这种编目方式既实用又先入为主的原因，在楔文文学（包括苏美尔文学和阿卡德文学）史上，一直没有产生能够概括内容或反映作品主题的题目。在中国文学史上，以首行首词语作为文学作品题目的命名方式主要用于诗歌，而且主要见于古代，表面上与楔文文学的做法相似，实则有很大不同。

巴比伦人继承了苏美尔人的传统，也把文学作品的首句第一个词组作为该作品的名称。《吉尔伽美什史诗》古代名称有两个，一个是“超越万王”（*šūtur eli šarrī*），一个是“见过深海之人”（*ša naqba īmuru*，或用“海”的复数，即 *ša naqbī īmuru*）。这两个题目代表了不同时代的两个版本，“超越万王”指古巴比伦版，而“见过深海之人”指十二块泥版的中巴比伦版本，即标准版《史诗》。它们分别是两个版本的首句首词组。十二块泥版的《史诗》主要是根据出土于亚述巴尼拔（Assurbanipal，公元前669—前627年）图书馆的泥版复原的。在新亚述时期，十二块泥版的《吉尔伽美什史诗》也被称为“吉尔伽美什系列”（*iškar Gilgameš*）。

把《吉尔伽美什史诗》称为“吉尔伽美什系列”的文献也出土于亚述巴尼拔图书馆，这篇文献是一篇特殊的文学目录。之所以特殊，是因为该文献不但罗列了几十篇阿卡德文学作品的名称，还在作品名称后面列出了作者的名字。因此，这篇楔文文献成为人类历史上最早标注作者身份（即著作权）的文献。在“吉尔伽美什系列”之后，文献继续写道：“出于辛雷克乌尼尼之口”（*ša pî* ^{md}*Sîn-lēqi-unninni*）。有证据表明，“出于某人之口”相当于现在所说的“出于某人之笔”，或“出于某人之手”。[①]这篇文献明确告诉我们，“吉尔伽美什系列”的作者是辛雷克乌尼尼，[②]而这里的“吉尔伽美什系列”指的应该就是十二块泥版的《吉尔伽美什史诗》。

在我们今人的常识中，标明作品的作者很正常，是必需的，也是规则。然而，在苏美尔和阿卡德文学那里，情况恰恰相反。从公元前26世纪出现楔文文学作品，到公元前7世纪早期[③]出现这块专门收集作者名称的泥版，这中间有近两千年的时间跨度，

---

① W. G. Lambert, “A Catalogue of Texts and Authors”, *Journal of Cuneiform Studies* 16/3 (1962)，第62页，第VI栏，第10行；关于“某人之口”的含义见该文第72页。

② ^{md}*Sîn-lēqi-unninni*，这个名字可有两种解释：其一，“辛啊，请接受我的恳求”；其二，“辛（是）接受恳求的人”。

③ W. G. Lambert, “A Catalogue of Texts and Authors”, *Journal of Cuneiform Studies* 16/3 (1962)，第76页。

其间产生的文学作品，保守估计也应该有几千部/篇，目前已知的只是其中的一小部分。在已知的楔文文学作品中，标明作者的作品寥寥无几。

现在已知楔文文学作品的最早作者，当然也是人类历史上最早宣布自己是某作品的作者之人，叫恩黑杜安娜，[①]她是阿卡德帝国的缔造者萨尔贡（Sargon，公元前2334—前2279年）的女儿，萨尔贡建立帝国后，任命她为乌尔南纳（Nanna，月神）神庙的最高祭司。她在这个位置上任职几十年，大概在任职期间的晚期，用苏美尔语创作了一些文学作品。[②]这个时期的官方语言是阿卡德语，她自己的母语也是阿卡德语，但她却用苏美尔语创作，目的可能是为了笼络苏美尔人的人心。乌尔一直是苏美尔文化的重镇，在阿卡德帝国时期，苏美尔人处在阿卡德人的统治之下，但他们仍保持着自己的文化传统，仍然讲苏美尔语，恩黑杜安娜用苏美尔语创作文学作品显然可以收到更好的政治效果。一个母语为阿卡德语的人竟然能用高雅流畅的苏美尔语创作文学作品，说明至少在巴比伦尼亚，阿卡德人和苏美尔人在文化上已经深度融合，融合的结果是阿卡德人几乎完全接受了苏美尔文化，包括宗

① 她的名字在楔文文献中写作 en-hé-du$_7$-an-na（有时也写作 en-hé-du$_{10}$-an-na），意为“恩（祭司），天之装点”，或“恩（祭司），安（神）之装点”。苏美尔语的名词在形式上没有阴、阳性之别，en既可指男祭司，也可指女祭司，在此应该指女祭司，指恩黑杜安娜自己。

② 恩黑杜安娜至少创作了四部作品，即《伊楠娜和埃比赫》（古代名称：in-nin-me-huš-a，意为“拥有凶道的伊楠娜”）、《愤怒的伊楠娜》（古代名称：in-nin-šà-gur$_4$-ra）、《万道之女王》（古代名称：nin-me-šár-ra）以及《神庙颂》（古代名称：é-u$_6$-nir，神庙名称，意为“塔庙”）。

教、文字（有所变化），甚至语言。恩黑杜安娜用苏美尔语创作的事实表明，她至少精通两种语言，母语阿卡德语和对她而言属于非母语的苏美尔语。这种双语现象不是个例，而是普遍存在于古代美索不达米亚文明中的文化现象。阿卡德人（或更广义一点说，塞姆人）至少从公元前3000年开始，就与苏美尔人共同生活在两河流域南部，即后来希腊人所说的巴比伦尼亚，两个“民族”在长期交融中，形成了一种被现代学者称为“文化共生”[①]的现象，阿卡德人应该普遍会讲苏美尔语，苏美尔人也应该普遍会讲阿卡德语。这种现象至少持续到伊辛-拉尔萨王朝。恩黑杜安娜无疑是这种“文化共生”的产物，也是维系和促进这种“文化共生”的代表。

像苏美尔文学的情况一样，阿卡德文学作品标明作者的也属凤毛麟角。根据英国亚述学家兰伯特（W. G. Lambert）的统计，可以从作品本身确定作品作者的阿卡德文学作品只有两篇，一篇是神话《埃拉》（*Erra*，或 *Era*），另一篇是被学术界称为《巴比伦神正论》（*The Babylonian Theodicy*）的藏头诗。[②]在亚述学家的著述中，《埃拉》也常被称为“史诗”，全诗长750余行，是一部大作，作于公元前750年前后，书写在五块泥版上。第五块泥版的内容相对较少，在接近结尾处的第42—44行，作者写道：“卡布提伊利

① 德国学者埃扎德称之为Kultursymbiose，在语言层面，称之为Sprachsymbiose，见 D. O. Edzard, “Altbabylonische Literatur und Religion”，见 Pascal Attinger / Walther Sallaberger / Markus Wäfler（主编）：*Mesopotamien, Die altbabylonische Zeit,* Teil II, Orbis Biblicus et Orientalis 160/4, Academic Press Fribourg, Vandenhoeck & Ruprecht Göttingen, 2004, 第570页及注释327。

② W. G. Lambert, “Ancestors, Authors, and Canonicity”, *Journal of Cuneiform Studies* 11/1 (1957), 第1页。

马都克（Kabti-ilī-Marduk），达比比之子，是泥版编撰者。夜里梦中得之，次日醒来记之，没有丝毫增减。”[①]

《巴比伦神正论》的作者没有这么直白，他把自己的名字隐藏在藏头诗的“头”中，默默地等待后人去发现，这一等就是近三千年。在阿卡德文学中，还有其他藏头诗，已知的几首均非常短，所“藏”内容一般仅仅一个单词而已，而《巴比伦神正论》由27个诗节组成，每诗节包括11行，这样，全诗近300行，比一般的叙事诗还长。27个诗节中藏了27个音节，这27个音节表达了一个完整的句子，这句被“藏”的完整句子是：“我是萨吉尔基纳姆乌比布（Saggil-kīnam-ubbib），驱魔祭司，神与王的宠儿。”[②]以这种方式宣布作者身份的例子，在楔文文学中绝无仅有，仅此一例。

在这三个例子中，用苏美尔语创作的恩黑杜安娜把自己称作“把口（传）与泥版结合在一起的人”（lú-dub-ka-kéš-da）[③]，并进一步强调“我之创造，前无古人”。[④]对我们今人而言，这是最早的“原创声明”！毫无疑问，恩黑杜安娜的作品是原创，她不是把已有文本进行编纂的人，但她可能采用了一些民间口头文学素材。用阿卡德语创作《埃拉》的卡布提伊利马都克称自己是“编撰者”

① W. G. Lambert, “The Fifth Tablet of the Era Epic”, *Iraq* 24 (1962)，音译见第122页，翻译见第123页。

② W. G. Lambert, *Babylonian Wisdom Literature*, At the Clarendon Press, Oxford, 1960，第63页；全诗音译和翻译，见第69—91页。

③ 薛伯格把lú-dub-ka-kéš-da译为“泥版编纂者”（“the compiler of the tablet”），见Å. W. Sjöberg /S. J. Bergmann, *The Collection of the Sumerian Temple Hymns*, J. J. Augustin Publisher, New York, 1969，第49页，第542行。笔者认为，这样解释不准确，应该释为“把口（ka）与泥版（dub）结合者（kéš-da）”。

④ níg ù-tu lú na-me nam-mu-un-ù-tu, 同上注，第43—44行。

（*kāṣir kammêšu*，字面意为“将其泥版联结在一起的人”）[1]，这个自我定位可能符合事实，也就是说，他像《吉尔伽美什史诗》的作者一样，是在已有文本基础上进行编辑和再创作的人。这两个例子恰好反映了楔文文学（指文本文学）产生的两种方式：原创和编撰。原创首先指一个人或几个人首创的表达思想、情感、哲理，反映社会现实或虚构世界的作品，也包括那些在民间口头传说基础上形成的文本；编撰指编辑已有文本，同时在此基础上进行再创作。《巴比伦神正论》以藏头诗的形式标明作者身份的方式，不典型，属特例。

为什么苏美尔文学作品和阿卡德语文学作品几乎都匿名？为什么不标明作者？这可能有三个原因。

第一，书吏在两河流域文化中的定位首先是书匠，与木匠、铁匠、皮革匠等属于一个阶层，都是手工艺者，这应该是传统定位。但书吏毕竟与其他工匠不同，政府的管理型官员和神庙祭司基本都出身书吏。随着社会的进步，书吏的地位越来越高，书吏的种类也越来越多。但在一些涉及职业的文献中，他们还是经常与手工艺人并列在一起。手工艺人一般都不在自己的产品（如石雕、金银器、陶器）上留名，在古代美索不达米亚几千年的文明史上，“物勒工名”的例子可能比作品署名的例子还少，至少迄今为止还没有发现任何器物上有用楔文书写或刻勒“工名”的情况。早期文献或是账簿式经济文献，或是表格式字表或词表文献，书

① W. G. Lambert, “The Fifth Tablet of the Era Epic”, *Iraq* 24 (1962)，第 122 页，第 42 行。

吏书写泥版，更多需要手巧，需要动手能力，而不是精神或语言方面的创造力。所以，在文学作品产生之前（截止到公元前2500年），书吏们不会认为自己做的工作是创造性劳动，更不会有作者意识和著作权意识。即使在文学作品产生之后，由于已经形成的传统或养成的习惯具有惯性的缘故，他们也不会产生作者意识。

第二，大部分文学作品，尤其是叙事文学都来源于民间，都经历了口口相传阶段，而后才于某时形成文本。即使是首次将这种口传文学记录下来的人，即使他在记录时可能掺入了自己的加工和演绎，甚至创新，他（或她）也不会写上自己的名字，因为他会认为自己记载的东西是先贤，或先王，甚至是神灵所赐，根本不是自己的东西，更谈不上原创。新亚述时期的作者目录把许多作品的作者归于某先贤、某先王或某神，可以作为这一推测的依据。在上面列举的几个例子中，《埃拉》作者卡布提伊利马都克宣称自己的作品是“夜里梦中得之，次日醒来记之，没有丝毫增减”，对我们现代学者而言，这个宣示很重要，因为我们因此而确切知道了这部作品的作者。对这位作者而言，他想告诉读者的恰恰不是自己的著作权，而是神的著作权。他在梦中得到启示，醒来记之，为神传之，这大大增加了作品的神秘性和神圣性。这要比说自己如何呕心沥血创作了这部作品高明得多，深刻得多。恩黑杜安娜的情况也是一样，她宣布自己是某作品的作者，目的不在于表明自己的作者身份，而在于向神表白自己在用这种书面形式赞美神，诚惶诚恐，毕恭毕敬，以求得神的恩宠。

第三，没有必要宣示著作权。这应该是三个原因中最重要的。没有作者意识，是因为没这种必要，社会没有这种需求，学者没

有这种追求。对古代作者而言，宣示著作权既没有经济利益，也没有精神安慰，没有任何意义；对读者或听众而言，作者是谁不是他们关心的问题，他们关心的只是作品的内容。总之，在两千余年（公元前3200—前1000年）的书写史中，苏美尔人、阿卡德人、古巴比伦人、凯喜特人一直没有产生作者意识和著作权意识，偶尔有标明作者的情况，但目的也不是为了宣示“版权”。

公元前9世纪，情况有了变化。亚述巴尼拔图书馆出土的作品与作者目录表明，那时出现了作者意识。这位目录编辑者收集了几十部/篇作品，并在作品名称后面给出了作者的名字，包括先贤欧阿涅斯（Oannes）、先王恩美卡、智慧神埃阿（Ea）以及普通人作者。在这些普通人作者中，或给出了作者的职业和所属城市，或在职业和所属城市基础上又追加了父辈的名字，相当于交代了作者出身于什么家庭。[①]

那篇作品与作者目录文献的编辑者为什么要编辑这样一篇文献？编者自己对此没有任何交代。这符合古代美索不达米亚文明产出的各类文献的一个共同特点，即只告诉你是什么，不告诉你为什么，不说来源，不谈目的，更不言意义。尽管如此，我们还是可以依据一些基本事实做出一些判断。一个最基本的事实是，时至公元前9世纪，楔文书写已经有两千余年的历史，字表或词表文献的历史更长，从文字发端以后就一直未间断。乌尔第三王朝时期出现文学目录，古巴比伦时期开始出现大量双语“辞书”，

① W. G. Lambert, “A Catalogue of Texts and Authors”, *Journal of Cuneiform Studies* 16/3 (1962)，第59—77页；作者身份，见第74—75页。

而到了公元前一千纪之后，双语辞书更加丰富，开始出现大量“说文解字”文献和大量注疏文献，表明这个时期的学术特点出现新的变化，出现考证、溯源的势头。作品与作者目录就是在这样的学术背景下产生的，目的是为那些一直匿名的作品找回作者，这是专门考证作品作者的研究。这位“无名氏”文学史研究者是人类历史上第一个具有作者意识并从事作者研究的人。他是否在自己的研究成果之上签了自己的名字，这个不得而知，因为这篇文献破损严重，至少在残留部分看不到有留名的迹象。

也是在这篇目录文献上，《吉尔伽美什史诗》及其作者榜上有名。此文献把《史诗》称为“吉尔伽美什系列”，认为辛雷克乌尼尼是其作者。这是唯一一篇讲到《史诗》作者的文献。可见，《史诗》作者是后人追溯的，不是作者在作品上留下的。一般说来，只要是有文献证据，即便是孤证，只要是古人留下的，就不应该对证据有所怀疑。但辛雷克乌尼尼的情况比较特殊：虽然这篇文献言之凿凿地说他是“吉尔伽美什系列”的作者，但他的名字还出现在其他文献中，而且不同文献对他有不同说法。乌鲁克遗址出土了一批塞琉古时期（公元前312—前64年）的楔文文献，书写年代在公元前300—前150年间，其中很多文献都有文末题署（即西方学者所说的colophon），而附上文末题署的主要目的就是要告诉人们泥版书写者的名字、职业和出身，相当于现在的“版权页”。至少有13个人在文末题署中自称是辛雷克乌尼尼的后裔，[①]他们

① W. G. Lambert, “Ancestors, Authors, and Canonicity”, *Journal of Cuneiform Studies* 11/1 (1957)，第4页。

或从事动物饲养业，或是祭司，或是书吏。[①] 塞琉古时期的另一篇文献把辛雷克乌尼尼的生存年代追溯到了吉尔伽美什时期，说他是吉尔伽美什统治时期的“学者”（*ummiānu*）。[②] 在那篇作品与作者目录文献中，许多作者的头衔都是“学者”。*ummiānu* 是阿卡德语借词，借自苏美尔语的 um-mi-a，基本意思是“工匠、专家”，引申为“学者、（学术）大师”或“校长”之类。辛雷克乌尼尼这个名字还出现在古巴比伦时期的书信中。[③] 这些文献把辛雷克乌尼尼搞得神神秘秘，扑朔迷离，使现代学者无所适从，困惑不已。他是历史人物？还是传说中的人物？抑或是一个文化符号？各种说法似乎都有一些依据。但大多数学者还是倾向于认为辛雷克乌尼尼是历史人物，生活在凯喜特时期的中后期，是标准版《史诗》的作者。这一说主要有两个依据：第一，他的名字具有明显的中巴比伦时期，即凯喜特时期的特点；第二，古巴比伦版《吉尔伽美什史诗》流传到中巴比伦时期就再也见不到了，而公元前1000年后出现多种阿卡德语标准版的校订本，这说明标准版《吉尔伽美什史诗》形成于中巴比伦时期，更何况这个时期是文学创作和学术研究的高峰期，许多文学作品的正典化都形成于这个

① Paul-Alain Beaulieu, “The Descendants of Sîn-lêqi-unninni”, 见 J. Marzahn / H. Neumann / A. Fuchs（主编）, *Assyriologica et Semitica: Festschrift für Joachim Oelsner anläßlich seines 65. Geburtstages am 18. Februar 1997*, Ugarit-Verlag, Münster, 2000，第5页。

② 同上页注2，第4页。

③ A. R. George, *The Babylonian Gilgamesh Epic: Introduction, Critical Edition and Cuneiform Texts*, Oxford University Press, New York, 2003，第29页，注释81。

时期。[①]

按照逻辑推理，辛雷克乌尼尼在改编和创作《史诗》时，依据的主要版本应是古巴比伦时期成文、把吉尔伽美什的不同传说贯穿在一起的阿卡德语版《吉尔伽美什史诗》。截至目前，在所有已知古巴比伦时期成文的阿卡德语版《吉尔伽美什史诗》泥版中，只有两块比较完整，而且属于同一个“系列”。根据收藏地点，这两块泥版分别被命名为“宾夕法尼亚泥版”（缩写为P）和“耶鲁泥版”（缩写为Y）。“宾夕法尼亚泥版”的文末题署明确写道：“此为‘超越万王’之第二块泥版。”“耶鲁泥版”的文末题署没有保留下来，但泥版讲述的内容与“宾夕法尼亚泥版”恰好衔接，因此，可以肯定“耶鲁泥版”是这个系列的第三块泥版。第三块泥版的内容止于吉尔伽美什和恩启都从乌鲁克出发，准备前往雪松林。从故事情节看，“耶鲁泥版”的结尾相当于十二块泥版《史诗》的第三块泥版的结尾。第二块泥版之前应该还有第一块泥版，这是确定无疑的。第三块泥版之后也应该还有第四块或更多泥版，但究竟这个系列由多少块泥版组成，不得而知。

二

除“宾夕法尼亚泥版”和“耶鲁泥版”两块比较完整的泥版外，

① Paul-Alain Beaulieu, “The Descendants of Sîn-lêqi-unninni”, 见 J. Marzahn / H. Neumann / A. Fuchs（主编）, *Assyriologica et Semitica: Festschrift für Joachim Oelsner anläßlich seines 65. Geburtstages am 18. Februar 1997*, Ugarit-Verlag, Münster, 2000, 第4—5页。

目前还发现了许多同时期但不属于这个系列的《吉尔伽美什史诗》残片，这说明，古巴比伦时期，除这两块泥版代表的系列外，还有其他版本的《吉尔伽美什史诗》。出土于西帕尔（Sippar）的一块泥版讲述的内容有吉尔伽美什和船夫一起造木舟去见乌塔纳伊什提姆（Ūta-na'ištim）的情节，相当于十二块泥版《史诗》的第十块泥版讲述的内容，表明十二块泥版《史诗》包括的大部分内容在古巴比伦时期已经有了文本形式。但目前尚不能确定，哪些被编成了系列，哪些独立成篇。

纵观目前已知古巴比伦时期所有涉及《吉尔伽美什史诗》的泥版残片，可以看到，那时的《吉尔伽美什史诗》几乎涵盖了后来的十二块泥版《史诗》的所有母题，有的明确体现在保存完好的诗文中，显而易见；有的则可以根据保存下来的内容按图索骥，合理推知。明确体现在诗文中的母题包括：吉尔伽美什做梦、吉尔伽美什的母亲解梦、妓女使恩启都走向文明、恩启都与吉尔伽美什格斗、吉尔伽美什决定远行雪松山挑战胡瓦瓦、征求长老意见、前往雪松山、路上连续做梦、大战胡瓦瓦、胡瓦瓦求饶、杀胡瓦瓦、伐雪松、做门、把门献给恩利尔神庙、吉尔伽美什游荡荒野、沙玛什直接喊话、与酒肆女主人对话、酒肆女主人论及时行乐、与船夫苏尔苏纳布（Sursunabu）格斗、打碎魔法石、造船备桨。这些现有文本体现的母题基本展现了古巴比伦时期《吉尔伽美什史诗》的面貌，显示出那个时期这部作品的整体框架，而有了这个框架，里面缺失什么也就一目了然了。目前缺失但原本一定有的母题包括：玩球、妇女抱怨、神造恩启都、恩启都与动物

为伍、伊什妲向吉尔伽美什求婚并遭到拒绝、伊什妲逼迫父神赐天牛、天牛下凡肆虐乌鲁克、吉尔伽美什与恩启都共杀天牛、恩启都病逝、与蝎人对话、穿越原始森林、穿越海洋、见到乌塔纳伊什提姆、乌塔纳伊什提姆讲述洪水故事、入海取返老还童草、重返乌鲁克，返途中应该也有蛇吃草蜕皮的母题。总之，十二块泥版有的母题，古巴比伦版都有，十二块泥版有而古巴比伦版肯定没有的是十二块泥版《史诗》的引子。由此观之，十二块泥版《史诗》直接来源于古巴比伦版《吉尔伽美什史诗》，除增加了28行的“引子”外，还在修辞方面做了美化或提升，使语言表述更优美准确，更具时代特点；在内容方面做了一些自由发挥，即在保持原来的母题和母题排列顺序前提下，增减了一些内容，并对原有的一些内容做了重新排布。一句话，十二块泥版《史诗》是古巴比伦版《吉尔伽美什史诗》的增强版。

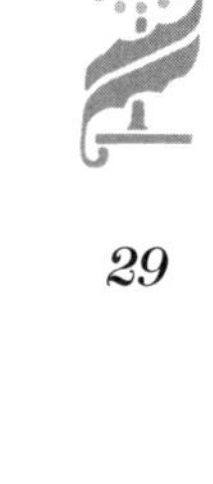

在古巴比伦版《吉尔伽美什史诗》残缺的母题中，洪水母题的残缺最令人遗憾。洪水作为文学母题在人类历史上备受青睐，最著名的甚至家喻户晓的洪水故事是《旧约圣经》中的洪水故事。在古代美索不达米亚文明史中，洪水故事更是源远流长。在目前发现的楔文文献中，有若干个内容大同小异的洪水故事版本，仅文本分布的年代就上下纵贯两千年。按成文年代排列，最早的一版用苏美尔语书写，成文于乌尔第三王朝时期（有泥版，暂无泥版详细信息）；第二个已知版亦是苏美尔语版，成文于古巴比伦时期；第三个已知版是阿卡德语版，保留在《阿特拉哈西斯》（*At-ra-ḫasīs*）里；第四个版本就是古巴比伦时期《吉尔伽美什史诗》中的洪水故事（缺失）；第五个版本是十二块泥版《史诗》中的洪水

《阿特拉哈西斯》残片（照片与抄本）

这块泥版由乔治·史密斯于1873年在尼尼微发现，属于“史密斯传奇”（即分别在两个地方发现同一个洪水泥版的不同残片）的一部分。因为这次考古受到英国《每日电讯》的赞助，所以，发掘所获泥版采用《每日电讯》的缩写“DT”为编号，这块泥版残片的编号是DT 42。该泥版的内容涉及洪水故事，但不是《吉尔伽美什史诗》中的洪水故事，而是一部被现代学者称为《阿特拉哈西斯》（Atra-ḫasīs）的阿卡德文学作品中的洪水故事。按照现代学者的编号，这块泥版残片的“身份证”号是《阿特拉哈西斯》文本“W”，是公元前7世纪新亚述时期的抄本。实物现存大英博物馆，泥版图片见E. Sollberger, *The Babylonian Legend of the Flood*, University Press, Oxford, London (3rd Ed.), 1971, Fig. 5；楔文抄本见CT 46 15 (Pl. XXVII)；音译和英译见W. G. Lambert / A. R. Millard / M. Civil, *Atra-ḫasīs, The Babylonian Story of the Flood*, At the Clarendon Press, Oxford, 1969，第128—129页。

故事；第六个版本，也是最后一个版本，是贝洛索斯（Berossus）[①]讲述的洪水故事。古巴比伦版《吉尔伽美什史诗》中洪水故事的缺失（目前尚未发现），是洪水故事流传演变史中的缺环，这一缺环给许多问题带来不确定性。

洪水故事是《史诗》中的重要母题，是《史诗》最精彩的组成部分，是《史诗》的最大亮点，翻译介绍《史诗》，不能不探讨洪水及其相关问题。

首先谈苏美尔语版的洪水。1893—1896年，宾夕法尼亚大学考古队发掘尼普尔遗址时发现一块六栏泥版，当时尚无人知晓上面书写的是什么内容，后来发现，这块泥版上书写的是洪水故事，因为用苏美尔语书写，所以，学术界把这块泥版称为"苏美尔洪水泥版"（Sumerian Flood Tablet），一直收藏在宾夕法尼亚大学博物馆。这块泥版是古代残片，残留部分属于完整泥版的下部，大约占整个泥版的三分之一，所以，故事的大部分内容缺失。[②] 从残留内容看，这块洪水故事泥版涉及创世、造人、洪水灭世、永生等重大文学母题，成文年代在古巴比伦时期，即公元前1700年前后。对现代学者而言，这个"孤本"弥足珍贵，因为这是目前已

① 关于贝洛索斯，见拱玉书：《西亚考古史，1842—1939》，文物出版社，2002年，第22—25页。

② 苏美尔洪水泥版的编辑与研究有很多，推荐 *ETCSL* (http://etcsl.orinst.ox.ac.uk/) 1. 7. 4: *The Flood Story*；亦 S. N. Kramer, "The Sumerian Deluge Myth: Reviewed and Revised", *Anatolian Studies* 33 (1983, Special Number in Honor of the Seventy-Fifth Birthday of Dr. Richard Barnett), 第115—121页。

知最早的洪水故事[1]，不仅在亚述学领域最早，在人类文明史上也最早。

这篇洪水文献首先讲到创世和造人，但这部分内容没有保存下来，之后讲到神决定消灭人类（原因不详，泥版残缺），由于母神出面反对，这个灭绝人类计划没有实施。母神为人类筹划发展前景，指明人类文明的发展方向，物质文明方面包括让人类建城、建庙以及灌溉系统，文化建设方面包括让人类正确实施“宗教礼仪”（garza），使“大道”（me-mah）[2]尽善尽美。接下来的内容再度残缺，残文过后就是神决定发洪水消灭人类。从神的这个决定反推，前面缺失的内容可能包括在母神的帮助下人类发展很快，人口数量大幅增加，结果人间沸沸扬扬，吵吵嚷嚷，搅得神界不得安宁。于是大神们决定发洪水消灭人类。智慧神恩基（Enki）为了挽救人类遭到彻底灭亡的命运，托梦给既是国王又是祭司的吉乌苏德拉（Ziusudra），向他透露了神决定发洪水的秘密。虽然恩基对吉乌苏德拉所说的内容没有保存下来，但根据后面的情节可以推知，残缺的内容可能包括：恩基告诉吉乌苏德拉造船逃生，告诉他造什么样的船，让他把各种动物都带上一些（数量不详），告诉他如何对长老与民众交代。之后吉乌苏德拉便动员全城百姓造船，船造好后，吉乌苏德拉举行竣工宴，犒劳造船民众。接着是

① 挪威的“肖恩收藏”（Schøyen Collection）中有一块用苏美尔语书写的洪水泥版，即 Schøyen MS 2026，见 B. Alster, *Wisdom of Ancient Sumer*, CDL Press, Bethesda, Maryland, 2005，第 32 页，注释 9。这块洪水泥版文献的成文年代可能是乌尔第三王朝时期。因暂无更多信息，暂且不论。

② 关于“道”（ME），见拱玉书:《论苏美尔文明中的“道”》，载《北京大学学报》（哲学社会科学版），2017 年，第 3 期，第 100—114 页。

洪水即将来临，吉乌苏德拉登船封舱。这都是根据其他版本洪水故事的相关内容所做的推测，真实情况如何？哪些情节有？哪些没有？是否还有其他版本没有的情节？这些都不能确定。接下来是洪水肆虐的情景，这部分内容保存相对完好：

狂风怒号，暴雨滂沱，
洪流滚滚，[万物俱殁]。
七天七夜，(风止雨过)。
滔滔洪水把大地淹没，
狂风巨浪把大船颠簸。
而后，太阳冉冉东升，为天地带来光明。
吉乌苏德拉，把船凿个洞，
英雄的太阳带着光芒进入船中。
国王吉乌苏德拉，
面对太阳神，匍匐在地甚虔诚。
国王杀了牛，用许多绵羊做牺牲。[1]

从残留的这段诗文可知，这篇洪水文献的叙事风格极其简洁。与稍晚一点的《阿特拉哈西斯》中的洪水故事和更晚的《史

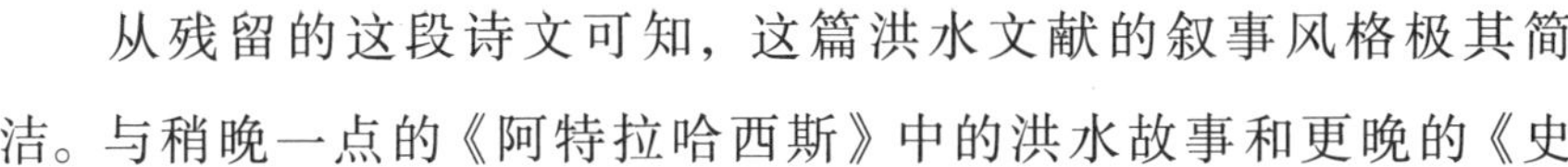

① *ETCSL* (http://etcsl.orinst.ox.ac.uk/) 1. 7. 4: *The Flood Story*, Segment D, 第1—11行；W. G. Lambert / A. R. Millard / M. Civil, *Atra-ḫasīs, The Babylonian Story of the Flood*, At the Clarendon Press, Oxford, 1969，第142—144页，第v栏，第201—211行；Th. Jacobsen, “The Eridu Genesis”, *Journal of Biblical Literature*, Vol. 100/4 (1981), 第524页，注释15。

诗》中的洪水故事相比，这里没有交代船搁浅或停泊在何处，也没有放鸟探水的情节。在此，洪水结束的标志是雨过天晴，即太阳升起，光线照到了船里。于是，吉乌苏德拉拜谢太阳神，杀牲祭神。

接下来残6行，缺失33行。残缺部分包括哪些内容不得而知。

洪水过后，如何处理幸存者？第六栏残留部分这样写道：

他们让你凭天地把誓言立，
安与恩利尔，让你凭天地把誓言立，
（而后）让动物（从船上）出来行于地。
国王吉乌苏德拉，
在安与恩利尔面前，五体投地久不起。
对吉乌苏德拉，安与恩利尔赞不已。
他们赋予他神一样的生命，
给了他神一般的永生。
那时，国王吉乌苏德拉，
因为保留了物种与人种，
神让他居住在域外之地，太阳升起的地方——迪尔蒙。[1]

① *ETCSL* (http://etcsl.orinst.ox.ac.uk/) 1. 7. 4: *The Flood Story*, Segment E, 第1—11行；W. G. Lambert / A. R. Millard / M. Civil, *Atra-ḫasīs, The Babylonian Story of the Flood*, At the Clarendon Press, Oxford, 1969，第144页，第vi栏，第251—260行；Th. Jacobsen, “The Eridu Genesis”, *Journal of Biblical Literature*, Vol. 100/4 (1981), 第525页，注释16。

关于赋予永生的情节，苏美尔洪水故事是以第三人称这样叙述的："他们赋予他神一样的生命，给了他神一样的永生"；其中最引人注目的地方就是"像神一样的生命"（ti dingir-gin$_7$）和"像神一样的永生"（zi-da-rí dingir-gin$_7$）。[①] 在这个洪水故事中，获得永生的人是吉乌苏德拉，没有提到他的妻子和其他任何人。吉乌苏德拉获得永生后，神安排他"居住在域外之地，太阳升起的地方——迪尔蒙"。迪尔蒙指什么地方？对这个问题，学术界有争议，直到现在无定论，多数学者认为迪尔蒙指地处波斯湾的巴林岛。

成文于古巴比伦时期的长篇叙事诗《阿特拉哈西斯》也讲述了洪水故事。《阿特拉哈西斯》是现代学者给一部古代作品起的名称。这个名称最早可追溯到一个半世纪之前问世的、乔治·史密斯撰写的《迦勒底人的创世记》。[②] 这部作品的古代名称是"当神是人"（*inūma ilū awīlū*）[③]，即"当神像人一样做苦工、受奴役时"[④]。

① W. G. Lambert / A. R. Millard / M. Civil, *Atra-ḫasīs, The Babylonian Story of the Flood*, At the Clarendon Press, Oxford, 1969，第 144 页，第 vi 栏，第 256—257 行。

② 史密斯称之为"The story of Atarpi or Atarpi-nisi"，见 G. Smith, *The Chaldean Account of Genesis*, Scribner, Armstrong & Co., New York, 1876, 第 153 页。一个半世纪之前的史密斯能把书写"阿特拉哈西斯"的几个楔形文字符号读到这种程度，相当了不起。在这部著作中，史密斯把书写"吉尔伽美什"的三个楔文符号读作 Izdubar，虽然读音不正确，但符号识别完全正确。楔文的一个显著特点是一字多音，在没有古代"字表"或双语文献参照的情况下，专有名词或复合字的读音很难确定。史密斯的读音虽然不完全正确，却为后人奠定了提升的基础。

③ W. G. Lambert / A. R. Millard / M. Civil, *Atra-ḫasīs, The Babylonian Story of the Flood*, At the Clarendon Press, Oxford, 1969, 第 42 页。

④ 同上注，第 42 页，第 1—2 行。

阿特拉哈西斯是这部作品的主人公，他的名字意为“特别（*atra*）智慧（*ḫasīs*）”。《阿特拉哈西斯》用当时的官方语言阿卡德语书写，写在三块泥版上，每块泥版分为8栏，每栏50余行，全诗共1245行，属于长篇叙事诗。作者名叫伊皮克阿雅（Ipiq-^{d}Aya），[①]生活在巴比伦第一王朝倒数第二王阿米萨都卡（Ammi-ṣaduqa）统治时期（公元前1646—前1626年）。

《阿特拉哈西斯》的第一块泥版描述了巴比伦人的宇宙起源观。在巴比伦人看来，组成宇宙的几个基本要素——天、地、海——原本存在，神也原本存在。原初的自然界，虽有物质，各物质间也有相对固定的位置，但没有一种力量来控制这些物质，于是，大神们通过抽签这一原始民主方式，把这些原本存在的东西分配给不同神掌管。这样，神便有了不同神格和功能，地位有高有低，有尊有卑。小神为大神服务，长期不分昼夜（*mūši u urri*）地劳作，为大神服务的小神们终于不胜其苦，决定起义。为了把这些小神从苦役中解脱出来，大神们决定造“人”（*lullû*），让人来代神劳作，承担苦役。可见，在巴比伦人的宗教观念中，人来到这个世上的目的是代神而劳，为神而劳，人为神而生，亦为神所

① 关于这位书吏的名字，学界有不同解释，有人释为Ellet-Aya，或Mullil-Aya，有人释为Kasap-Aya，“阿雅之银”，有人释为Ku-Aya，同上注，第31页及同页注释1；也有人释为Nūr-Aya，“阿雅之光”，最新的解释是Ipiq-^{d}Aya，“阿雅之保护”，见C. Wilcke, “Weltuntergang als Anfang: Theologische, anthropologische, politisch-historische und ästhetische Ebenen der Interpretation der Sintflutgeschichte im babylonischen *Atram-ḫasīs*-Epos”，载Adam Jones（主编），*Weltende: Beiträge zur Kultur- und Religionswissenschaft*, Harrassowitz Verlag, Wiesbaden, 1999，第68—69页，注释10。本书采用了最新观点。

用。母神宁图（Nintu）在智慧神恩基的帮助下造了人，并为人类制定了一些规则，如“十月怀胎”等。没过多长时间，人类就由于过度繁衍而使大神感到不胜其扰，于是，神用疾病减少人类，瘟疫横行，人类痛苦不堪。危急关头阿特拉哈西斯出场，求智慧神恩基帮助解除灾难，在恩基的帮助下，疫情结束，人类渡过了人类历史上第一次劫难。

第二块泥版讲述了人类遭受的另一场灾难。疫情过后不久，人类由于繁衍过盛又使大神恩利尔不耐烦起来，他决定再次采取措施来减少人类的数量。他的措施包括：切断食物来源，无绿植以充饥，无雨水以润地，无泉水以解渴，让大风刮起，剥光大地，让乌云聚拢，有云无雨，让耕地减少收成，让妮撒芭（Nisaba）的胸膛关闭（女神妮撒芭是谷物神，此处显然指让谷物的果实不饱满），让幸福远离他们。不难看出，这是一场干旱。国王阿特拉哈西斯再次请求智慧神恩基帮助，在恩基的帮助下，人类最后战胜灾害，又躲过一劫。

第三块泥版讲述的就是人类遭受的洪水灾难。瘟疫和干旱都没能控制人类数量迅速增长，大神们决定用洪水彻底消灭人类。智慧神恩基用托梦的方式向阿特拉哈西斯透露了大神们的决定，告诉他毁房造“船”（*eleppu*），造什么样的船（具体内容残缺），放弃财产，拯救生命，密封船顶，使其不透阳光，把船舱分作上下两层，索具和沥青都要结实。恩基的话句句清晰，阿特拉哈西斯听得明白。他立刻按照神的吩咐行动，召集长老，宣布自己必须造船出逃的计划。他首先陈述了理由：

我的神与你们的神已不睦，
恩基与恩利尔已反目，
他们把我从家园驱逐。
因我对恩基始终虔诚敬畏，
他才把此事向我透露。①

“我的神”指恩基，“你们的神”指恩利尔。恩利尔曾对恩基泄密拯救人类极为不满，对恩基大发雷霆，两个神争执起来，这是事实（作品这样描述）。阿特拉哈西斯接下来对长老们说的话就是谎言了：

我不能再留在这里，
不能再踏足恩利尔的土地，
我必须到阿普苏（*Apsû*），
与我的神住在一起。
这就是他（指恩基）传递给我的信息。②

长老们和民众对国王的话深信不疑。第二天，举国之众都来为国王造船，包括长老和各种工匠，甚至包括小孩和穷人，他们不但出力，大概把家里的可用之物也都贡献了出来。在民众

① W. G. Lambert / A. R. Millard / M. Civil, *Atra-ḫasīs, The Babylonian Story of the Flood*, At the Clarendon Press, Oxford, 1969，第 90 页，第 42—46 行。

② S. Dalley, *Myths from Mesopotamia: Creation, the Flood, Gilgamesh, and Others*, Oxford University Press, Oxford, 1989, 第 30 页。

的热情参与下，船很快就造好了。阿特拉哈西斯选择了飞禽、野兽、家畜……（残缺），把它们装到船上，然后举行了盛大“宴会”（*qerītu*）[①]，款待为他造船的民众。在其他人欢庆时，阿特拉哈西斯让自己的家人（*kimtu*）上了船。接下来，“天变了脸，阿达德（即雷雨神）已在云里吼叫”[②]，乌云压顶，雷声隆隆，大雨将至。这时，有人拿来了沥青，阿特拉哈西斯把舱门关上，而后上闩封舱，接着就是洪水来袭。由于泥版残缺严重，洪水肆虐的情况不能尽知其详，但透过“安祖鸟用爪子把天撕破”“谁也看不见谁”“洪水怒吼像公牛，狂风呼啸如驴叫”这样的描述，可见洪水来势之凶猛，给人类造成的灾难之严重。面对尸横遍野、触目惊心的惨状，恩基怒不可遏，母神吓得哆哆嗦嗦，阿努纳吉众神饥渴交迫，助产女神涕泗滂沱。其他神有的大哭，有的呜咽。末了，众神哭得口干舌燥，母神想喝啤酒解渴，可为神服务的人没有了，谁还能为神提供啤酒？其他大神也都又渴又饿，饥渴交迫。洪水持续了七天七夜，这期间，神失去了忠实的仆人，自己变成了受难者，要喝没喝，要吃没吃，口吐白沫，七窍生烟，备受煎熬。不论作者有意无意，这种情景传递的思想就是消灭人类殃及众神，人神相互依存，不可或缺：无神，人不足以成事；无人，神不足以生存。

接下来的泥版残缺58行，极有可能包括一个重要而有趣的情节——放鸟试探水情，这一情节成为稍后的《史诗》以及一千两

① W. G. Lambert / A. R. Millard / M. Civil, *Atra-ḫasīs, The Babylonian Story of the Flood*, At the Clarendon Press, Oxford, 1969，第92页，第41行。

② 同上注，第48—49行。

百年后希伯来人的《圣经·创世记》中记载的洪水故事中最脍炙人口的部分。

在《史诗》的洪水故事中，乌塔纳皮什提（Ūta-napišti）第一次放出一只鸽子，因无处落脚而返回；第二次放出一只燕子，也因无处落脚而返回；第三次放出一只乌鸦，因水已退去，陆地露出水面，乌鸦远走高飞，再未回到船上。[①] 在《圣经·创世记》中，挪亚第一次放出的是一只乌鸦，大水未退，乌鸦飞来飞去，但没有回到方舟上；第二次放出的是一只鸽子，大水未退，鸽子无处落脚，又重返方舟；第三次放出的还是鸽子，大水已退，鸽子衔了一片橄榄叶回到方舟；第四次放出的仍然是鸽子，因大水完全退去，鸽子再未返回。[②] 这两个版本的洪水故事在细节上有一些差别，但整体叙事结构、叙事内容以及叙事意图几乎完全相同，二者的传承关系显而易见。

残存部分有阿特拉哈西斯登山祭神的内容，他朝四个方向祭拜，献上牺牲，众神闻到香味后“像苍蝇一样”（*kīma zubbi*）[③] 聚集在牺牲上方，来享用牺牲。这时，恩利尔也来到船停泊的地方，看到逃生船后勃然大怒，问何人泄露了天机，还没等恩基说话，天神安努就直接说出了真相。真相被说破后，恩基毫不掩饰自己的所作所为，明确说明这样做的目的是为了挽救生命。接下来残缺5行，根据《史诗》的相应内容可以推知，残缺的内容应

---

① 见本书《史诗》译文，第十一块泥版，第148—156行。

② 《圣经·创世记》第八章，第6—12节。

③ W. G. Lambert / A. R. Millard / M. Civil, *Atra-ḫasīs, The Babylonian Story of the Flood*, At the Clarendon Press, Oxford, 1969，第98页，第5栏，第35行。

该包括恩基对恩利尔的质问:“你是神中智者,你是一位英雄,你怎么可以不经慎重考虑就让洪水横行?”[①]下面的这句话在《阿特拉哈西斯》和《史诗》中都有,只是用词稍有区别:“谁犯罪谁应伏法,谁犯科谁应受罚。”[②]这种罪不及孥、罪责自负的先进法制观念,以谚语的形式出现在公元前1600年前后,难能可贵!这种思想可能代表了更早的、约定俗成的社会价值观,甚至自古传承的习惯法。

《阿特拉哈西斯》没有讲到如何处理洪水幸存者,因为这不是这篇作品关心的问题。在这部作品中,洪水过后,大神们关心的是如何合理减少人口的问题。

《史诗》中的洪水故事出现在第十一块泥版中。吉尔伽美什见到了乌塔纳皮什提,发现这位远古之人与自己并没有什么区别,便直截了当地问他如何获得永生。乌塔纳皮什提没有直接回答吉尔伽美什的问题,而是从头道来,讲述了洪水故事,这就是几乎人人皆知的《吉尔伽美什史诗》中的洪水故事,详见本书译文部分第十一块泥版,第1—209行,此处不赘述。

很明显,《史诗》中的洪水故事与《阿特拉哈西斯》中的洪水故事最接近。《史诗》的成文时间不早于公元前1300年,而《阿特拉哈西斯》的成文时间在公元前1600年前后,苏美尔洪水故事要比《阿特拉哈西斯》略早一点。不论从时间上,还是内容上,抑或是语言上,用同一种语言书写的《阿特拉哈西斯》和《史诗》

① 见本书《史诗》译文,第十一块泥版,第183—184行。

② 同上书,第185—186行。

都最接近，所以，人们很容易得出结论：后者取自前者（仅就洪水故事而言），当然，取的同时也有舍，有增，有变化。这也是学术界的共识。实际上，人们忽略了一个事实，这个事实就是古巴比伦版《吉尔伽美什史诗》中也有洪水故事。古巴比伦版《吉尔伽美什史诗》没有完整地流传至今，但这不等于说十二块泥版的《吉尔伽美什史诗》作者，辛雷克乌尼尼也好，或其他什么人也罢，也没有见过完整的古巴比伦版《吉尔伽美什史诗》。十二块泥版《史诗》直接借用、化用或引用古巴比伦版《吉尔伽美什史诗》中的洪水故事的可能性最大。那些与《阿特拉哈西斯》有出入的地方，说不定就是照搬古巴比伦版《吉尔伽美什史诗》的结果，而不是辛雷克乌尼尼的创新。遗憾的是，古巴比伦版的《吉尔伽美什史诗》没有完整流传至今，所以，现代学者只能拿《阿特拉哈西斯》做比较。本书亦不能例外。

假设《史诗》的洪水故事源自《阿特拉哈西斯》,《史诗》也并未照搬，而是根据情节的需要，做了较大幅度的取舍和拓展，使这个原本就引人入胜的故事更加精彩，这就大大地丰富了《史诗》的内容，增加了《史诗》的魅力。

洪水是《阿特拉哈西斯》的主轴，其他情节都是围绕这个主轴展开和演绎的，都是为这个主轴服务的。而《史诗》中的洪水只是该作品的众多母题之一，是为塑造吉尔伽美什的形象和性格、突出他的人性（相对于神性）服务的。所以，与这个目的无关的情节,《史诗》都没有采纳。《史诗》与《阿特拉哈西斯》共有的情节有:（1）众神集体决定发洪水灭人类，共同发誓保守秘密;（2）恩基泄密，给阿特拉哈西斯/乌塔纳皮什提托梦，让他造船逃生，同时救生，保留物种；(3)恩基对船的形制和大小做具体说明；(4)阿特拉哈西斯/乌塔纳皮什提对长老和民众隐瞒实情，倾全国之力造船；(5)犒劳造船民众；(6)携家眷和动、植物登船；(7)洪水袭来，摧毁一切，遍地浮尸；(8)洪水泛滥期间，神无人服侍，陷入困境；(9)洪水持续七天七夜/六天七夜；(10)洪水消退，船搁浅；(11)阿特拉哈西斯/乌塔纳皮什提放鸟探水；(12)洪水过后，阿特拉哈西斯/乌塔纳皮什提祭神，神"像苍蝇一样"聚拢祭品上方享用祭品；(13)母神谴责安努和恩利尔发洪水灭人类的做法，做"蝇珠项链"纪念这场灾难；(14)恩利尔看见逃生船发怒，欲找出泄密者；(15)恩基承认泄密，批评恩利尔用洪水消灭人类的做法，认为罪不及孥、罪责自负是正确的惩罚方式。这15个细节在两部作品中都有。但《史诗》没有照搬这些内容，而是按照《史诗》的需要做了改变和拓展，其中某些改变和拓展的幅度相当大。比较可知，《史诗》的洪水故事更加有血有肉，想象更加丰富，语言更加讲究，对现代读者而言，更加脍炙人口，更加引人入胜。古人的感觉大概和今人的感觉是一样的。

与《阿特拉哈西斯》中的洪水故事相比，《史诗》中洪水故事的最大不同是增加了神赋予洪水幸存者永生的情节。《史诗》中的这个结局完全超出了《阿特拉哈西斯》的思想框架，是《史诗》洪水故事的点睛之笔，仅这一笔便将洪水故事升华到了神乎其神的地位。然而，这个点睛之笔并非《史诗》作者的文学想象。苏美尔洪水故事中的洪水幸存者也获得了永生，可以肯定，在至今尚未发现的古巴比伦版《吉尔伽美什史诗》的洪水故事中，洪水幸存者亦获得了永生，其情其景也许与《史诗》没有什么区别。

公元前4世纪的亚历山大时代，一个叫贝洛索斯的巴比伦祭司再次记载了洪水故事。贝洛索斯是亚历山大大帝同时代的人，具体生卒年不详，亚历山大统治巴比伦时期（公元前331—前324年），他已成年。他晚年移居希腊科斯岛，用希腊文著《巴比伦尼亚志》，共计三卷，原著失传，存留于世的内容都是因为后世作家的引用而得以保存下来的。

洪水故事是《巴比伦尼亚志》第二卷讲述的主要内容，保存较好的两个版本是波利希斯托版和阿比德努斯版。亚历山大·波利希斯托（Alexander Polyhistor，大约生于公元前100年）是唯一读过贝洛索斯原著的作家，[①]他也是所有引述贝洛索斯作品的作家中最重要的一位。根据他的转述，贝洛索斯的洪水故事[②]包括以下内容：克罗诺司（Kronos/Cronos）[③]（神）出现在希苏特罗司（Xisouthros）的梦中，告诉他一场灭绝人类的洪水将在8月[④]15日爆发，让他把所有泥版都埋藏起来，埋在日神之城西帕尔；还让他造一艘船，带上亲人和密友，备好足够的吃喝，带上（一些）

① C. F. Lehmann-Haupt, “Berossos”, *Reallexikon der Assyriologie* 2 (1938), 第4页。

② 关于波利希斯托转述的洪水故事，英译本见 W. G. Lambert / A. R. Millard / M. Civil, *Atra-ḫasīs, The Babylonian Story of the Flood*, At the Clarendon Press, Oxford, 1969，第135—136页；德文与希腊文对照版，见 P. Schnabel, *Berossos und die babylonisch-hellenistische Literatur*, Verlag und Druck von B. G. Teubner, Leipzig · Berlin, 1923, 第264—266页。此处转述的是大致内容，不是逐字逐句翻译。

③ 克罗诺司的角色相当于恩基/埃阿，但他们的名字在语言学上没有关联。

④ 马其顿历的8月，相当于巴比伦历的2月，公历的4月21日至5月20日。

飞禽走兽逃生。如果有人问去哪里？就说“去见神，去为人类祈福”。希苏特罗司按照神的指引造了一艘船，长5斯塔德（约等于1000码[①]），宽2斯塔德（约等于400码）。造船完毕，一切准备妥当，他和妻儿及密友便登上了船，之后洪水来临。洪水回落后，希苏特罗司放出几只鸟，它们因为没有食物，也无处落脚，又回到船上。几天后，他又放出另外一些鸟，它们也回到船上，但爪子上带着泥。当这些鸟第三次被放出去后，它们没有再回到船上。希苏特罗司意识到洪水已退，陆地浮出，于是在船侧凿开一洞，看到船已在一座山上搁浅。他与妻子、女儿以及舵手一起走出船舱，他匍匐在地，设坛祭神，为神进献了牺牲。此后，他和与他一起下船的人便不见了踪影。发现希苏特罗司和一起下船的那些人没有回到船上，没有下船的那些人才从船里走出来。他们到处寻找，并大声呼喊希苏特罗司的名字。但是，希苏特罗司自此再没有出现在他们面前。这时，从空中传来声音，告诉他们崇拜神是他们的义务，同时告诉他们，因为希苏特罗司对神非常敬畏，神已带他去了神的住地，他的妻子、女儿及舵手享受了同样的荣誉。这个声音此时还命令他们返回巴比伦，因为他们命中注定要这样做，回到西帕尔城，挖出埋在那里的泥版，将它们交给人类。空中的声音还告诉他们，他们现在所在的地方是亚美尼亚。他们听得明白，为神进献了牺牲，而后，徒步返回巴比伦。直到现在（即波利希斯托生活的年代），那只搁浅的船仍然可以在亚美尼亚的戈迪山（Gordyaean Mountains）见到，仍有部分残留。一些人到

① 1码 = 0.9144米。

那里刮下船板上的沥青用来治病和防病。那些返回家园的人最终到达巴比伦，在西帕尔城挖出泥版文书，建了许多城邑和神庙，也重建了巴比伦。

这是波利希斯托转述的洪水故事，阿比德努斯版的洪水故事与波利希斯托版类似，但要比波利希斯托版[①]简要得多，在此不赘述。

毫无疑问，随着贝洛索斯的《巴比伦尼亚志》原版的失传，许多不为人知的真实历史和精彩故事也一同消失在历史黑暗中，包括洪水故事。波利希斯托的引用绝不是逐字逐句的翻译，而是有所取舍的转述，很可能是点到为止式的瘦身。而阿比德努斯转述的洪水故事，更加简要，依托的蓝本显然是波利希斯托版的洪水故事，而且做了大幅度删减。

贝洛索斯的原版洪水故事应该非常精彩，应该有血有肉，应该充满激情，应该讲到神为什么发洪水，恩基（或埃阿）为什么要拯救人类，等等，尤其是对洪水淹没世界，人类遭受灭顶之灾的惨烈过程，贝洛索斯不会无动于衷地用一句话一带而过（波利希斯托版只用了一句话就说完了洪水肆虐的全过程："当洪水来临，而后有所消退时，希苏特罗司就……"）。贝洛索斯是如何描述发洪水和洪水肆虐过程的，后人只能驰骋想象，但像波利希斯托讲述的那样简单，实在不可想象。可以肯定，贝洛索斯和波利希斯托对洪水故事的感觉是不一样的。

① 英译本见 W. G. Lambert / A. R. Millard / M. Civil, *Atra-ḫasīs, The Babylonian Story of the Flood*, At the Clarendon Press, Oxford, 1969, 第 136 页。

在古代美索不达米亚文明中，“洪水”不但是一个故事，也是一个重要概念，同时还是一个时间坐标，公元前21世纪产生的《苏美尔王表》和《拉迦什王表》[①]都把“洪水肆虐后”(egir a-ma-ru ba-ùr-ra-ta)作为时间坐标来划分历史阶段，表明苏美尔人把“洪水肆虐”视为重大历史事件。在文学层面，虽然用苏美尔语书写的洪水故事出现在古巴比伦早期(约公元前1700年)，但这绝不是该故事的发端，而是该故事的流传形式的改变，即由此前的口头文学转化为文本文学。作为口头民间文学的洪水故事发端于何时，今人已经无法考证。从口头文学到公元前18世纪的文本化，即用已经不再是官方语言的苏美尔语把这个口头流传的故事记录下来，再到阿卡德语版的《阿特拉哈西斯》，再到至今尚未发现的古巴比伦版《吉尔伽美什史诗》中的洪水故事，再到十二块泥版《史诗》中的洪水故事，再到贝洛索斯时代，洪水故事流传了几千年。“洪水”和洪水故事在每一代古代美索不达米亚人心里都打下了深深的烙印，对贝洛索斯这样的大学问家而言，洪水作为概念和洪水作为故事应该都是刻骨铭心的。他对洪水的描述绝不可能像波利希斯托转述的那样轻描淡写。

从目前已知的几个洪水故事版本可知，发洪水是个非常复杂

① 这两个王表中的“洪水肆虐后”是这种说法的最早文献证据，见C. Wilcke, “Weltuntergang als Anfang: Theologische, anthropologische, politisch-historische und ästhetische Ebenen der Interpretation der Sintflutgeschichte im babylonischen *Atram-ḫasīs*-Epos”, 见Adam Jones(主编): *Weltende, Beiträge zur Kultur-und Religionswissenschaft*, Harrassowitz Verlag, Wiesbaden: 1999, 第66页；亦见W. G. Lambert / A. R. Millard / M. Civil, *Atra-ḫasīs: The Babylonian Story of the Flood*, At the Clarendon Press, Oxford, 1969, 第139页。

的过程，需要很多神一起参与，需要分工合作。[①] 波利希斯托显然对这些内容不感兴趣，他感兴趣的是洪水退去后，船主人三次放鸟探水的情节，所以，他仅用一句话就讲完了洪水的发生和退去，而对船主人三次放鸟试探水情却做了较详细的描述。他的取舍原则很清楚，情节生动的，取之，否则，舍之。放鸟探水这样的情节在任何时代的文学中都属于富于想象、独一无二、引人入胜的精彩故事，故取之。而发洪水的过程（以《史诗》为例）涉及很多神，包括阿达德（Adad）、阿达德的司椅官（*guzalû*）、舒拉特（Šullat）与哈尼什（Haniš）、埃拉伽尔（Errakal）、宁努尔塔（Ninurta）、阿努纳吉（Anunnaki），这些神名不但对我们今人十分拗口，对古希腊人而言一样拗口，如果贝洛索斯对这些神不加以解释，波利希斯托应该也会是云里雾里，不知所云，对这样的描述，他当然舍之。

尽管波利希斯托仅仅概要地、按照自己的好恶而取舍地转述了贝洛索斯著作中的洪水故事，我们还是能够从中见到一些贝洛索斯特色。

特色一，埋泥版和挖泥版。在此前的任何版本中都没有这个情节，苏美尔洪水故事残缺严重，至少在残留的诗文中看不出有任何埋泥版和挖泥版的蛛丝马迹。可以肯定，埋泥版和挖泥版是贝洛索斯增加的内容。那么，他为什么要增加这方面内容？要搞清楚这个问题，首先要考察一下贝洛索斯是在什么语境中叙述洪

① 参见本书《史诗》译文，第十一块泥版，第97—108行，其他两个版本的相关内容残缺严重。

水故事的。洪水故事是《巴比伦尼亚志》第二卷的主要内容，该卷包括四方面内容：（1）洪水前十王；（2）洪水；（3）洪水后 86 王；（4）洪水后的各王朝，直到巴比伦的纳波纳萨尔（Nabonassar，公元前 747—前 734 年）。①学术界早有共识，认为贝洛索斯第二卷所据原始材料之一是《苏美尔王表》。②《苏美尔王表》以“洪水肆虐后”为分水岭，把王表分为两个部分，洪水前和洪水后。贝洛索斯的王表也以“洪水”为分水岭，把巴比伦王系分为洪水前和洪水后，与《苏美尔王表》不同的是，贝洛索斯不是用“洪水肆虐后”这样的表述来对整个洪水浩劫一言以蔽之，而是讲了一个宏大而生动的故事，即洪水故事，除包括目前已知的几个版本的洪水故事的基本内容外，他还用心良苦地添加了埋泥版和挖泥版的内容。虽然洪水故事描述的是人类历史上最大的浩劫，也是人类遭受的最大灾难，是一场大悲剧，可悲剧中没有悲伤，洪水肆虐，遍地漂尸，霎时一切化为乌有，但那是遥远的过去，没人会感到惋惜，只会感到震撼，而文学震撼实际上是一种文学享受。读者会屏住呼吸，目不转睛地一口气把这个跌宕起伏、扣人心弦的故事读完，听众更会听得瞠目结舌，读完或听完故事的人，一时仍会沉浸在故事的情景中：那遥不可及的奇妙世界，人变成神的美

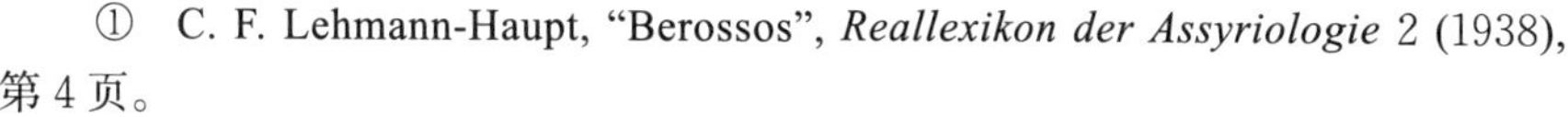

① C. F. Lehmann-Haupt, “Berossos”, *Reallexikon der Assyriologie* 2 (1938), 第 4 页。

② M. Lang, “Book Two: Mesopotamian Early History and the Flood Story”, 见 J. Haubold / G. B. Lanfranchi / R. Rollinger / J. Steele（主编）, *The World of Berossos: Proceedings of the 4th International Colloquium on ‘The Ancient Near East between Classical and Ancient Oriental Traditions’,* Classica et Orientalia 5, Hatfield College, Durham 7th-9th July 2010, Harrassowitz Verlag, Wiesbaden, 2013, 第 50 页，以及注释 24。

丽传说，从远古到现在，说不定此人还活着的遐想，种种美妙，回味无穷。这样好的故事，贝洛索斯怎肯舍弃！但洪水故事毕竟是神话，最终结果是人类灭绝，仅一人或一家获救，获救后的人没有继续繁衍，而是成了神，远离了人间。把这样的故事穿插在王表中间，岂不是混淆现实与传说！人类既然灭绝，又何来洪水后 86 王以及王朝更迭？这岂不是自相矛盾！大概为了解决这个矛盾，贝洛索斯增加了埋泥版和挖泥版的内容。埋泥版是为使人类文明得以延续而采取的未雨绸缪的措施，而挖泥版是这一措施之有效性的验证。保存泥版等于保存知识，而知识是在长期的生活实践中获得的，有了这些泥版，人类文明就不必再次从头开始。这样，洪水肆虐后，人类文明继续在原来的基础上向前发展，王系继续延续，王朝继续更迭，就顺理成章了，神话又回到了现实，既解决了洪水灭世和继续发展的矛盾，又赋予本来属于神话的洪水故事更多真实性和现实性。他用这样的方式使洪水故事一下变得不那么遥远和虚幻，不那么事不关己，而是与每个人都息息相关，因为每个人都会觉得自己就是那些泥版挖掘者的后代。可见，埋泥版和挖泥版应该是精心设计的，是贝洛索斯的独创。为了使埋泥版和挖泥版真正奏效，贝洛索斯版的洪水故事势必具备第二个特色。

特色二，明确交代所有洪水幸存者的最终去向：国王带少数人消失，实际上是被神带走，去了神界，获得了永生，其他人返回巴比伦，挖出泥版，重建文明。由于苏美尔洪水泥版残损严重，吉乌苏德拉逃生时，是否带了其他人，不详。在《史诗》中，乌塔纳皮什提不但带了“家眷与亲戚”（*kala kimtija u salātija*），还带了

“各行各业的工匠”（*mārī ummānī kalîšu*），[1] 但洪水退去，乌塔纳皮什提和妻子获得永生，其他人的命运如何，《史诗》只字未提。贝洛索斯必须改变这种状况，在他的版本中（根据波利希斯托的转述），吉乌苏德拉不但带了家眷，还带了密友，这一点与《史诗》类似。然而，洪水退去后，出现了极具戏剧性的一幕，吉乌苏德拉和妻子、女儿及船夫一起下了船，设坛祭神，之后就不见了踪影，悄然消失了。其余所有人在茫然不知所措之时，神从天上直接向他们喊话，把发生在吉乌苏德拉等人身上的事告诉他们，并指引他们重返巴比伦，这些人按照神的指引，重返巴比伦，完成了重建文明的伟大使命。这个过程可归纳为突然消失、隔空喊话和重建文明。让一部分人突然消失解决了必须有人获得永生的问题，因为如果没有人获得永生，洪水故事的魅力就会大打折扣，更何况其他两个版本中的洪水幸存者都获得了永生，永生已成为洪水故事的最大亮点。然而，不能让所有洪水幸存者都获得永生，那样的话，文明将无法延续。所以，让一部分人消失是必然的和必要的，突然消失是描述获得永生过程最简便和最神秘的方式。时间越晚，方式越神秘，这符合神话的发展规律。一部分人消失，必然引起另一部分人的恐慌，何况洪水曾肆虐多时，世界已然面目全非，幸存者不知身处何处，更不知何去何从。绝望之际，神出手相救，隔空喊话，这种方式既神秘，又及时，更现实，用神秘的方式解决了现实问题。有了这个前提，挖出泥版、重建文明

① A. R. George, *The Babylonian Gilgamesh Epic: Introduction, Critical Edition and Cuneiform Texts*, Oxford University Press, New York, 2003，第 708 页，第 85—86 行；亦见本书《史诗》译文，第十一块泥版，第 85—86 行。

才得以实现，世上的王权继续存续才顺理成章。贝洛索斯成功地将神话与史料巧妙结合，无缝衔接，反映了他尽可能多地为西方世界展示巴比伦文化精华的愿望，也体现了他作为曾经的巴比伦神庙祭司对神的敬畏，同时也体现了神对人类文明的发展起决定性作用的思想。

三

洪水虽然不是《史诗》的主题，却是重要母题。虽然《史诗》歌颂的对象是历史人物，但《史诗》充满浪漫主义色彩，洪水故事可谓《史诗》中的浪漫主义代表。作者给想象插上翅膀，让文学才华随着想象翱翔，把真实人物升华为超越时空的文学形象，把人类赖以生存的真实世界扩展到遥不可及的虚幻神域，把远古先祖拉回到现实世界，在时空交错中实现古今对接。而实现这一切的具体手段就是把凡人吉尔伽美什升华为“三分之一人，三分之二神”的超人，把远古先祖乌塔纳皮什提升华为像神一样的永生之人。有了永生，远古的乌塔纳皮什提才有可能与现世的吉尔伽美什直接交谈，实现这番远古与当世的对话。这是一种巧妙的构思，一种驾驭材料的超常能力，一种但求合情不必合理的文学思维，这几方面的完美结合成就了一部不朽之作。

洪水故事不但是古代传奇，也是现代传奇。这个现代传奇是由一个现代传奇人物演绎的，这个人就是英国人史密斯（G. Smith，1840—1876年），他是发现《史诗》中洪水故事的人。洪水故事是《史诗》的重要组成部分，书写在《史诗》第十一块泥版上，史密斯也因此成为第一个发现《史诗》的现代学者。

随着楔形文字文化的逐渐消失，吉尔伽美什的名字也逐渐成为遥远的记忆，而《史诗》在人们的记忆和视野中消失得更早，公元前7世纪的亚述巴尼拔图书馆应该是《史诗》最后的集体避难所。此后鲜有人抄写《史诗》片段，目前已知的最后一块这样的片段抄本属于公元前2世纪。

公元前2世纪后，这部人类文学史上的奇葩彻底淹没在世界文学的花海中，静静地等待独具慧眼的传奇人物去发现，这一等就是两千年。两千年后的1872年，《吉尔伽美什史诗》终于与史密斯相遇了。

史密斯短暂的一生充满传奇。传奇一，他14岁就开始在一家印钞公司当学徒，业余时间自学识读楔文泥版，并很快成为专家。他26岁（1866年）受聘于大英博物馆，协助专家整理楔文泥版。那时，两河流域田野考古才开始不久，能读懂楔文文献的人寥寥无几，当时没有任何教授楔文的机构，也没有专门的教科书，史密斯完全靠业余自学自悟，短短几年时间就成为能直接读泥版的专家，这不能不说是传奇，用时任大英博物馆部门负责人的话说“他是天才”。[①] 传奇二，1872年，史密斯在大英博物馆整理楔文泥版时，发现“洪水故事”泥版。同年12月3日，在“英国亚述学之父”罗林森主持下，史密斯在英国《圣经》考古学会做了题为“迦勒底人的洪水故事”[②] 的演讲，轰动整个世界，一举成名。

① E. A. W. Budge, *The Rise and Progress of Assyriology*, London, 1925, 第108、114页。

② 第二年发表，即 G. Smith, “The Chaldean Account of the Deluge”, *Transactions of the Society of Biblical Archaeology* 2 (1873), 第213—234页。

传奇三，找到洪水故事泥版的残缺部分。在演讲“迦勒底人的洪水故事”当日，与会的《圣经》考古学会成员和大英博物馆专家通过决议，决定派史密斯前往伊拉克寻找与洪水相关的泥版。一个月后的1873年1月23日，史密斯即动身前往伊拉克。在尼尼微遗址发掘时，史密斯不负众望，又发现一块洪水泥版残片，而且这块泥版残片竟然就是他成功识读的那块洪水泥版断裂下来的残片，正好可以修补缺失的第一栏的前17行。[①] 传奇四，史密斯在短短的几年内为大英博物馆的泥版整理工作做出巨大贡献，三次被派往伊拉克进行田野发掘，为大英博物馆购买和发掘了几千块泥版，撰写了六部专著。[②]

在第三次赴伊拉克考古的回程中，这位年轻的传奇人物在叙利亚的阿勒颇死于痢疾。传奇人物虽然倒下了，他的传奇故事却至今仍在学术界流传。他在短暂的有生之年为大英博物馆发掘和采购了几千块泥版（馆藏号为Sm和DT），其中许多都与十二块泥版的《吉尔伽美什史诗》有关，已经成为重构这部史诗的重要支撑。

史密斯拉开了研究《吉尔伽美什史诗》的序幕，英国也因此成为研究《吉尔伽美什史诗》的重镇。当然，亚述学是门典型的无国界学问，发端于英国的研究不可能仅限于英国，吉尔伽美什

---

① E. A. W. Budge, *The Rise and Progress of Assyriology*, London, 1925, 第114页。

② C. Walker, “George Smith”, *Reallexikon der Assyriologie und Vorderasiatischen Archäologie* 12 (2011), 第584页。史密斯还写了 *The Phonetic Values of Cuneiform Characters*, London, 1871, 见 E. A. W. Budge, *The Rise and Progress of Assyriology*, London, 1925, 第111页。

《吉尔伽美什史诗》第十一块泥版残片

《吉尔伽美什史诗》第十一块泥版残片（抄本 J1, K. 3375），14.6 厘米 ×13.3 厘米，出土于亚述国王亚述巴尼拔图书馆，现存大英博物馆。1872 年，乔治·史密斯发现该泥版属于《吉尔伽美什史诗》第十一块泥版，讲述的是“洪水故事”，与《旧约圣经》中的“洪水故事”基本一致。同年 12 月 3 日，史密斯在伦敦以“迦勒底人的洪水故事”（The Chaldean Account of the Deluge）为题做报告，引起轰动，史密斯也因此一举成名，这块泥版残片也因此成为大英博物馆的镇馆之宝之一，2017 年作为大英博物馆百件珍贵文物之一来北京和上海巡展。史密斯的报告于次年（1873 年）发表，见《〈圣经〉考古学会会刊》（*Transactions of the Society of Biblical Archaeology* 2 [1873], 213–234）。楔文抄本见 A. R. George, *The Babylonian Gilgamesh Epic: Introduction, Critical Edition and Cuneiform Texts*, Oxford University Press, New York, 2003, Pl. 124–127。

以及歌颂他的作品属于全人类的共同文化遗产，不专属于任何一个国家或民族。史密斯之后的一个多世纪以来，《吉尔伽美什史诗》的研究文章和专著，如雨后春笋，层出不穷，不胜枚举。

经过一个多世纪的研究历程，本世纪初终于诞生了集大成的研究成果，这便是英国学者乔治（A. George）撰写的《巴比伦语吉尔伽美什史诗》（*The Babylonian Gilgamesh Epic*，也可译作《巴比伦人的吉尔伽美什史诗》，2003年出版），这是作者十几年呕心沥血的结果，被学界称为《吉尔伽美什史诗》研究史上的里程碑。我认为，称为吉尔伽美什及相关作品百科全书更准确，因为书中无所不包，面面俱到，而且都非常专业，非常严谨。最大亮点有三个：第一，首次发表几十块新发现的泥版残片，对《吉尔伽美什史诗》（包括古巴比伦版和标准版）增补甚多；第二，发表了所有已知相关泥版的音译和翻译；第三，发表了所有已知相关泥版的摹本（附有少量照片），并在每个摹本的边沿都注明了该文献在系列文本中的位置，这个工作是个耗时费力的工作，需要极大耐心、细心和爱心（爱读者之心，这为读者阅读原典提供了极大方便）。

乔治是目前公认的《吉尔伽美什史诗》专家，他除了在多年的研究中发表了一系列关于《吉尔伽美什史诗》具体问题的研究论文外，还于1999年推出了大众版《吉尔伽美什史诗新译》（*The Epic of Gilgamesh: A New Translation*），不但包括标准版（十二块泥版）和古巴比伦版（P版和Y版）《吉尔伽美什史诗》，还包括五篇用苏美尔语书写的、歌颂吉尔伽美什的作品，是面向大众、方便阅读和方便携带的书。

乔治·史密斯

乔治·史密斯（George Smith，1840—1876 年）。主要贡献：对大英博物馆收藏的泥版进行修复和分类，协助罗林森（H. C. Rawlinson，1810—1895 年）出版楔文文集，亲赴尼尼微进行考古发掘，为大英博物馆购买大量泥版，发表多篇论文，出版多部专著等。最令人瞩目的成就是发现“洪水故事”和解读《吉尔伽美什史诗》。1875 年之前，他已发现并解读了十二块泥版《吉尔伽美什史诗》中的第五、第六、第九、第十、第十一以及第十二块泥版的部分抄本（残片），奠定了正确解读《吉尔伽美什史诗》的基础。史密斯用勤奋和天赋书写了短暂而精彩的人生。

今年（2020年），乔治又推出了1999年版《吉尔伽美什史诗》的更新版，该版更新幅度很大，把原来的五章压缩为四章，把章节的顺序也做了调整，而更令人瞩目的是，他尽可能地用古巴比伦时期的版本弥补《史诗》缺失的内容。但是，这种移花接木式的补缺方式并不可取，原因一：古巴比伦版的《吉尔伽美什史诗》和《史诗》在叙述风格上有较大区别，即使移花接木，也难免貌合神离；原因二：两个不同时代的版本不可能无缝衔接，结果，移植过来的古巴比伦版中的一些内容往往与《史诗》的相关内容出现重复。所以，本书不采纳乔治新版的做法，但在乔治新增内容处，简要介绍新增内容，以体现最新学术动态，使读者了解《史诗》可能残缺的内容。

想通过英语阅读了解吉尔伽美什及与之相关的作品吗？请君阅读乔治的大众版《吉尔伽美什史诗新译》或2020年的更新版；若想深入、全面地了解上述信息，请君阅读乔治2003年的学术版《巴比伦语吉尔伽美什史诗》。

除乔治外，还必须提到毛尔（S. Maul）。毛尔是亚述历史、文献研究专家，上世纪90年代获得过莱布尼茨奖，曾任德国东方学会主席，属于当今顶尖的亚述学家。他的最新相关研究成果是德语版的《吉尔伽美什史诗》（*Das Gilgamesch-Epos*, 2005年出版），这也是一本面向大众、方便阅读的书。毛尔对乔治的学术版给予高度评价，高调宣布：乔治的翻译一面世，此前的所有翻译都瞬间过时（该书第11页）。他明确声明，他的翻译以乔治的学术版为基础。

毛尔的《吉尔伽美什史诗》既不能取代乔治的大众版，更不能取代乔治的学术版，那么，他的书价值何在？在于他又发现了新的材料！他在书中宣布，他新发现了五块出土于亚述城（Assur）遗址的《吉尔伽美什史诗》泥版，皆属前所未知。这五块泥版内容相当丰富，对《史诗》的第一、第五、第六、第七以及第十块泥版都有补充（该书第11页）。毛尔既没有发表泥版，也没有透露更多关于这些泥版的细节，但通过比较乔治版译文与毛尔版译文可知，毛尔版增加了不少乔治版中没有的内容。本书《史诗》汉译，参考了乔治和毛尔两人的版本，尤其是乔治学术版中的音译。没有乔治的音译，本书译文是万万达不到现在的理解程度的。

从事世界文学研究的中国学者对《吉尔伽美什史诗》并不陌生，20世纪60年代以前已有学者翻译并发表过《吉尔伽美什史诗》节选。20世纪70年代，赵乐甡先生着手翻译《吉尔伽美什史诗》，80年代，初版问世，后来不断修订和再版，足以说明中国世界文学研究领域对《吉尔伽美什史诗》的重视。从赵乐甡先生的《吉尔伽美什史诗》初版问世到现在的2020年，已经近四十年，相信看到或读过《吉尔伽美什史诗》的人不少，但觉得《吉尔伽美什史诗》是一部伟大诗篇、世界文学史上的璀璨明珠、人类文明瑰宝的人可能不多。我曾在百余人的大课堂问学生，谁知道吉尔伽美什，举手的人寥寥无几，而能讲述《吉尔伽美什史诗》基本内容的人一个也没有，这并不意外。这不是汉译的问题，而是时代性造成的必然结果。我说的时代性指一个时代的学术状况和学术水平。赵乐甡先生的译文初稿完成于1974年，赵先生参考的文献也多达17种，而其中日本学者矢岛文夫发表于1965年的日译本《吉尔伽美什史诗》是当时最新的资料，其余都是更早的研

究成果。1974年的中国尚处在“文革”后期，那时就能参考到十年之内的日文著作，已经很前沿和与时俱进了。然而，赵乐甡先生当时参考的材料即使可能代表20世纪60年代的最高学术水平，译文也终究是那个年代最高水平学术研究的复制品，必定具有那个时代的局限性。那时的《吉尔伽美什史诗》研究尚处在理不出头绪的阶段，也就是说，学术界还不能把众多泥版残片置于《史诗》的正确顺序和位置。所以，那个年代的《吉尔伽美什史诗》，不论是中译本，还是西文译本，情节都衔接不上，杂乱无章。可以说，尽管中国学者在译介《吉尔伽美什史诗》方面下了一番功夫，但远远没有达到应有的效果。《吉尔伽美什史诗》成了“徒有虚名”的名著，没有几个人有勇气和耐心把它从头到尾读下来。尽管如此，赵乐甡先生的功绩是有目共睹的，他是中国第一个完整翻译《吉尔伽美什史诗》的人，从翻译的角度看，译文朴实、优美、准确，兼带一些古风，堪称译著中的精品。在翻译方面，我本人从中受益良多。

亚述学是发展中的学科，知识更新很快，流行的说法是“半衰期十年”。乔治学术版的问世，标志着《吉尔伽美什史诗》的研究步入一个全新阶段。如今，用于再现《史诗》的泥版（残片）多达百余块。虽然《史诗》的内容至今仍缺失三分之一左右，保存下来的内容中也有很多地方难以理解，但百余块泥版（残片）都找到了自己的位置，情节的连贯性和正确性得到了保证，许多难点被攻克，可以说，《史诗》和《史诗》研究都进入了历史上的最佳状态。

中国的亚述学也发展到了新的阶段。1985年，在林志纯等先生的努力下，东北师范大学成立了“世界古典文明史研究所”。从此，这个研究所成为新时代中国世界古典文明史研究的摇篮和重镇，成为全国范围内世界古典文明史研究领域专业人才的输出地。目前，中国已经有一批从事世界古典文明史研究、系统掌握古代语言和古代文字、与西方学术接轨的学者。在世界古典文明史研究方面，虽然中国的整体实力还远不及那些西方强国，但在个别研究领域已偶露峥嵘，这是中国世界古典文明史研究领域的大势，或称时代性。本书就是在这样的大形势和大环境下完成的，依据的材料是乔治学术版中发表的楔文摹本和拉丁音译，同时参考了诸多西方学者的译文和专题研究成果，特别是乔治学术版译文和毛尔版译文。

这部泥版上的伟大诗篇是人类的共同精神财富，本书呈现的《吉尔伽美什史诗》集中体现了欧美学者一个多世纪以来在研究这部伟大诗篇方面取得的成果，相信这个最新中文版本的《吉尔伽美什史诗》会给读者带来不一样的阅读体验。

让我们一同走进经典，穿越时空，在几千年前的时空中，体验人类历史上的精彩片段。

目　录

说明：

[ ] 方括号表示泥版破损；

〈 〉尖括号表示古代书吏遗漏；

( ) 圆括号表示译者补充内容。

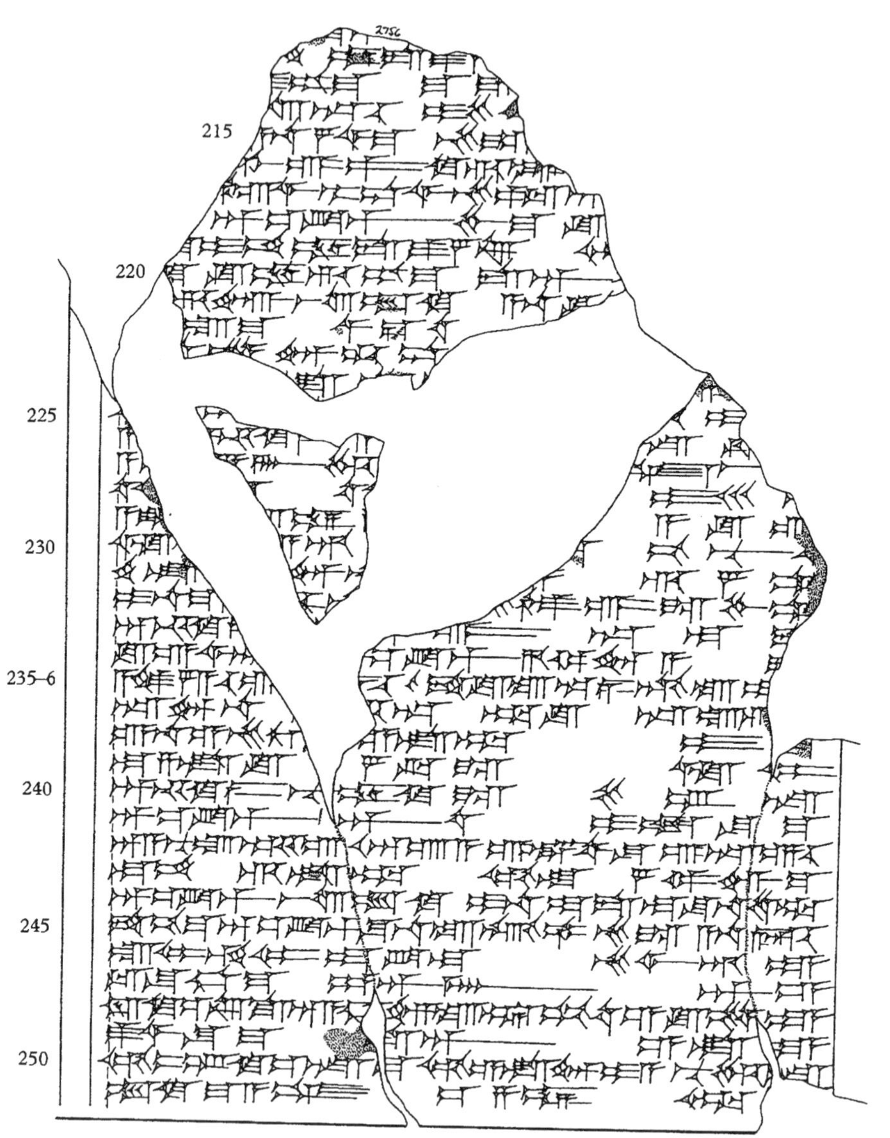

（抄本 B，第 5 栏，George 2003，Pl. 38）

第一块泥版

恩启都啊，放弃你的敌意，
吉尔伽美什，沙玛什爱他无疑。
安努、恩利尔与埃阿，使他更加大智不愚。
你从深山来此地，就在这之前，
吉尔伽美什已在乌鲁克梦见你。

（第 240—244 行）

他见到幽深海底，国之根基。
他晓得秘密所在，一切皆知悉。
吉尔伽美什见到幽深海底，国之根基。
他晓得秘密所在，一切皆知悉。
他知道众神在哪里安身休憩。
他获得全部智慧，
见到了宝藏，揭开了奥秘，
带来了洪水前的信息。
他从千里归来，虽然筋疲力尽，却获得平和心理。
在一块石碑上，他将所有艰辛逐一刻记。
他修建了羊圈乌鲁克的城墙，
包括圣埃安纳，神圣的藏宝库房。
瞧那围墙，它像一道紫红色的光，
瞧那胸墙，无人能够照样模仿！
登上那阶梯，它们古来有之，
走近埃安纳，那是伊什妲的住地，
后世的任何君与民，都无法与之匹敌。
登上乌鲁克城墙，绕墙转一转。
仔细瞧瞧那台基，好好看看那些砖，
瞧瞧其砖是否炉火所炼，
看看其基石是否七贤所奠。
城大无边，园广无边，坑阔无边，伊什妲庙是其一半，
把这些加在一起便是乌鲁克的幅员。
请查看雪松木的泥版箱，

乌鲁克城墙遗址

《吉尔伽美什史诗》的第一块泥版（第 18—21 行）和第十一块泥版（第 323—326 行）都有关于乌鲁克城墙的描述："登上乌鲁克城墙，绕墙转一转。仔细瞧瞧那台基，好好看看那些砖，瞧瞧其砖是否炉火所炼，看看其基石是否七贤所奠。"20 世纪初，德国考古学家在发掘乌鲁克时发现了城墙遗址，并对城墙遗址的一部分进行了发掘。据考古学家估计，城墙全长约 9 公里。这座城墙就是当年让吉尔伽美什引以为豪的伟大建筑。图片见 G. Wilhelm（主编）, *Zwischen Tigris und Nil-100 Jahre Ausgrabungen der Deutschen Orient-Gesellschaft in Vorderasien und Ägypten*, Verlag Philipp von Zabern, Mainz am Rhein, 1998, 图 33。

请打开青铜锁环，
请开启秘密之门，
请拿起青金石版，高声朗读
吉尔伽美什经历的所有苦难。

（古巴比伦版从这里开始）

他在所有的君王中卓越出众，因身材魁伟而举世闻名。
他是顶人的野牛，乌鲁克土生土长的英雄。
他行路在前，一马当先，
有时押后，保同伴平安。
他是坚固的防洪堤，是军队的保护伞。
他是凶猛的洪水，能将石墙掀翻。
吉尔伽美什，卢伽尔班达的野牛，力量大无边。
他喝高贵的野牛宁荪的奶水长大，
吉尔伽美什身材魁梧，完美无瑕，令人惧怕。
他开辟了前往深山的通道，
在大山脚下把井挖。
他穿越宽广的海洋，到达太阳升起的地方。
他走遍世界各地，为的是把永生寻觅。
他到达远古的乌塔纳皮什提那里，全凭一己之力。
他重建了那些毁于洪水的庙宇，
为天下众生建立了秩序，
哪位君王能与之匹敌？
谁敢像吉尔伽美什一样，说“王就是我自己”？

吉尔伽美什，他叫这个名字从出生之日起。
他三分之二是神，三分之一是人。
蓓蕾特伊丽塑造了他的躯体，
努帝穆德使其形象无可挑剔。
他充满活力，神采奕奕，
器宇轩昂，身高十一尺有余。

53—54 行残缺。

他腰宽两尺，
足长三尺，腿长半竿。
一步迈出六尺远，
半尺是拇指的长短。
他两腮长满胡须，像青金石一样闪烁光芒，
他那卷曲的头发，茂盛得像妮撒芭的头发一样。
在成长过程中，他始终完美至极。
他是大地的象征，无与伦比。

（转而描写吉尔伽美什的举止行为，引出故事）

在羊圈乌鲁克，他不停地走来走去。
他耀武扬威，像野牛一样，把头高高昂起。
无人敢与他为敌，他的武器随时准备出击。
为了陪他玩球，同伴们不得片刻歇息。
他把乌鲁克的年轻人搞得力尽筋疲，情形超出常理。

儿子回家见父亲，吉尔伽美什都不许，
白天与黑夜，心急气燥性暴戾。
吉尔伽美什，治下有万民，
他是羊圈乌鲁克的牧羊人。
女儿回家见其母，吉尔伽美什都不准。
向女神伊什妲，这些妇女月复一月把怨申，
在伊什妲面前，她们不断把怨申：
“强大、卓越、无所不知的王，
吉尔伽美什，不许新娘回家见新郎！”
她们是勇士的女儿，男人的婆娘。
女神伊什妲，听她们把怨言讲。

上天神灵，把话语驾驭，
向努纳姆尼尔，他们如此建议：
“在羊圈乌鲁克，你让人造了一头牛，生性爱攻击，
无人敢与他为敌，他随时准备使用武器。
为了玩木球，他让同伴不得息。
他把乌鲁克的年轻人搞得力尽筋疲，情形超出常理。
儿子回家见父亲，吉尔伽美什都不许，
白天与黑夜，心急气燥性暴戾。
在羊圈乌鲁克，他是牧羊人。
吉尔伽美什，治下有万民。
他是他们的牧羊人，他是他们的保护人。
（她们说：）‘强大、卓越、无所不知的王，

吉尔伽美什，不许新娘回家见新郎！’
她们是勇士的女儿，男人的婆娘。”

听罢她们的抱怨，
大神安努把阿鲁鲁唤，（这样对她言）：
“你呀阿鲁鲁，你已然把那人造！
现在，仍按造他的方式造一人，
此人要强壮，足以抵御他[①]心中的风暴。
让他们相互制衡，让乌鲁克重归平静！”

阿鲁鲁一把此言听，
便按照安努所言行，造人成竹已在胸。
阿鲁鲁把双手洗干净，
她拧下一块泥，抛向旷野中。
就在这片旷野上，她造了恩启都，一位大英雄。

他是沉默的后裔，宁努尔塔使他力量大无穷。
厚厚的毛发长满躯体，
头披长发，与妇女无异。
他那卷曲的头发，茂盛得像庄稼地。
世上有民亦有国，他全然不知悉。
俨然是沙坎，披的是兽皮。

① 指吉尔伽美什。

与瞪羚在一起，食草以充饥。
与畜群在一起，池塘饮水上去挤。
与动物在一起，戏水甚惬意。

猎人有一个，专门设陷阱，
在池塘对面望，将他看得清。
一日二日连三日，他在池塘对面望，将他看得清。
猎人盯着看，目瞪口呆直发愣。
（末了）他（恩启都）和牲畜一起回家中。

（猎人）心中仍愤愤，默默不言语，闷闷不作声。
无精打采心不快，满脸愁云神未定。
心里甚苦闷，
仿佛远足归，身体疲惫脸阴沉。
猎人终开口，冲着其父云：
“父啊，有个年轻人，在池塘对面常现身。
力量大无比，举国上下数第一。
犹如陨石般，他的力量大至极。
他在山前山后转，终日不停息。
他与畜群在一起，食草以充饥。
池塘对面处，成了他的常顾地。
我心甚恐惧，不敢凑上去。
我挖好一个坑，他便将之再填平。
我布好一圈套，他便将之再毁掉。

他使荒野上的畜群与野兽，统统从我手中逃。
在旷野狩猎这营生，他已让我做不了。”

其父开口言，对猎人这样说：
“儿啊，吉尔伽美什，他生在乌鲁克，
在他身前与身后，情妇妓女何其多！
他堪与陨石比高低，力大能够拔山河。
朝着乌鲁克，现在就上路！
制服恩启都，何须男人把力出！
吾儿速速去！带上莎姆哈特那个妓女。
她的威力非常大，可与强汉比高低。
畜群来到池塘时，
让她尽把衣裳去，展示其人之魅力。
他会看见她，朝她走过去。
他纵然与畜群同生长，它们也会对他生敌意。”

其父之忠言，他牢记在心里。
猎人即动身，[……………………]

径奔乌鲁克，来到市中心。
对国王吉尔伽美什，遂把来意陈：
“有个年轻人，池塘对面他常去。
力量大无比，举国上下数第一。
犹如陨石般，他的力量大至极。
他在山前山后转，终日不停息。

他与畜群在一起，食草以充饥。
池塘对面处，成了他的常顾地。
我心甚恐惧，不敢凑上去。
我挖好一个坑，他便将之再填平。
我布好一圈套，他便将之再毁掉。
他使荒野上的畜群与野兽，统统从我手中逃。
在旷野狩猎这营生，他已让我做不了。”

（吉尔伽美什的建议与猎人之父的建议不谋而合）

吉尔伽美什，对这位猎人语：
“猎人啊，请你速速去！让妓女莎姆哈特跟着你，
畜群来到池塘时，
让她尽把衣裳去，展示其人之魅力。
他会看见她，朝她走过去。
他纵然与畜群同生长，它们也会对他生敌意。”

猎人随即便启程，带着妓女莎姆哈特一同行。
他们一起上了路，直抄近道不耽误。
就在第三天，已经来到那去处。
猎人、妓女坐下来，且把畜群来等待。
他们坐在池塘的另一边，等待一天又一天。
畜群终出现，饮水池塘边。
动物终到来，戏水甚开怀。
恩启都本人亦在畜群里，大山是他的出生地。

他与瞪羚在一起，食草以充饥。
他与畜群在一起，池塘饮水上去挤。
他与动物在一起，戏水甚惬意。
野人这一切，莎姆哈特看仔细，
荒野深处常来往，年轻力壮带杀气。

（猎人对莎姆哈特说）

“莎姆哈特，就是他，露出胸部，快快宽衣！
速速裸体，让他接纳你的魅力。
不要恐惧，接受他的呼吸。
他会看到你，他会接近你！
铺好你的外衣，让他伏卧你的身体。
对他这个野人，使出女人的拿手戏。
他的男性魅力，将使你身悦心愉。
与他一同生长的畜群，会对他产生敌意。”

莎姆哈特脱裙解衣，
她裸露出身体，他开始享用她的魅力。
她没有产生恐惧，她接受了他的呼吸。
她铺好自己的衣裳，他伏卧她的身体。
对他这个野人，她使出了女人的拿手戏。
他的男性魅力，使她身悦心愉。
整整六天七夜，恩启都与莎姆哈特尽享了做爱的乐趣。

当他尽享她的魅力，
他回过头来，朝畜群望去。
瞪羚看见恩启都转身就跑，
荒野上的畜群也把他远离。
恩启都弄脏了自己纯洁的身体，
他那与畜群跑惯了的双膝，现在只能静静伫立。
恩启都变得虚亏无力，跑起来已不像从前，
但他获得了判断力，已经变得大智不愚。

他又回到妓女身边，坐在她的脚下歇息。
妓女的那张脸，他两眼紧紧盯着不离。
妓女开始把话头拉起，他侧耳听仔细。
冲着恩启都，妓女这样讲：
“恩启都啊，你非常英俊，像神一样来到世上。
你何必和动物在一起，整天在荒野四处游荡？
走吧，我带你到羊圈乌鲁克，
到安努和伊什妲居住的神圣殿堂。
在那里，吉尔伽美什最有力量，
他像野牛一样，比任何男人都威武雄壮。”

她对他讲了这番话，赢得了他的赞赏。
他已然心明眼亮，找位朋友正是所想。

与妓女面对面，恩启都这样讲：

“走！莎姆哈特，请把我带上！
到安努和伊什妲居住的神圣殿堂。
（你说）在那里，吉尔伽美什最有力量，
他像野牛一样，比任何男人都威武雄壮。
我要向他发起挑战，让他见识见识我的力量。
我要让乌鲁克人都知道：‘世上我最强！’
我要改变那里的现状，
生在荒野中的人才最有力量！”

（莎姆哈特说：）“走！快让人们看看你长的啥模样！
那里有妓女，这个我知悉。
恩启都啊，羊圈乌鲁克，你应速速去！
那里的年轻人，个个都把腰带系。
城中的每一天，人们都沉浸在节日的气氛里。
那里的鼓声震天动地，
那里的妓女落雁沉鱼，
个个妩媚动人，浑身充满洋洋喜气。
大人物们亦夜不能寐，纷纷出来凑趣。
恩启都啊，你尚不知生活应该是怎样的情形，
我要让你瞧瞧吉尔伽美什，他是多么开心高兴。
好好瞧瞧他，仔细看看他的面容。
他威武雄壮，器宇轩昂，
浑身魅力无穷。
论力气，他要强于你，

不论白天黑夜，他都不眠不息。
恩启都啊，放弃你的敌意，
吉尔伽美什，沙玛什爱他无疑。
安努、恩利尔与埃阿，使他更加大智不愚。
你从深山来此地，就在这之前，
吉尔伽美什已在乌鲁克梦见你。

（莎姆哈特转述吉尔伽美什的第一个梦）

吉尔伽美什起床后，为了求得梦意，对母把梦境讲起：
‘母啊，就在昨夜里，我做了一个梦，
梦见天上有群星，
仿佛一陨石，向我落不停。
我欲搬起它，对我来说过于重。
我欲滚动它，可我力不能。
乌鲁克全国（百姓）都来围观，
在它周围，全国（百姓）都来聚拢。
一大群人在它周围挤来挤去，
青壮男子将它围得里外三层。
他们都来吻其足，仿佛对待一孩童。
我爱它如爱妻，抚之轻又轻。
我终将它搬起，放你脚下求裁定。
而你，你让我俩旗鼓相当无伯仲。’

（吉尔伽美什之母解梦）

吉尔伽美什，其母最神明，无所而不知，为儿来解梦，
野牛宁荪母，大智且神明，无所而不知，为吉尔伽美什来解梦：
‘天上有群星，映入你眼中。
仿佛一陨石，向你落不停。
你欲搬起它，对你来说过于重。
你欲滚动它，可你力不能。
你终将它搬起，放我脚下求裁定。
而我，我让你俩旗鼓相当无伯仲。
你爱它如爱妻，抚之轻又轻。
（这意味着）一个强壮汉，将来到你这里，将救朋友于危难中。
他力大可拔山，举国上下数第一。
他力量大无穷，堪与陨石比高低。
你轻轻抚摸之，爱之如爱妻。
（这意味着）他是一强者，屡屡救你于危急。
你的这个梦，大利且大吉。’

（莎姆哈特转述吉尔伽美什的第二个梦）

他还做了一个梦，
他猛地站起身，来到神母旁，
吉尔伽美什，对神母这样讲：
‘母啊，夜来我还做一梦，先来给你讲一讲：
在乌鲁克大街，在那集市广场，
一把斧头在地，周围人群熙攘。

乌鲁克全城百姓，都围在那里观赏。
举国上下之众，都聚在它的四方。
在它前面，一大群人摩肩接踵，
在它周围，青壮男子里外三层。
我将它拾起，放你脚下求裁定。
我爱之如爱妻，抚之轻又轻。
而你，你让我俩旗鼓相当无伯仲。’

（宁苏解吉尔伽美什的第二个梦）

吉尔伽美什，其母最神明，无所而不知，为儿来解梦，
野牛宁荪母，大智且神明，无所而不知，为吉尔伽美什来解梦：
‘儿呀，你梦到的那把斧，其实是个人。
你爱之如爱妻，抚之轻又轻。
而我，我让你俩旗鼓相当无伯仲。
（这意味着）一个强壮汉，将来到你身边，将救朋友于危难中。
他力量大无比，举国上下数第一，
他力量大无穷，堪与陨石比高低。’

吉尔伽美什，对母这样云：
‘母啊，恩利尔，智谋神，愿他将这样的事情降我身：
朋友与顾问，正是我想得到的人。
我想得到的人，正是朋友与顾问！’
吉尔伽美什做的两个梦，（我已对你皆敷陈）。”

对恩启都，莎姆哈特把吉尔伽美什的梦叙述一遍，
讲完梦境后，二人再度云雨一番。

衔接行：
恩启都坐在她面前。

·第一块泥版·
解 读

第1—28行：是标准版作者辛雷克乌尼尼在古巴比伦版基础上增加的“引言”，用倒叙的方式，概括了吉尔伽美什的传奇经历。恩启都死后，吉尔伽美什开始游荡荒野，独自一人，挖井杀狮，逐风追月，涉水翻山，穿越任何凡人都无法穿越的原始森林，渡过任何凡人都无法渡过的“死海”，到达任何凡人都不可能到达的彼岸，最终见到洪水浩劫的唯一幸存者乌塔纳皮什提（Ūta-napišti，意为“我找到了永生”）。不仅如此，他还把自己沉入海底，获得了“返老还童草”。他虽然没有从远古智者那里获得永生，却从这位获得永生的远古智者娓娓道来的洪水故事、亲口讲述的人生观以及他自己经历的“所有苦难”（*kalû marṣāti*, 第28行）中获得了智慧。他见到的海底不仅是自然界中的海底，更是最深层的智慧，而这种智慧是当好国王、治理好国家、重新建立被洪水毁灭的人类文明不可或缺的基础，即“大地（或译国家）之根基”（*išdī māti*）。

第5行：在第十一块泥版中，乌塔纳皮什提把众神决定发洪水消灭人类的“天机”泄露给吉尔伽美什。其中讲到，决定发洪水时，众神正居住在舒鲁帕克（Šuruppak），洪水也是从那里发起的，当时统治舒鲁帕克的国王正是乌塔纳皮什提。舒鲁帕克位于当今伊拉克南部，古代巴比伦尼亚中部，现代遗址叫法拉（Tell Fara），20世纪初由德国考古学家发掘，出土大批古朴文献，包括经济文献、辞书文献和文学作品。学术界常把公元前2350年以前的楔文文献称作“古朴文献”（archaic texts），把更早的乌鲁克IV–III时期的文献称作“原始楔文文献”（proto-cuneiform texts），把这时期的文字叫作“原始楔文”（proto-cuneiform writing）。

第7行：“见到了宝藏”（*niṣirta īmurma*）和“揭开了奥秘”（*katimti ipte*）指吉尔伽美什沉到海底，见到生长在海底的“返老还童草”（也叫“心跳草”）。生长这种神草的地方既是“宝藏”，也是奥秘。吉尔伽美什不但获得了这种草，也见证了其功效，亲眼看到蛇吃了这种草之后即刻蜕变的情形。

第8行：根据巴比伦人自己的说法，从洪水灭世到吉尔伽美什登基为王，这期间经历了26 554年（Maul 2005, 153）。吉尔伽美什是洪水灭世后第一个见到乌塔纳皮什提的人，也是唯一亲自听到当事人讲述当年事的人。因此，吉尔伽美什是传播洪水故事的媒介。没有吉尔伽美什，洪水前后的故事和历史信息就不会流传后世。

第9行：吉尔伽美什的挚友与仆人恩启都出现之前，吉尔伽美什贪玩躁动，欺男霸女，整天身带武器，在乌鲁克的大街小巷游来逛去。恩启都到来后，两人开始筹划大事，决定远足黎巴嫩，挑战洪巴巴，希望做惊天动地的事，以流芳后世。恩启都死后，吉尔伽美什开始对人生感到茫然，对死亡感到恐惧，于是游荡荒野。他寻找的不仅仅是永生，更是人生的意义。他最终得到的，不是肉体上的永生，而是灵魂上的再生。他获得智慧，也因而获得“平和心理”（*šupšuḫ*），平和即智慧的理念在此显而易见。他从这种平和心理再出发，不但建立了神庙，还修筑了城墙，“为天下众生建立了秩序”（*mukīn parṣi ana nišī apâti*，第 44 行），他也因此流芳后世，在精神层面获得永生。

第 10 行：早在公元前 3200 年前后，苏美尔人就发明了楔形文字，用芦苇笔把文字写在半干的泥版上。大约公元前 2500 年前后的早王朝时期，出现少量石版文献，石碑文献出现得相对较晚，大约在公元前 2300 年前后。只有国王才有可能把自己想要表达的信息刻在石碑上，所以，刻了文字的石碑是王权的象征。刻碑是一门专门的技术。乌尔第三王朝第二位国王舒尔吉统治时期（公元前 2093—前 2046 年），一位大臣在写给他的一封信中写道：“我是书吏，我甚至可以书写碑文”（dub-sar-me-en na-rú-a ab-sar-re-en，Ali 1964, 54:14）。可见，这门技术是可以拿来炫耀的。《史诗》作者在这里说，“在一块石碑上（*ina* ^{na4}*narê*），他将所有艰辛逐一刻记”，而在后面的诗文里又说“请拿起青金石版”（*ṭuppi* ^{na4}*uqnî*，第 27 行），前后似乎矛盾。也许说的是两件事？也许吉尔伽美什把自己的经历既刻了石碑，又刻了石板？

第 11 行：吉尔伽美什是乌鲁克国王，《史诗》中的故事主要发生在乌鲁克。乌鲁克是根据阿卡德语发音翻译过来的古代名称，苏美尔人称之为乌努克（Unug），《旧约圣经》称之为以力，现代遗址叫瓦尔卡。乌鲁克位于当今伊拉克南部，地处萨马沃（Samāwa）以北 15 公里。自 20 世纪初，德国考古学家便开始有计划地对该遗址进行发掘，发现大量建筑遗址、艺术品和泥版。在考古学上，这个遗址是苏美尔早期文明的代表，早在乌鲁克IV时期，即公元前3200年前后，苏美尔人在这里创造了高度发达的苏美尔文明，发明了文字，并将文字广泛用于经济领域，也用于记载各种分门别类的物名。乌鲁克第一王朝有很多著名国王，吉尔伽美什是其中之一，也是其中最著名者。按照《史诗》的说法，吉尔伽美什见到了远古时代的乌塔纳皮什提，受到这位远古智者的指点，悟到人生真谛，获得智慧，明白了王者义务，于是修墙建庙，建立秩序，成为千古明君。在《史诗》中，“羊圈乌鲁克”出现频率非常高。“羊圈”是乌鲁克的同位语，也是乌鲁克的代名词，绝无贬义，而是对乌鲁克的赞美。一方面，这个比喻意在赞美乌鲁克繁荣富强，牛棚羊圈充实，民生有保障；另一方面，赞美乌鲁克国泰民安，言生活在有城墙的乌鲁克民众，就像生活在羊圈中的羊一样，生活和安全都有保障。根据《史诗》的描述，吉尔伽美什是乌鲁克的“牧羊人”（第71行），这与把乌鲁克比喻为“羊圈”恰好契合。以“圈”喻国，以“羊”喻民，以“牧羊人”喻王，这种比喻明显带有游牧时代的烙印，但具有一种古朴之美。

第12行：埃安纳（é-an-na）意为“天之屋/建筑”，是乌鲁克的一部分，神庙建筑都集中在这个区域，是乌鲁克的崇拜中心，绝大多数泥版文献都出土于这个区域。另一个区域叫库拉巴（kul-aba$_4^{ki}$），字面意思是“乌鲁克之后裔”，可能是国家管理机构所在的区域。埃安纳、库拉巴和乌鲁克三者的关系应该是埃安纳出现最早，库拉巴次之，二者共同构成大乌鲁克。在苏美尔文学作品中，尤其是在与乌鲁克第一王朝的几个国王相关的叙事诗中，埃安纳和库拉巴出现频率都很高，而在十二块泥版的《吉尔伽美什史诗》中，埃安纳出现两次（第一块泥版第12行和第16行），库拉巴没有出现，通篇唯见乌鲁克，不见库拉巴，大概因为从古巴比伦时期起，库拉巴已经淡出人们的记忆，乌鲁克成为这个古老国家遥远记忆的唯一代名词。

第16行：伊什妲（Ištar，过去多译作“伊什塔”或“伊施塔”）和伊楠娜（Inanna）是一个神的两个名称，前者是阿卡德语，后者是苏美尔语。《史诗》用阿卡德语书写，所以，此神在《史诗》中被称为伊什妲。她是苏美尔和巴比伦众神中少有的几个女神之一，也是最重要的女神。她既是战神，又是爱神，是乌鲁克的保护神，也是许多其他城市的保护神。乌鲁克的伊什妲神庙位于埃安纳区，所以，《史诗》说埃安纳是“伊什妲的住地”（*šubat* ^{d}Ištar）。关于她的出身，不同的神学传统有不同说法，一说她是天神安之女，一说是月神楠纳之女，一说是众神之父恩利尔之女，一说是智慧神恩基之女。赞美她或以她为主角或重要角色的文学作品很多，《史诗》是其中之一。在《史诗》中，伊什妲是非常活跃的角色，尤其在第六块泥版中，她向吉尔伽美什求爱，遭到严词拒绝，是《史诗》最精彩的情节之一。

第20行：乌鲁克位于两河流域平原的南部，那里的建筑材料主要是自然风干的土坯（*libittum*），一般不用炉火烧。比较重要的建筑才使用烧砖（*agurrum*）。城墙的建造方式一般是外夯土，内包砖，不是全部砖砌。德国考古学家在乌鲁克遗址发现了吉尔伽美什时代的城墙遗迹。

第 21 行：“七贤”（*mumtalkum*）指前洪水时代的七个智者。新亚述时期（约公元前 1000—前 625 年）的一些仪式文献提到七贤的名字和他们生活的城市，有各种版本，出入很大。七贤中有埃利都（Eridu）的阿达帕（Adapa），专有文学作品讲述阿达帕的故事。贝洛索斯讲到的七贤中，为首者是欧阿涅斯，人首鱼身。七贤的形象各不相同，具有半人半神的性质。

第 22—23 行：原文的表述是“城市 1 沙尔（šár），园林 1 沙尔，泥坑 1 沙尔，伊什妲庙半沙尔”。1 沙尔 = 3.9 平方公里。按照《史诗》的这种说法，乌鲁克的总面积应该是 13.65 平方公里，这显然不符合实际。根据考古学家的判断，公元前 3400/3300 年前后的乌鲁克，面积约 250 公顷。如果按每公顷 100—200 居民计算，那时的乌鲁克至少有 25 000 到 50 000 居民。到了吉尔伽美什统治年代，即公元前 2800 年前后，乌鲁克的地域和人口都有大幅增长，这时的乌鲁克面积大约为 600 公顷。

第 27 行：见第 10 行注释。刻有楔文的青金石版很少见。青金石一般用来做首饰、镶嵌艺术材料以及滚印，很少用作书写材料。关于青金石，见贾妍 2019。

第 29 行：古巴比伦版从这里开始。“他在所有的君王中卓越出众”，即“超越万王”，是古巴比伦版首行的头三个单词，是由主动分词引导的从句，也是古巴比伦版《吉尔伽美什史诗》的名称。

第 35 行：据《苏美尔王表》记载，乌鲁克第一王朝由麦斯江伽舍尔建立，之后是恩美卡（见拱玉书 2006，第 125—133 页）、卢伽尔班达和杜牧兹，而后是吉尔伽美什。又据《苏美尔王表》记载，吉尔伽美什是库拉巴祭司力拉（Lilla，写作 líl-lá）之子，与卢伽尔班达和杜牧兹都没有血缘关系。吉尔伽美什的王位应该不是继承来的。有证据表明，早在公元前 2500 年前后，卢伽尔班达就被神化，而且被列入神表，被视为女神宁荪（Ninsun）的丈夫。吉尔伽美什也被后世神化。作为国王，卢伽尔班达和吉尔伽美什都有着传奇的经历，也都因此成为文学作品歌颂的对象。为了给作品增加神秘色彩，为了满足某些情节的需要，也为了把传说变为自圆其说，有必要把吉尔伽美什的父母升格为神，但又不能是完全高高在上、凌驾于人之上的神，否则无法解释为什么吉尔伽美什三分之二是神、三分之一是人。为了合理解释吉尔伽美什人神一体的二重性，乌尔第三王朝时期苏美尔文学的创作者在卢伽尔班达身上找到了最合适的人选。卢伽尔班达本身就具有人神一体的二重性。他生前为乌鲁克国王，死后被神化，即生前为人，死后成神，终究是神，乌尔第三王朝时期的所有国王都把卢伽尔班达作为神来崇拜。在辈分上，卢伽尔班达属于吉尔伽美什的长辈，做父亲顺理成章。父亲半神半人，母亲是神，儿子自然而然地成了三分之二为神、三分之一是人的人。这不但解释了吉尔伽美什身上的神性来源，也解释了三分之二和三分之一之比的来历。

第 36 行：宁荪这个名字是苏美尔语，意为“野牛女王”（nin-sún）。《史诗》在这个名字前又加了同位语“野牛”（*rīmtu*），故译为“野牛宁荪”（*rīmat* Ninsun）。宁荪最初可能是野牛神，成为卢伽尔班达之妻后，原初的神格被淡化。宁荪能预知未来，在《史诗》中几次为吉尔伽美什解梦，也预知吉尔伽美什在远征洪巴巴时会遇到危险，所以，她为吉尔伽美什提前做了安排，确保了太阳神的佑护和吉尔伽美什的安全。

第 42 行：乌塔纳皮什提和他的妻子是洪水灭世后仅存的人类，获得了永生。他是《旧约圣经》洪水幸存者挪亚的原型。恩启都死后，吉尔伽美什开始游荡荒野，目的就是要找到乌塔纳皮什提，进而从他那里找到永生的秘密。在第十一块泥版中，乌塔纳皮什提给吉尔伽美什讲了他亲身经历的毁灭人类的洪水浩劫以及自己如何免遭劫难并获得永生的全部过程。参见本块泥版第 5 行注释。

第 43—44 行："重建庙宇"（*muter māḫāzī*）和"建立秩序"（*mukin parṣi*）在苏美尔与阿卡德王室铭文和法律文献中都能见到，这样的作为属于王者职责，本无可炫耀。但这里所说的"重建庙宇"和"建立秩序"非同一般。吉尔伽美什游荡世界，并且实现了穿越，见到远古先王，得到教诲，获得智慧，而后重返故国。有了这种经历后，重建的庙宇和建立的秩序自然非同寻常，所以才有下一句的"哪位君王能与之匹敌？"

第 47 行：吉尔伽美什的名字有多种写法，最早的写法是"比尔伽美什"，意为"老人（成了）年轻人"。这个名字不可能是乳名，而应该是后来人们根据他的传奇经历而给他的称号。久而久之，这个称号取代了乳名，以至于乳名被彻底遗忘，这个称号成了唯一的名称。大概古代已有人对吉尔伽美什的名字提出过异议，为了打消疑虑，《史诗》遂来个"特此说明"。

第48行：参见本块泥版的第35行注释。

第49行：蓓蕾特伊丽（Bēlet-ilī，“神之女王”）是母神，即苏美尔语的丁格尔玛赫（Dingir-mah，“大神”）。在楔文文献中，母神有多种名称，除蓓蕾特伊丽外，还有妈妈（Mama，或Mami）、宁丁格尔蕾妮（Nin-dingir-ene，“众神之女主”）、宁胡桑伽（Nin-ḫur-sag-gá，“群山女王”）、宁美娜（Nin-men-na，“王冠之女主”）、宁图德（Nin-tud，“生育女主”）以及阿鲁鲁（Aruru）等。关于母神，详见Black 2005，特别是第40—41页。

第50行：努帝穆德（[d]nu-dím-mud，“造型者”）是智慧神埃阿（即苏美尔语的恩基）的称号之一。努帝穆德这个称呼反映的是埃阿参与造人的神格。恩基是苏美尔众神中位居第三的大神，仅次于安（An，苏美尔语，意为“天”，阿卡德语称安努）和恩利尔。恩基是地下淡水神，是智慧神，与诅咒、魔法以及人类文明中的各种工艺联系紧密。崇拜恩基的神庙阿布祖（Abzu，阿卡德语称阿普苏）坐落在埃利都。恩基对人类很友善，人类需要帮助时，恩基都会出手相助。当人类遭受洪水的灭顶之灾时，恩基宁肯违背誓言，也毫不犹豫地向人类泄露天机。由于恩基出手相助的缘故，生命的种子才得以保留，人类文明才得以延续（见第十一块泥版）。

第51行、第52行、第55行：乔治版残缺，根据毛尔版翻译。

第56行：“足长三尺”中的“尺”指肘尺，即阿卡德语的1尼卡斯（nikkas）。不同时期的肘尺长度不尽相同，但都在40厘米到50厘米之间。1竿（*nindanu*）最初等于12肘尺，后来等于14肘尺，绝对长度在6米到7米之间。按照《史诗》的说法，吉尔伽美什的身体不成比例，手脚都超大，肩也很宽，这显然是文学作品的夸张，也可能是幽默。作为现代读者的我们，对此感到震撼，同时感到滑稽有趣，不禁对吉尔伽美什的形象产生无限想象。古之览者，未必不如此。

第 57 行：毛尔把 *birīt purīdišu* 翻译为“肩宽”（Maul 2005, 48），乔治译为“跨度”（George 2003, 541），各有道理，但显然后者更符合逻辑。肩宽 6 尺（长度在 2.5 米到 3 米之间）实在难以想象，本书根据乔治的观点将 *birīt purīdišu* 译为“跨度”。

第 60 行：妮撒芭是书写神。书写妮撒芭的楔文符号是一个形似谷穗的象形字，因此，学者多认为，妮撒芭最初可能是谷神。《史诗》中体现的就是她的这种谷神和谷物的神格。“茂盛得像妮撒芭的头发一样”相当于“茂盛得像田地里的谷物一样”。

第 66 行：这是《史诗》中提到的第一个事件，吉尔伽美什的故事从这里才真正开始。吉尔伽美什胁迫乌鲁克的年轻人一起玩一种游戏，在游戏中使用两种东西，一种叫“扑库”（*pukku*），一种叫“枚库”（*mekkû* 或 *mikkû*）。这两种东西究竟为何物？玩的是什么游戏？学者对此有不同说法，都属于猜测，没有确凿证据，因此，截至目前没有定论。认为“扑库”是一种木球，而“枚库”是一种球棍的学者比较多。《史诗》在此只提到了“扑库”，没有提到“枚库”。在第十二块泥版中明确讲到了这两种游戏用具的名称，因此，可以肯定，此处提到的游戏和第十二块泥版提到的游戏是同一种游戏，二者也是同一个事件，都指向一个独立的、流传于民间的关于吉尔伽美什的故事，即《吉尔伽美什、恩启都与冥界》。《史诗》作者按照情节的需要巧妙地把这个故事做了拆分和改编，分别融入《史诗》的不同部分。仅就玩球情况而言，《史诗》作者将玩球情节的一部分用在了这里，另一部分用在了第十二块泥版讲述的故事中，这样就避免了恩启都过早死亡，使《史诗》的整体情节得以按照目前见到的版本继续发展。

第 72 行：为了与后来沉稳智慧的吉尔伽美什形成反差，取得更好的文学效果，《史诗》在此极力渲染吉尔伽美什的躁动、暴力和不务正业的性格和行为。他的职责是当好乌鲁克的"牧羊人"（*rē'ûša* Uruk[ki]，第 71 行），《史诗》特别强调了这一点，而且把这句话安插在描述吉尔伽美什各种不当行为的中间，讲故事的人似乎在讲述吉尔伽美什的劣行时，突然加了一句评语，对听众说道："不要忘记，他可是乌鲁克国王！"言外之意，国王竟然如此！引起听众注意后，讲述者继续讲述吉尔伽美什的不当行为。这个插入语给平铺直叙带来了起伏和变化，也足以引起读者或听众的思考，给《史诗》增加了思想深度。

第 73 行：此句残损严重，毛尔版如此修补。乔治和毛尔都把残文 ár-[ ] 修复为 arhiš，即 warhiš，"每月"或"月复一月"。在《吉尔伽美什、恩启都与冥界》中，吉尔伽美什的强迫性玩球游戏只持续了一天，第二天就因百姓的抱怨而无法进行：球和球棍都掉入阴间。十二块泥版《史诗》的作者显然认为因一日之苦而抱怨的理由不充分，于是把苏美尔语版的一日玩耍改为无休无止的玩耍与强迫。因此，"月复一月"，如果修补正确，应该是十二块泥版作者的发挥和演绎。

第 78 行：伊什妲有时也被用来泛指女神，也可以有复数形式。在本行的语境中，译作“女神”（George 2003，543）和“伊什妲”（Maul 2005, 48）皆可。

第 79 行：“把话语驾驭”的阿卡德语是 *bēl zikri*，直译为“表达之主人”或“话语之主人”。

第 80 行：努纳姆尼尔（Nunamnir）是恩利尔（Enlil）的别名。此行残损，据毛尔版翻译。恩利尔是古代美索不达米亚众神殿中的大神之一，地位仅次于安（天神）。他有时被称为“众神之父”，有时又被视为安神之子。恩利尔的妻子是宁利尔（Ninlil），他们的后代包括战神与爱神伊楠娜（阿卡德语的伊什妲）、雷雨神伊什库（Iškur，阿卡德语的阿达德）、月神楠纳（阿卡德语的辛）以及太阳神乌图（Utu，阿卡德语的沙玛什）等。恩利尔神庙埃库尔（Ekur）位于尼普尔（Nippur）。恩利尔在《史诗》中是个非常活跃的神，尤其在第十一块泥版中，他是洪水灭世的主谋，也是赋予乌塔纳皮什提及其妻子永生的神。

第 93 行：安努出现在原文的第 93 行，在汉译中出现在第 94 行。楔文残损，但根据语境，可补为“安努”（^{d}a-nu）。安努即苏美尔语的安，是天神，“安”在苏美尔语中也是“天”的意思。在苏美尔神学中，安的地位最高，是真正的“众神之父”。在苏美尔创世神话中，当天地分离时，安占据天位，于是形成现在这样的宇宙格局。安的地位虽高，但在实际的宗教生活和政治生活中所起的作用远不如恩利尔，在文学作品中，也远不如恩利尔出现频率高，形象不如恩利尔鲜明，行为不如恩利尔活跃。若用现代权力结构比喻安和恩利尔的关系，安类似总统，高居虚位，养尊处优；恩利尔更像总理，大权在握，包管一切。在《史诗》中，安努也是比较活跃的角色，尤其在第六块泥版中，有一段安努与伊什妲的对话，展示了安努的一些性格特点，尤其是面对伊什妲的威胁而做出让步和妥协的性格。身为至尊，被小神胁迫，或身为父亲，被女儿胁迫，这在任何其他作品中都是绝无仅有的。

第 94 行：阿鲁鲁（Aruru）是母神的名称之一，有的神话传统称其为恩利尔之妹。参见本块泥版第 49 行注释。

第 96 行：此行的 *bini zikiršu* 多被译为“按他（安努）的指令造！”（George 2003, 543；Maul 2005, 49; Foster 2001, 6）。乔治在该行译文之下做注道：“也可译作‘现在，造一个像他（吉尔伽美什）一样的人’。”（George 2003, 543, 注 12）在此处的语境中，安努招来母神，命她造人，因此，*zikiršu*“他的命令”中的“他的”（šu）不可能指安努自己，应该指将被造的那个人，即恩启都。根据语境推断，此处的 *zikiršu*（“表达、命令、名称”）应该是造人时母神口中的“念词”，如，造恩启都时，母神可能一边手里揉泥，一边口中念叨：“恩启都，恩启都，头发长，胳膊粗，腿脚大，能走路……”然后把揉成形的泥往平原上一抛，恩启都就诞生了。当然，这是推测，不是实证，备在这里，抛砖引玉。

第 97 行：“抵御他心中的风暴”（*ūm libbišu*），即要能制约吉尔伽美什，与他旗鼓相当。

第 103 行：虽然前面的注释屡次提到恩启都，但恩启都的名字这时才首次出现在《史诗》中。他是母神奉命造的人，没有父母，没有童年，生来就是可与吉尔伽美什匹敌的壮汉。恩启都”（^{d}en-ki-dùg，或 ^{d}en-ki-du$_{10}$，意为“好地方的主人”）在楔文文献中有不同写法。最早的写法是 en-ki-dùg-ga，已见于公元前 2600 年前后的法拉文献。在苏美尔语的“吉尔伽美什系列”中，有时可见 ^{d}en-ki-du$_{10}$ 的写法，有时可见 ^{d}en-ki-dù 的写法。《史诗》中“恩启都”都写作 ^{d}en-ki-dù。此外，还有 ^{d}en-ki-du$_{4}$ 和 ^{d}en-gi-du$_{4}$ 等其他写法。关于恩启都的“教化”，见欧阳晓莉 2019。

第 104 行：宁努尔塔是众神之父恩利尔之子，是战神，同时也是农神，主要神庙在尼普尔。作为战神，宁努尔塔有很多英雄事迹，最著名的是战胜从恩利尔那里盗窃“命运泥版”的安祖鸟（Anzû）。《史诗》中体现的应该是他的战神神格。“宁努尔塔使他力量大无穷”是“宁努尔塔之磐石”（*kiṣir* ^{d}nin-urta）的释译。《史诗》还把恩启都的力量比喻为“陨石”（*kiṣri ša Anim* “天之石”，第 125 行）。这两个比喻（一个明喻，一个暗喻）明显指向一部歌颂宁努尔塔的作品，即《宁努尔塔的英雄事迹》，古代名称叫《王者》（*lugale*）。在这部作品中，宁努尔塔战胜恶神阿萨格（Asag）及其石头联军，而后用石头造各种山，山脚下有河流或湖泊，最后都流入幼发拉底河和底格里斯河。

第 107 行：表述方式与前面的第 60 行相同，即“像妮撒芭”（*kīma* ^{d}nissaba），详见第 60 行注释。本书汉译常根据中文的需要把同一概念做不同处理。

第 109 行：沙坎（Šakkan）是动物保护神，阿卡德语文献一般写作苏牧坎（Sumuqan），形象大概是身披兽皮的牧人。在第七块

泥版中，恩启都梦游阴间，见到了沙坎。在苏美尔人的宇宙观里，阴阳两界都有动物，因此，沙坎也存在于阴阳两界。

第 117 行：这里指恩启都带领畜群离开池塘，回到“他的家”（*bītumšu*）中。“他的家”指恩启都的家，也许恩启都搭建了可避雨遮风的木棚，也许恩启都找到了一个适合与畜群一起歇脚的自然屏障，也许指恩启都带领畜群消失在平原中，具体不详。

第 125 行：恩启都力大如“陨石”之比喻，见本块泥版第 104 行注释。

第 136 行：这句话残缺，乔治版只有 *elu ṣērīšu*“在他身后”尚在。福斯特把此行修补为“没人比他更强”（Foster 2001, 7）。但毛尔的修补完全不同，汉译从毛尔版。毛尔注：在乌鲁克，为伊什妲女神献身为仆的妇女很多，她们既是伊什妲神庙的神职人员，也从事性服务行业（Maul 2005, 157）。

第 140 行：莎姆哈特（Šamḫat）是个阿卡德语普通名词（*šamḫatu*），意为“妓女”。《史诗》在莎姆哈特的前面加了一个表示妇女名字的符号，表明此人的名字叫莎姆哈特，应该是前面第 136 行提到的那些既是女祭司又是妓女的神职人员之一。关于《史诗》中的妇女角色，见欧阳晓莉 2016。

第 141 行：此处“强汉”（*dannu*）指猎人。猎人设陷阱，不但没有捕获恩启都，陷阱反遭恩启都破坏。猎人父如今设下莎姆哈特这个陷阱，并确信恩启都一定会上套。猎人的陷阱为猎人父的“陷阱”做了铺垫，不但在情节上顺理成章，在内涵上更高一筹。这种前后呼应的文学手法在《史诗》中屡见不鲜。

第179行：这一句似乎是莎姆哈特的自言自语，是她对恩启都的观感。身为壮汉的猎人见到恩启都吓得不敢出声，不敢向前，怕恩启都发现自己，对自己不利。可想而知，莎姆哈特见到披头散发、以动物为伍的野人（*lullâ amēla*，第178行）恩启都心理是多么恐惧，她边看边自言自语："这个年轻人（*eṭla*）身带杀气（*šaggāša*）"。可见，《史诗》中不但有独白、对白、人物描述、场景描述、行为描述，还有心理描述。

第185行："女人的拿手戏"（*šipir sinništi*），字面意为"女人的工作/艺术（品）"。

第199行：恩启都以动物为伍，食牛羊之所食，饮牛羊之所饮，居牛羊之所居，且保持着纯洁之身（*ullula pagaršu*），与莎姆哈特在一起反而弄脏了自己的身体，这颇耐人寻味。

第207行："像神一样来到世上"（*kī ili tabašši*）指恩启都不是由父母所生，而是由神直接创造。

第210行：苏美尔人的宗教属于多神崇拜，但一个城市一般只崇拜一个神，一个城市同时崇拜两个神的情况很少，乌鲁克是其中之一。安努和伊什妲都是乌鲁克的守护神，乌鲁克有两个神庙，分别是伊什妲庙和安努庙。"到安努和伊什妲居住的神圣庙堂"即到乌鲁克去。乌鲁克之所以有两个大神和两座神庙，显然是由于乌鲁克由两个独立的城市——库拉巴和埃安纳——组成的缘故。

第225行：此句残损严重，只有"我知道那里有"尚在，有什么不详。福斯特把残文修补为"那里有吉尔伽美什"（Foster 2001, 10），而毛尔的修补是"那里有妓女"（Maul 2005, 54），二者大相径庭，汉译暂采纳毛尔的修补，因为下面的第230—231行特别讲到乌鲁克妓女，个个美丽动人，沉鱼落雁，也与第234行吉尔伽美什不理国事，整天灯红酒绿、荒淫无度相呼应。参见本块泥版第136行注释。

第234行：恩启都到来之前，吉尔伽美什就是个无道昏君，吃喝玩乐，欺男霸女，权力失控。在这种情况下，一种制衡的力量应运而生，这种力量不是神（虽然归根结底都源于神的干预），也不是人民，而是横空出世的另一位英雄。

第241行：在本行和下一行中，接连出现四位大神。沙玛什（Šamaš）是太阳神，苏美尔人称太阳神为乌图（Utu），“乌图”在苏美尔语里是“太阳”之意，书写“太阳”的楔文也是“初升太阳”的象形字。沙玛什在《史诗》中是个非常重要的角色，尤其在第五块泥版中，当吉尔伽美什受到洪巴巴威胁时，沙玛什刮起了十三种风，控制了洪巴巴，吉尔伽美什才得以战胜他。

第242行：安努，见本块泥版第93行注释；恩利尔，见本块泥版第80行注释；埃阿，见本块泥版第50行注释。

第245行：关于吉尔伽美什母亲宁苏，见本块泥版第36行注释。

第268行：《史诗》曾把恩启都描绘为“宁努尔塔之磐石”（见本块泥版第104行注释），吉尔伽美什梦见从天上落下“陨石”，吉尔伽美什的神母宁苏为吉尔伽美什解梦，认为此梦大吉，预示吉尔伽美什将得一友。《史诗》情节的发展很快证明，这个友人就是恩启都。可见，彼陨石（第104行）与此陨石（第248行）遥相呼应，都指向恩启都。在文学手法上，彼陨石隐而不露，扑朔迷离，此陨石也暗藏秘密，谜底揭开时，读者才发现彼陨石暗藏的玄机。乌鲁克人围观“陨石”的场面与恩启都本人到达乌鲁克时遭到围观的场面十分相似，由此可见，梦预示了将来的真实，梦在这里起着预示作用（方晓秋2019），而且是在读者无意识的情况下。

第288行：在恩启都到来之前，吉尔伽美什做了两个梦，一梦陨石，二梦斧子。两个梦都是通过莎姆哈特传达给恩启都的。莎姆哈特的信息来源，《史诗》没有交代。根据宁苏的解释，陨石和斧子都是恩启都的象征，都预示恩启都即将出现。陨石和斧子也都预示了恩启都的性格。

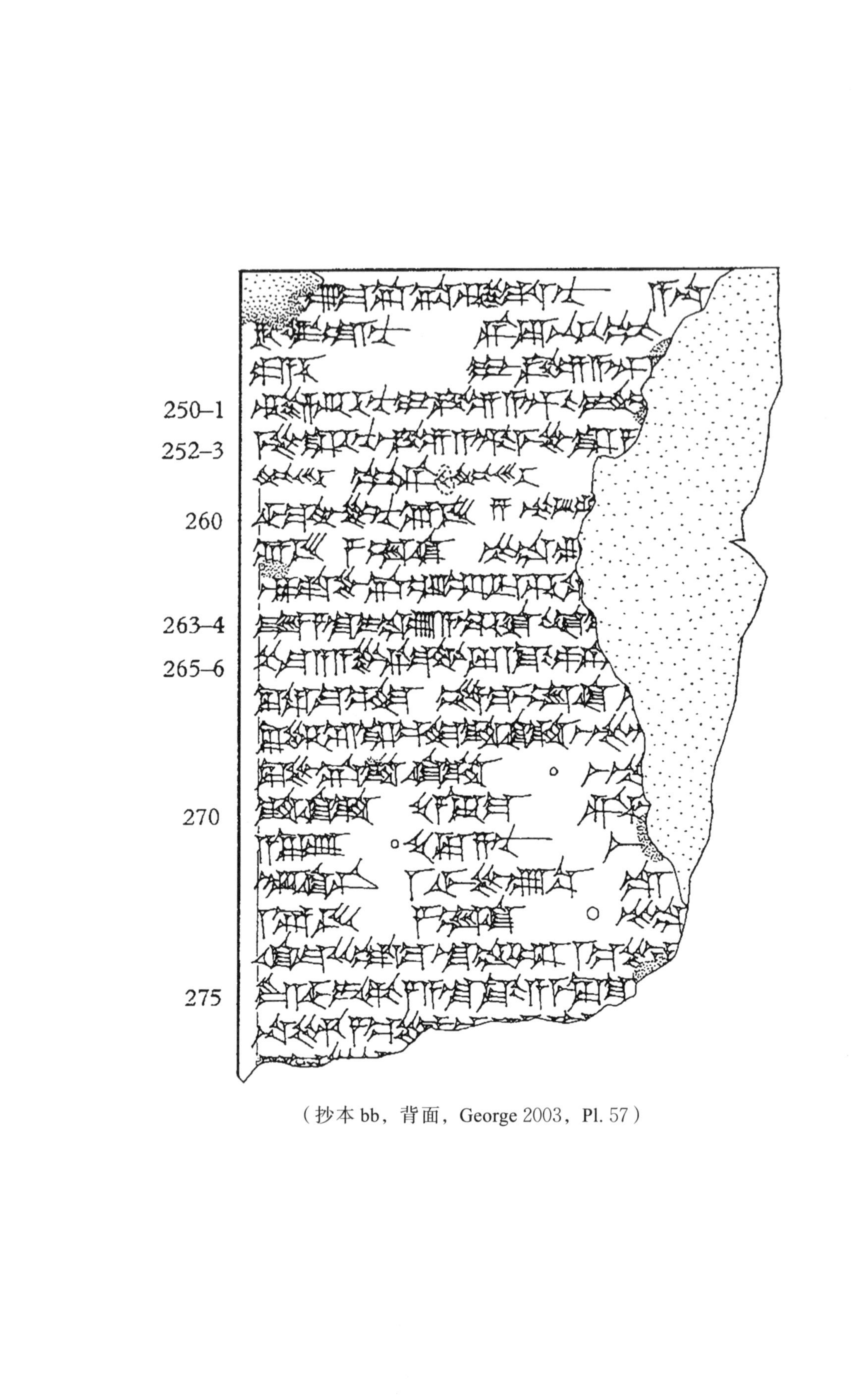

（抄本 bb，背面，George 2003，Pl. 57）

第二块泥版

我已能扛鼎拔山，
足以长途跋涉，
对洪巴巴发起挑战。
我将经历一场从未经历的战斗，
我将踏上一条从未走过的路线。

（第262—264行）

恩启都坐在她面前，[…………………]

第二块泥版的开头部分残缺。乔治在2020年出版的《吉尔伽美什史诗》中，将美国宾夕法尼亚大学博物馆收藏的古巴比伦版《吉尔伽美什史诗》（OB P）中的部分内容（ii 44-71）移植到这里（George 2020，Tablet II. The Taming of Enkidu），包括（1）恩启都与妓女莎姆卡图姆（Šamkatum，即《史诗》中的莎姆哈特）做爱，（2）妓女劝恩启都到乌鲁克以及（3）恩启都同意妓女的建议。

“你为何与动物为伍，整天在荒野游荡？”
自己仔细想，[…………………………]
根据自己的判断，[……………………]
他已心明眼亮，[……………………]

莎姆哈特 [………………………………]
她把第一件衣服拿来自己穿，
然后给他穿上第二件。
她拉着他的手，引他前行神一般。
她带他到牧人的帐篷，那里有牛棚羊圈。
一群牧人朝他聚拢过来，
他们出于好奇，不由自主地出来围观。

（围观者议论）

“这个家伙的长相，跟吉尔伽美什很像，

个头真不小，像墙垛一样壮。
他大概就是恩启都，山里出生山里长。
他的力量大无穷，可与陨石比高强。”

（作者叙述）
人们在他面前放了面包，
人们在他面前放了啤酒，
恩启都并未吃面包，而是一脸茫然仔细瞧。
如何吃面包，从未有人把他教。
如何喝啤酒，恩启都从来不知晓。

冲着恩启都，妓女这样道：
“吃吧，恩启都，面包是人吃的食物，
喝吧，恩启都，啤酒是国之饮料。”

《史诗》第二块泥版的第 47—99 行破损严重。在 2003 年的学术版中，乔治根据古巴比伦版（OB P），修补了第 47—51 行。在 2020 年的《吉尔伽美什史诗》中，乔治把 OB P 中的第 iii 栏第 90—115 行全部“嫁接”于此，除上面的 5 行（第 47—51 行）外，内容包括：恩启都又吃又喝，直到酒足饭饱。他一连喝了七坛酒，而后高兴得唱了起来。理发师为他梳理身上的毛发，为他的身体涂油，给他穿上新衣，把他打扮得像英雄一样。恩启都拿起武器，准备独战群狮。

61 当牧人长躺下休憩，
恩启都便是他们的牧人，时刻把不测提防。

（路上偶然遇一人）

63 恰在此时有一郎，正在受邀去婚房。
在羊圈乌鲁克，他正在去往婚房的路上。

65—99 行残缺。

在 2020 年版的《吉尔伽美什史诗》中，乔治把 OB P 中的第 iv—v 栏第 135—202 行全部“嫁接”于此，内容包括：恩启都正与莎姆卡图姆取乐之时，看到一个年轻人在匆匆赶路。他让莎姆卡图姆把这个人叫过来问话，于是，这位年轻人被叫住。经询问，恩启都得知，这个人正在赶往一场婚宴，去为婚宴做准备工作。这位年轻人告诉恩启都，根据乌鲁克的习俗，百姓结婚，国王要在婚礼上实施初夜权，女人从剪断脐带时起，就注定了这种命运。恩启都闻言大怒……（OB P 的第 167—173 行残缺），恩启都在前面走，莎姆卡图姆跟在后面（一起去乌鲁克），乌鲁克人围观恩启都并对恩启都品头论足（与上面的第 40—43 行大致相同）。在乌鲁克，人们定期举行节日庆典，男人们比试力量，决出冠军，吉尔伽美什天下无敌，现在出现了对手。婚床已备好，吉尔伽美什准备与新娘入洞房。这时，恩启都出现在吉尔伽美什面前，挡住吉尔伽美什的去路。

他伫立在羊圈乌鲁克的大街上，
出发［……］，力量［…………………］
他把吉尔伽美什的去路阻拦，
乌鲁克的全城百姓，都站在那里围观，
举国上下之众，都来到此处观看。
在他前面，一大群人接踵摩肩，
在他周围，青壮男子人海人山。
他们都来吻其足，仿佛对待孩童般。

眨眼之间，年轻人已经来到新房。
为伊什哈拉女神，婚床已经准备停当。
为吉尔伽美什，像为神一样，人们已经安排好了替娘。

恩启都两腿一叉，把婚房之门拦挡，
不让吉尔伽美什进入婚房。
在婚房门前，他们狠命地扭住厮打，
在乌鲁克大街，在那集市广场，他们大打出手比高强。
门柱颤动，墙壁摇晃。

以下几乎残缺一栏，近 50 行。在 2020 年版的《吉尔伽美什史诗》中，乔治把 OB P 中的第 vi 栏第 227—240 行嫁接于此，内容包括：吉尔伽美什单腿跪下，他（大概指恩启都）的怒气消减，退出战斗。恩启都赞美吉尔伽美什，说他由神母宁荪所生，独一无二，超群出众，大神恩利尔赋予他统治众生的使命。至此，OB P 结束。

摔跤图（1）

石灰岩浮雕板，约公元前2500年，宽24厘米，出土于伊拉克首都巴格达东北部的海法吉遗址，现存巴格达伊拉克博物馆。图片见E. Strommenger, *Fünf Jahrtausende Mesopotamien*, Hirmer Verlag, München, 1962, 图46上。《吉尔伽美什史诗》第二块泥版写道：吉尔伽美什与恩启都“在婚房门前，他们狠命地扭住厮打，在乌鲁克大街，在那集市广场，他们大打出手比高强”（第113—114行）。这个浮雕板描述的情景与《吉尔伽美什史诗》中描述的格斗情景甚相吻合。

摔跤图（2）

石灰岩浮雕板，约公元前2500年，宽24厘米，出土于伊拉克首都巴格达东北部的迪亚拉地区，现存巴格达伊拉克博物馆。图片见E. Strommenger, *Fünf Jahrtausende Mesopotamien*, Hirmer Verlag, München, 1962, 图46下。其情其景与《吉尔伽美什史诗》第二块泥版中描述的吉尔伽美什与恩启都格斗的情景若合一契。

（围观者议论）

“他的力量大无比，举国上下数第一。
他的力气大无量，可与陨石比高强。
他的个头真不小，仿佛墙垛一样壮。”

（母神宁荪回应）

吉尔伽美什之母，开口把话讲，
她对其子把话讲，
野牛宁荪母，对吉尔伽美什把话讲，她之所言是这样：
“儿啊！[……………………………]
你痛苦地 […………………………]

70—71 行残缺，直到第 177 行，都是宁荪的独白。

你紧握 […………………………………]
[……] 在门中 [………………………]
他痛苦地哭泣 [………………………]
恩启都没有 [亲人……………………]
松散的头发 […………………………]
他出生在荒野，从未得到任何人的呵护。”

恩启都站在那里，倾听着她的讲述。
他沉思了一会儿，便坐下来号啕大哭。
他的眼里充满泪水，

他的双臂瘫软麻木，力量［消失得踪影全无］。
他们彼此搀扶，［遂坐在一处］。
他们相互拥抱，他们的手仿佛［…………］

吉尔伽美什［……………………………］
对恩启都，他这样问究竟：
“我的朋友啊，为何泪水充满了你的眼睛？
为何你的双臂变得麻木不灵？［而你的力量消失得无影无踪？］”

对吉尔伽美什，恩启都这样说自己：
“我的朋友啊，我心痛楚至极，［…………］
［……］，在泪水中颤抖不已，
我的心里充满恐惧。”

第 192—215 行残损严重。在 2020 年版的《吉尔伽美什史诗》中，乔治把耶鲁大学博物馆收藏的古巴比伦版（即 OB Y）中的第 iii 栏第 97—119 行嫁接于此，内容包括：吉尔伽美什建议恩启都和他一起到雪松林，杀死凶狠的胡瓦瓦（即《史诗》中的洪巴巴）。恩启都讲述了自己的亲身经历，说自己在山里与动物为伍时，见过胡瓦瓦。他告诉吉尔伽美什，雪松林的两端各有七十里荒野，不要到那里冒险。至于胡瓦瓦，他描述道：胡瓦瓦的叫喊是洪水，说话是火焰，呼吸是死亡。恩启都反问吉尔伽美什为什么起了杀胡瓦瓦的念头？恩启都对此不能理解，因为他认为战胜胡瓦瓦是不可能的。吉尔伽美什对恩启都说："我的朋友啊，我将登上雪松山！"

洪巴巴头像

赤陶浮雕，出土于巴比伦，高7厘米，公元前7—前6世纪。图片见M. A. Beek, *Bildatlas der Assyrisch-babylonischen Kultur*, Gütersloher Verlagshaus Gerd Mohn, Gütersloh, 1961, 图283。洪巴巴头像还有很多，千姿百态，这个头像最著名。《吉尔伽美什史诗》第二块泥版这样描述洪巴巴："洪巴巴，他的叫喊是洪水，他的言语是火焰，他的呼吸是阎王殿。哪怕森林中有声音点点，远在六百里开外，他也听得见。贸然闯入他的森林有谁敢？"（第221—224行）

（恩启都对吉尔伽美什提出警告，都是经验之谈）

恩启都开口说话，对吉尔伽美什有言在先：
“我的朋友啊，我们怎可去雪松林冒险？
218a 为了确保雪松安全，
219a 恩利尔决定了他的命运，使他让人望而生惮。
218b 那里的路不是人走的路，
219b 而那个人亦非人可以直面。
雪松林的卫士，他的辖地广袤无边。
洪巴巴，他的叫喊是洪水，
他的言语是火焰，他的呼吸是阎王殿。
哪怕森林中有声音点点，远在六百里开外，他也听得见。
贸然闯入他的森林有谁敢？
除阿达德外，没有他人敢冒这种险。
即使大神伊吉吉，也不敢向他发起挑战。
为了确保雪松安全，
恩利尔决定了他的命运，使他让人望而生惮。
谁要闯入他的森林，谁就注定身体瘫痪。”

冲着恩启都，吉尔伽美什这般言：
“来吧，［我的朋友，………………］
我的朋友啊，你为何口出懦夫言？
你的这番泄气话，使我意乱而心烦。
人的生命有限，
人所做的一切，终究都似风一般。

［……］不存在［…………………］
你在荒野出生，你在荒野成长，
狮群见你都畏惧，（因）你饱经风霜。
青壮男子见你都回避，
（因）你什么都晓得，什么样的战斗都曾经历。
走！我的朋友，［我们现在就去兵器坊］。”
朝着兵器坊，［二人健步如飞一同往］。

243—246 行残缺。

（已经到了兵器坊）
他们坐在一起，就打造兵器的事相互商量。
“战斧我们来铸造，［…………………］
战斧重达7比拉，［……………………］
佩剑重达7比拉，
［……………………………………］
（系斧的）皮带重达1比拉。
［……］的皮带，［……………………］
［……………………………………］

第二块泥版第 243—259 行残损严重。在 2020 年版的《吉尔伽美什史诗》中，乔治把古巴比伦版（即 OB Y）中的第 iv 栏第 163 行—第 v 栏第 188 行嫁接于此，内容包括：吉尔伽美什和恩启都手拉手来到兵器坊，那里的工匠们

正坐在一起把事情商量。工匠们为他们打造了大斧和长剑，两个人每人将负重210公斤。吉尔伽美什关闭了乌鲁克的七座城门，把乌鲁克人召集在一起。吉尔伽美什坐在王座上，百姓面王而坐。吉尔伽美什先对长老们讲话，告诉长老们，他决定去会一会举国上下都在议论的那个神，决定到雪松林去征服他，以证明乌鲁克后继有人：“我要在那里伐雪松，我要让我的名字永垂千古。”

（吉尔伽美什先对长老讲话，现在转向年轻人）

“羊圈乌鲁克的青壮年，大家都来听我言：
乌鲁克的青壮年啊，[你们打仗]有经验。
我已能扛鼎拔山，足以长途跋涉，对洪巴巴发起挑战。
我将经历一场从未经历的战斗，
我将踏上一条从未走过的路线。
为我祈祷吧，这样我便可以上路；
我便可以安全返回，再与你们相见；
我便可以再度进入乌鲁克的大门，兴高采烈地凯旋；
我便可以回来，把阿吉图庆典每年举行两遍。
我要庆祝阿吉图节，一年庆两番。
阿吉图节要庆祝，让节日气氛处处见。
在野牛宁荪前，把鼓敲得响彻天。”

（恩启都对此持不同意见，劝长老们阻止吉尔伽美什）

恩启都如此这般把长老们劝，

（同时）对那些善战的乌鲁克青壮年（开口言）：
“请你们告诉他，不要到雪松林去冒险。
那里的路不是人走的路，
而那个人亦非人可以直面。
雪松林的卫士，他的辖地广袤无边。
洪巴巴，他的叫喊是洪水，
他的言语是火焰，他的呼吸是阎王殿。
哪怕森林中有声音点点，远在六百里开外，他也听得见。
贸然闯入他的森林有谁敢？
除阿达德外，没有他人敢冒这种险。
即使大神伊吉吉，也不敢向他发起挑战。
为了确保雪松安全，
恩利尔决定了他的命运，使他让人望而生惮。
谁要闯入他的森林，谁就注定身体瘫痪。”

（长老代表发表意见）

为他出主意的长老们站起身，
其中有一人，对吉尔伽美什表达了忧虑和担心：

“吉尔伽美什啊，你还很年轻，心高气傲不知险，
你说的这一切，连你自己都茫然。
洪巴巴，他的叫喊是洪水，
他的言语是火焰，他的呼吸是阎王殿。
哪怕森林中有声音点点，远在六百里开外，他也听得见。

谁要闯入他的森林，谁就注定身体瘫痪。
贸然闯入他的森林有谁敢？
即使大神伊吉吉，也不敢向他发起挑战。
除阿达德外，没有他人敢冒这种险。
为了确保雪松安全，
恩利尔决定了他的命运，使他让人望而生惮。”
长老们的这番话，吉尔伽美什都听到，
他看看长老们，对恩启都笑道：
[……………………………………]

第二块泥版的结尾大约残缺20行，内容应该包括：吉尔伽美什阐明自己的主张，拒绝接受长老们和年轻人的意见，决意远足雪松山，挑战洪巴巴。

·第二块泥版·
解　读

第 42 行：恩启都还没有来到乌鲁克之前，他已成为乌鲁克人的巷议话题。对此《史诗》并没有明确交代。但通过乌鲁克围观者的议论或围观者的自言自语："他大概就是恩启都，山里出生山里长。他的力量大无穷，可与陨石比高强"，读者自然会做出这样的推论。这是《史诗》叙事的又一高明之处。百姓对恩启都有所了解，更迫不及待地想看个究竟，这样，恩启都到来时，倾城百姓争相围观，品头论足，议论纷纷，就更加顺理成章。

第 51 行：阿卡德文学作品《正义受难者》（古代名称 *Ludlul Bēl Nēmeqi*，"我愿赞颂智慧之主"）有"啤酒乃民众之给养"（II: 89，Annus / Lenzi 2010，21）的说法。

第 61 行："牧人长"即"大牧人"。

第 63—64 行：这个年轻人是《史诗》中的一个角色，也许《史诗》根本没有提到他的名字，也许接下来的残文包括他的名字。据宾夕法尼亚大学的古巴比伦版（OB P）可知，恩启都在与莎姆卡图姆一起快乐时，看见一个年轻人。恩启都让莎姆卡图姆把年轻人叫到身边，问年轻人欲何往，做何事。年轻人告诉恩启都，他受邀（*perû*）参加婚礼，并负责往婚案上摆放食物，现在正前往婚房。他还告诉恩启都，按照乌鲁克的风俗，国王享有初夜权，所以，吉尔伽美什也将一如既往行使他的初夜权。恩启都“听他如此说，脸色变苍白”（这段情节详见 George 2003, 177—179）。古巴比伦版此处残缺 10 行，缺文应该包括恩启都的更多反应，“脸色变苍白”大概是惊讶，接下来应该是愤怒。因此，恩启都加快脚步，来到乌鲁克，打算阻止吉尔伽美什的行为。标准版此处残 35 行，包括的内容显然比古巴比伦版丰富。

第 103 行：第一块泥版讲到吉尔伽美什梦见陨石和斧子的情形。梦中的陨石和斧子都是恩启都的象征，乌鲁克人争先恐后围观。按《史诗》的描述，乌鲁克全国（Uruk[ki] *mātu*，“乌鲁克国”）居民都在围观。两个梦境中出现的围观陨石和斧子的场景，在这里变成了围观恩启都的现实。吉尔伽美什母亲宁荪解梦的正确性，这时得到证实。

第 107 行：《史诗》中的吉尔伽美什这时还是个欺压百姓的暴君，而恩启都是应乌鲁克居民的请求，由神派来制衡吉尔伽美什的人，对百姓来说无异于救星，所以，他深受百姓欢迎。吻其足，既表达了对恩启都的欢迎，也表达了对神的感谢。

第 108 行：这个年轻人指谁？有两种可能，一是指第 63 行提到的那个年轻人，而接下来的两行（第 109—110 行）讲述的情况是站在这位年轻人的角度说的，是年轻人来到现场时看到的情况。二是指恩启都，因为这一段都在讲恩启都，所以，把婚房的情况视为恩启都的观察也顺理成章。问题是恩启都刚刚与人类文明接触，如何吃面包和如何喝啤酒尚且不懂，怎么可能知道婚房是如何布置的，怎么可能知道“伊什哈拉”和“替娘”之类的礼仪！这个看似不可能的事情也许可能，因为恩启都遇到的那个年轻人向恩启都讲述了乌鲁克的习俗，其中可能包括恩启都现在看到的这些内容。

第 109—110 行：伊什哈拉（Išhara）最初是塞姆人的神，后来成为苏美尔众神之一。她是爱神，所以，有的神学传统把她等同于伊什妲。伊什哈拉的神格不止一种，这里体现的是她的婚礼神神格。吉尔伽美什参加的这个婚礼不是一般民众的婚礼，而是盛行于乌鲁克的宗教仪式——圣婚。圣婚主要有两种，一种是神神结合，一种是人神结合，吉尔伽美什参与的圣婚属于后者。人神结合的圣婚仪式属于新年庆典仪式的一部分，内容包括执政国王与一个女祭司结合，女祭司象征爱神伊楠娜（伊什妲），国王象征伊楠娜（伊什妲）的丈夫杜牧兹。《史诗》中的“替娘”（*pūḫu*，“替代物”）指女祭司。圣婚仪式在公元前 21—前 19 世纪的乌尔第三王朝和伊辛王朝非常流行。各地圣婚的形式和内容不尽相同。关于圣婚的功能，学术界有多种不同说法，其中主要有祈求富饶说、为使王权合法化说、祈求神佑说及求子说。关于圣婚的研究，见 Lapinkivi 2004 和 Nissinen / Uro 2008。

第 115 行：从此行开始，《史诗》描述二人打斗场面，缺 47 行，只剩下“门柱颤动，墙壁摇晃”。宾夕法尼亚大学的古巴比伦版（OB P）的相应情节处保存完好，但其中并未出现足以满足读者或听众好奇心的那种天昏地暗、充满悬念、你死我活的打斗场面。仅仅几句话的篇幅，整个打斗就结束了。其中仅有几个动作：恩启都用脚挡住进入婚房的路，两人扭住厮打，打碎门柱，墙壁震颤，吉尔伽美什单腿跪地，打斗结束（George 2003，第 181 页，第 215—229 行），吉尔伽美什似乎是输家。《史诗》此处残缺 47 行，残文过后还有乌鲁克围观者的议论（即第 162—164 行），然后才是宁荪出场讲话。很显然，《史诗》作者在古巴比伦版基础上增加了很多内容，根据语境判断，应该增加了对两人打斗场面的扩充描述。根据围观者的议论判断，《史诗》中的吉尔伽美什应该像古巴比伦版中的吉尔伽美什一样，是输家。二者的打斗没有成为一场殊死搏斗，而是成了一场生死之交的前奏，这是“不打不成交”的人生哲理的最早例证。

第 168 行：第 168—177 行是宁荪的独白，泥版残损严重，古巴比伦版的相应内容亦残损，因此，宁荪所言内容不详。至少最后一句话“他出生在荒野，从未得到任何人的呵护”（第 177 行）触动了恩启都的内心深处，引发伤感和委屈之情，恩启都越想越伤感，最后失去控制，号啕大哭起来。

第 225 行：阿达德，苏美尔语为伊什库，是雷雨神或风暴神，书写阿达德（伊什库）的楔文符号是表示“风”的符号。有的神话传统视其为安努之子，有的神话传统视其为恩利尔之子。第十一块泥版讲到了洪水，而这场给人类造成灭顶之灾的洪水主要是由阿达德发起的，当然是奉恩利尔之命。在大多数情况下，阿达德是对人类友善之神，他为农业带来必要的雨水，为山区带来必要的河流。恩启都在这里描述的情形体现的是阿达德的风暴神神格，不带任何褒贬色彩。

第 226 行：伊吉吉（Igigi）并非某个神的名称，而是一组神的名称，古巴比伦时期，伊吉吉指“十大神”，自中巴比伦时期开始，伊吉吉常用来统称天上诸大神。据《创世神话》（*Enūma eliš*）称，天上共有三百伊吉吉神。

第 229 行：在《史诗》中，洪巴巴看守的雪松林被赋予了魔力，而这种魔力会导致人体瘫痪。据恩启都回忆，在与动物为伍期间，他曾到过雪松林，当时的情景是“当我打开……时，我的手臂已经麻木”（第四块泥版第 231 行）。在此（从第 217 行起）恩启都试图把自己的所见所闻告诉吉尔伽美什，对他发出警告，以阻止吉尔伽美什实施远足黎巴嫩、挑战洪巴巴的计划。恩启都的警告可归纳为三点：第一，路途遥远，充满艰险；第二，洪巴巴神通广大，无人能敌，连大神都惧他三分；第三，雪松林本身具有魔力，能致人瘫痪。不难看出，恩启都与动物为伍的野人经历，现在派上了用场。前面的铺垫不露蛛丝马迹，这里的呼应水到渠成，一切都显得那么自然，没有雕琢的痕迹。与动物为伍的恩启都漫山遍野无处不往，自然也到过黎巴嫩的雪松林，见识过洪巴巴的威力。《史诗》讲述技巧之高，情节安排之合理，令人拍案称奇。

第 234—235 行：这是吉尔伽美什发表的人生感慨或人生观，在表述方式上与现代版的“什么都是浮云”几乎没有什么不同，一个是古代版，一个是现代版，似乎一脉相承。但二者表达的情绪和反映的观念却完全不同。现代版的“什么都是浮云”表达了一种消极的人生观，一种无奈、落魄、无为、随他而去的消极情绪，而古代版的“什么都是浮云”表达的却是一种积极的人生观，表达了人生虽短暂，可以有大为，争分夺秒为，功名千古垂的雄心和抱负。这句话的原文（阿卡德语）读起来朗朗上口，似乎是当时流行的谚语或警句，应该是当时的“心灵鸡汤”。

第 249 行：7 比拉（*bilā*，即 7 塔兰特），1 塔兰特（*biltu*）等于 30 公斤，7 塔兰特相当于 210 公斤。

第 251 行：抄写《史诗》的书吏在此加注：“新断”，即抄写时代或更早出现的断文。

第 254 行：抄写《史诗》的书吏在此加了两个“新断”的注释，这类注释说明：一、书吏不是在创作，而是在根据某个底本抄写；二、书吏抄写《史诗》的态度非常认真，忠实呈献底本原貌，不做任何改动和发挥。

第 255—259 行：原版漏掉 5 行，乔治版写道：“书吏注释：漏掉 5 行”（George 2003, 569）。泥版（bb）此处没有注释，从第 254 行直接到第 260 行。

第 260 行：吉尔伽美什在征求乌鲁克年轻人的意见。关于公元前三千纪早期苏美尔城邦的政治制度，没有任何历史材料，但许多苏美尔文学作品提供了一些相关信息。美国学者克莱默根据苏美尔文学作品《吉尔伽美什与阿伽》提供的信息，提出吉尔伽美什时期的乌鲁克实行“两院制”的政治制度的观点（Kramer 1981, 30-35）。早在 20 世纪 40 年代，雅格布森就以文学作品为依据，提出苏美尔早期国家实施的政治制度是“原始民主论”的观点（Jacobsen 1943）。在《史诗》中，吉尔伽美什不但就是否应该远足黎巴嫩、挑战洪巴巴的问题征求年轻人的意见，还就这个问题征求长老们的意见（第二块泥版第287—301行）。身为一国之君的吉尔伽美什似乎必须说服这两群人，即克莱默所说的两个机构——青年会和长老会，获得他们的认可，而后才能实施自己的远行计划。《史诗》为克莱默和雅格布森的原始民主论再添新证。

第268行：西方学者通常把阿吉图（Akītu）翻译为“新年节”，如，毛尔（Maul 2005, 63）。吉尔伽美什在《史诗》中明确说明，他将在乌鲁克把阿吉图节庆祝活动每年举行两次。有相当多文献证据都可证明，至少到古巴比伦时期为止，一年庆祝两次阿吉图节是常态，许多城市都如此，这不是乌鲁克特有的风俗习惯。一年两次的阿吉图节庆祝活动分别在尼桑月（Nisannu，即1月）和塔什里图月（Tašrītu，即7月）举行。后来阿吉图节变成一年一次的庆典活动，在尼桑月举行。一年一度的阿吉图节带有浓厚的“新年节”味道。阿吉图节的庆祝活动有一套固定流程，一般持续12天。不同时期不同城市的阿吉图庆典的流程与内容不尽相同。阿吉图节的意义也在不断发展变化，这个节庆最初属于庆祝农业丰收的文化活动，后来逐渐演变为美化和神化王权的政治活动（Bidmead 2002; Black 1981）。

第274行：这句话非常值得玩味。恩启都没有直接劝吉尔伽美什，而是对在场的年轻人（即青年会）说“请你们告诉他”（*qilbānišširnma*），这是何等的无奈之举，同时也显示了恩启都的智慧和借助他人力量实现预期目标的能力。他曾经极力劝阻吉尔伽美什实施这种冒险行为，但没有奏效。现在恩启都利用大家的力量来劝阻，把以前对吉尔伽美什说的话，在这里原原本本地重复了一遍，虽是重复，但读者不会觉得多余，反而觉得恩启都有智慧。

第 287 行：吉尔伽美什就远足黎巴嫩、挑战洪巴巴的问题先征求了年轻人的意见，现在又在征求长老们的意见。参见本块泥版第 260 行注释。

第 301 行：据耶鲁大学珍藏的古巴比伦版可知，吉尔伽美什听罢长老们的劝告，反应是“看着朋友笑（道）”（*ippalsamma iṣiḫ ana ibrišu*, George 2003, 202: 202）。根据毛尔提供的信息，有一块新亚述时期的泥版残片，部分地保留了吉尔伽美什对长老们的回应。吉尔伽美什对长老们的严肃劝告不以为然，反而认为长老们的态度是怯懦表现。他专横地宣布，他心已决，他将像狮子一样对洪巴巴发动袭击，将要杀了他，取其首级，而后砍伐雪松林的树木，用木筏运送木材，沿幼发拉底河顺流而下。当他还在自吹自擂时，长老们已经开始哭泣（Maul 2005, 160）。不难看出，这块泥版对长老的描述带有夸张和幽默色彩。吉尔伽美什置长老们的警告和苦口婆心的劝阻于不顾，我行我素，这可能反映了历史真实，因为吉尔伽美什对长老们的这种态度也出现在《吉尔伽美什与阿伽》中，而这部作品几乎没有文学渲染，似乎真实地记录了一个历史事件。《吉尔伽美什与阿伽》通常被现代学者视为可信的史料。

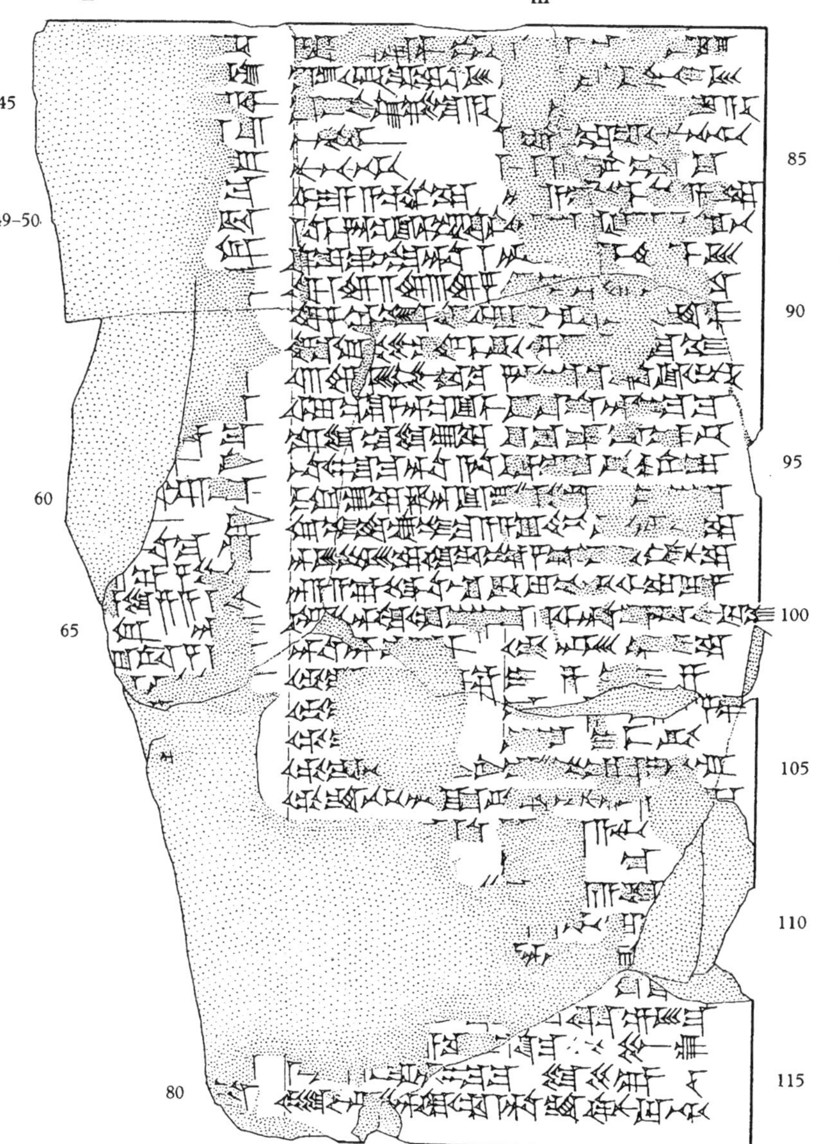

（抄本 aa，第 3 栏，George 2003，Pl. 66）

第三块泥版

吉尔伽美什、恩启都与洪巴巴，当这三人正面相遇面对面，
沙玛什啊，请你冲着洪巴巴，把大风刮不断：
南风、北风、东风、西风、暴风、大暴风、
阵风、妖风、旋风、阴风、
凛风、飓风、龙卷风，
让十三种风一起刮，把洪巴巴的脸变铁青，
让吉尔伽美什的武器刺到洪巴巴的脖颈。

（第 87—93 行）

（长老们对吉尔伽美什提出忠告和建议）

“回到乌鲁克的码头，要平平安安！
吉尔伽美什啊，不要因为你有力量而自负自满。
唯愿你时刻睁大双眼，出击要有胜算。

（常言道）

行路始终在前，可保同伴平安。
知道路在哪里，可保朋友无虞。

让恩启都在前面把你引领，
通往雪松林之路，他知道如何行。
什么样的战斗他都见过，什么样的搏斗他都身经。
让恩启都保护朋友安全，让他保证同伴平安。
让他把朋友带回妻子身边。

（转向恩启都）

趁我们的这个聚议，我们把国王托付你管，
你一定要带他回来，再把国王交给我们照看。”

（吉尔伽美什去见母神宁荪）

吉尔伽美什开了口，
对恩启都这般言：
“走吧，我的朋友，我们现在就去大殿！
宁荪女王非一般，我们去把宁荪见。

宁荪智慧大，世上万事皆能辨。
一条阳关通途，她将为我们指点。”

他俩手挽手，肩并肩，
吉尔伽美什和恩启都，一同行，奔大殿。
他们来到女王宁荪前，这位女王非一般。
吉尔伽美什挺挺身，入大殿，来到自己的母神前，
吉尔伽美什对母神宁荪这般言：
“宁荪啊，我已能扛鼎拔山，
足以长途跋涉，对洪巴巴发起挑战。
我将经历从未经历的战斗，
我将踏上从未走过的路线。
我在此恳求你，赐福于我吧，这样我便可以勇往直前。
我便可以安全返回，与你再相见。
我便可以再度进入乌鲁克的大门，兴高采烈地凯旋；
我便可以回来，把阿吉图每年举行两遍。
我要庆祝阿吉图，一年庆两番。
庆祝阿吉图，让节日气氛处处见。
在野牛宁荪前，把鼓敲得响彻天。”

（吉尔伽美什之母为子担忧）

野牛宁荪听了吉尔伽美什和恩启都的这番话，
创剧痛深心甚酸。
她七次走进净身房，

用柽柳与皂草把自己擦洗一番。
她穿上锦衣华服，把自己适宜打扮。
为了更具魅力，她把鹿形首饰戴在胸前。
头上何所有？戴的是王冠。
那里的习俗不一般，妓女到处可见。
她顺着阶梯往上爬，来到屋顶平台上面，
她爬上屋顶后，把香炉放在沙玛什前，
把香料撒在地上，面对沙玛什，举起双臂祈祷言：
“你为何让吾儿吉尔伽美什的心躁动不安？
如今，你已使他迫不及待，他将涉水跋山，
不远万里到洪巴巴的地盘。
他将经历从未经历的激战，
他将踏上从未走过的路线。
在他往返两地的这些天，
在他到达雪松林前，
在他杀死凶猛的洪巴巴之前，
在他把你厌恶之物从大地上彻底消灭期间，
即使你已经到了大地的边缘，
但愿新娘阿雅对你无忌惮，为提醒你而进一言：
‘至于他[①]，请在夜晚把他照看！’
在黄昏［……………………………］

① 指吉尔伽美什。

59—62 行残缺。

沙玛什啊，是你打开了山门，才出现了犬马牛羊。
为了给人带来光明，你（每天）升起在大地上。
群山熠熠生辉，天空闪烁光芒。
旷野上的畜群，尽情地把你那红色光辉享。
它们期待你的出现，你给它们带来热量。

（以下四行，残缺严重，意不详）

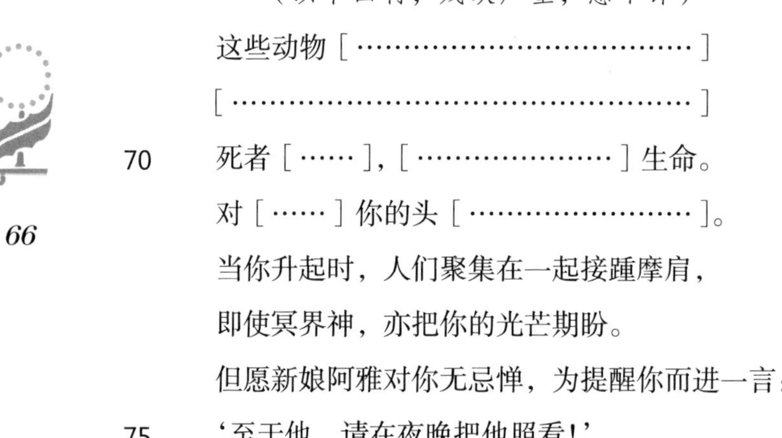

这些动物［……………………………………］
［………………………………………………］
死者［……］，［…………………］生命。
对［……］你的头［………………………］。
当你升起时，人们聚集在一起接踵摩肩，
即使冥界神，亦把你的光芒期盼。
但愿新娘阿雅对你无忌惮，为提醒你而进一言：
‘至于他，请在夜晚把他照看！’
让他走安全路线。

77—80 行属乔治 2020 年版新增内容。

提醒恩启都，让他行在前。
因他知晓如何到达雪松林，
他将辟新路，穿越重重山。

直到吉尔伽美什到达雪松林，让他手持火把，一马当先。

在吉尔伽美什去雪松林的这些天，
但愿白昼长，但愿黑夜短。
但愿他系紧腰带，但愿他大步向前。
在夜晚，但愿他搭起帐篷睡得安。
每晚都能睡得安。
但愿新娘阿雅对你无忌惮，为提醒你而进一言：
‘吉尔伽美什、恩启都与洪巴巴，当这三人正面相遇面对面，
沙玛什啊，请你冲着洪巴巴，把大风刮不断：
南风、北风、东风、西风、暴风、大暴风、
阵风、妖风、旋风、阴风、
凛风、飓风、龙卷风，
让十三种风一起刮，把洪巴巴的脸变铁青，
让吉尔伽美什的武器刺到洪巴巴的脖颈。
当你把自己的火焰点燃，
就在那一刻，沙玛什啊，请你把虔诚的（国王）顾眷。’

（以下似乎是对吉尔伽美什而言）
但愿你的快骡带你直奔前方。
舒适的住地，过夜的床，但愿为你安排妥当。
但愿众神，你的弟兄，为你把你爱吃的食物提供。
但愿新娘阿雅，用洁净的裙边把你的脸擦拭干净。”

（宁荪继续向沙玛什提出请求）

在沙玛什面前，野牛宁荪再次将其懿旨言明：
“沙玛什啊，难道吉尔伽美什不位列众神之中？
难道他不与你分享苍穹？
难道他不与辛神分享权柄？
难道他不像阿普苏的埃阿一样智慧聪明？
难道他不与伊尔尼尼一起把黑头人统领？
难道他不与宁基吉达一起，在不归地朝夕与共？
沙玛什啊，我将把他［……………………］

108—114 行残缺严重，应该都是宁荪说的话。

让他进入洪巴巴的［……………………］”

冲着沙玛什，野牛宁荪如此这般把懿旨传，
野牛宁荪无所不晓智无边，
吉尔伽美什之母，伏身吻地面。
她熄灭香炉火，从屋顶走下来。
叫来恩启都，把心事说明白：
“强壮的恩启都啊，你虽不是我亲生，
但从现在起，你的后代将成为吉尔伽美什的随从，
与神庙各种女祭司，不分彼此位相同。”
她把标识挂在恩启都的脖颈：

（接下来的两句话似乎是谚语）

“女祭司收养弃婴，
神的女儿抚养儿童。
我爱恩启都，我将把他当作亲子认领。
吉尔伽美什将善待恩启都，因有兄弟情。

129—130行残缺。

你与吉尔伽美什前往雪松林的这些天，
但愿白昼长，但愿黑夜短。
但愿你系紧腰带，但愿你大步向前。
在夜晚，你要搭起帐篷睡得酣！
愿沙玛什确保你无虞平安。”

136—146行残缺；147—154行残缺严重，意不甚详。

吉尔伽美什到[……………………………]
他的[……………………………………]
朝着雪松门[…………………………]
恩启都在神庙中[……………………]
吉尔伽美什在神庙中[………………]
刺柏、薰香[…………………………]
[……]居民在场[……………………]
那里[……………………………………]

155—165 行残缺。

遵从沙玛什之所言，就能事事得偿所愿。
在马都克门前，[·························]
在 [······] 水的表面，[·················]
[······] 后面 [······························]
在雪松门前，[······························]
吉尔伽美什 [································]
和恩启都 [···································]

（吉尔伽美什和恩启都似乎一直在和送行的人讨论远足事宜。其中有人建议他们在路上要如何吃、如何睡等。）

二百二十里，应该吃点面包。

174—201 行残缺。

（以下应该是吉尔伽美什对送行的乌鲁克人说的话。）
“在我们前往（雪松林）和返回家园期间，
直到我们到达雪松林那天，
直到我们杀死凶狠的洪巴巴，
让沙玛什所憎之物从大地上彻底消失不见，
[直到那时····································]
但愿你们不要得到 [························]

不要让年轻人在大街上与我的代理聚议。
断案时，为弱者谋正义，对无理者实施打击。
像孩子一样，直到实现我们的目的。
直到在洪巴巴的大门，把我们的武器竖立。”

官吏们站在那里，都来向他致意。
乌鲁克的年轻人都来会集，紧跟其后亦步亦趋。
官吏们都来吻其足，（言：）
“回到乌鲁克的码头，要平平安安！
吉尔伽美什啊，不要因为你有力量而自负自满。
唯愿你时刻睁大双眼，出击要有胜算。
行路始终在前，可保同伴平安。
知道路在哪里，可保朋友无虞。
让恩启都在前面把你引领，
通往雪松林之路，他知道如何行。
什么样的战斗他都见过，什么样的搏斗他都身经。
带你穿越大山只有他能。
让恩启都保护朋友安全，让他保证同伴平安。
让他把朋友带回妻子身边。

（对恩启都）
我们在此聚议，把国王托付你管，
你一定要带他回来，再把国王交给我们照看。”

恩启都此时开了口，
对吉尔伽美什这般言：
“我的朋友啊，速将他们打发回去！
天涯浪迹行，他们不适宜。”

第三块泥版的结尾破损，缺失10余行。在2020年版的《吉尔伽美什史诗》中，乔治把耶鲁大学博物馆收藏的古巴比伦版（即OB Y）中的第vi栏第272—277行嫁接于此，内容包括：恩启都向吉尔伽美什讲述远行雪松林所必须具有的心态，即一旦上路，就不要再有惧怕心理。恩启都安慰吉尔伽美什，让吉尔伽美什时刻注意他的举动，因为他知道洪巴巴住在哪里，也了解洪巴巴的出没路径。恩启都让吉尔伽美什打发尾随的人回去。

·第三块泥版·
解　读

第1行：长老们终于让步，不得不同意吉尔伽美什远足黎巴嫩、挑战洪巴巴的计划，现在转而对吉尔伽美什千叮咛、万嘱咐。

第10行：毛尔认为这时的吉尔伽美什没有结婚，所以“让他把朋友带回妻子身边”是借用古巴比伦时期臣子为出征的国王送行时的程式语言（Maul 2005, 160–161）。古巴比伦版的《吉尔伽美什史诗》在讲到希杜丽（Siduri）劝吉尔伽美什享受当下生活时说：“让妻子在你的怀抱中享受快乐！”（*marḫītum liḫtaddâm ina sūnika*，George 2003, 278:13）依此说，吉尔伽美什似乎是有家室的。不过，苏美尔语版的《吉尔伽美什与胡瓦瓦》明确告诉我们，吉尔伽美什远足雪松林时仍是单身汉（“像我一样的单身汉”，苏美尔语：nitaḫ saĝ-dili ĝe$_{26}$-e-gin$_{7}$ ak，*ETCSL*［http://etcsl.orinst.ox.ac.uk/］1. 8. 1. 5: *Gilgameš and Ḫuwawa*, Version A，第51行）。《史诗》毕竟是文学作品，且神话色彩浓重，真真假假，虚虚实实，不能都与历史真实对号入座。

第11行：“趁我们的这个聚议”即“在我们的议会上”（*ina puhrinima*）。

第12行：第1—12行是长老们对吉尔伽美什的嘱咐和对恩启都的拜托。从中可见，长老们与吉尔伽美什的关系如同父子，他们以长者的口气，语重心长地对吉尔伽美什谆谆告诫。这里没

有国王远征前耀武扬威般的誓师，有的只是慈父般的担心和期盼。这种充满温情的场面不像是臣子送国王远征，而像是家长送孩子远行。本块泥版讲述的故事结束前，长老们的这一段嘱咐重复出现（第 215—227 行），像是一幕歌剧，以演唱开始，以同一演唱结束，首尾呼应，扣人心弦。

第 15 行：“大殿”（é-gal-mah）是保留在阿卡德语文献中的苏美尔语神庙名称，字面意思是“大宫殿”或“大神庙”。很多城市（如巴比伦、乌尔、乌鲁克、亚述）都有“大神庙”，是供奉医疗女神古拉（Gula）的。乌鲁克人供奉古拉是因为他们认为古拉是吉尔伽美什的生母（George 2003, 810），古拉的丈夫宁努尔塔也就成了吉尔伽美什的父亲。在《史诗》中，吉尔伽美什的父母是卢伽尔班达和宁苏，“大殿”也就成为供奉他们的神庙，吉尔伽美什见母亲，求保佑，求神谕，只能到这里。

第 16 行：关于宁苏，详见第一块泥版第 36 行注释。宁苏能预知未来，吉尔伽美什和恩启都来找宁苏的目的是想通过宁苏预测这次远行的吉凶。

第 37 行：净身仪式（*narmaku*）亦见于其他文献，但没有任何文献把这种仪式的具体过程描述得如此详细，所以，这里提供的信息非常难得。

第 40 行：“鹿形首饰”（*lulīmu*）是胸前挂件。在古巴比伦时期的一个彩礼表上，有一个鹿形首饰，重 2.5 舍克勒，约 20 克（George 2003, 811），但“鹿形”的寓意不详。

第 42 行：乌鲁克的各种妓女常见于各种文献，尤其是与爱神伊什妲相关的文献。但此处提到的与宁苏相关的“妓女”与净身仪式何干？为什么要在这里提到她们？目前尚无法解释。

第46行：这句话暗藏玄机，（不经意？）中透露了一个情况，即吉尔伽美什决意远行挑战洪巴巴，是受沙玛什神的指使，为后文众神决定让恩启都而不是吉尔伽美什为冒犯神威的行为付出生命代价埋下了伏笔。

第54行："厌恶之物"（*mimma lemnu*，"罪恶、邪恶"）指洪巴巴。沙玛什是"正义之神"，对"邪恶"必除之而后快。此处道明了沙玛什决定除掉洪巴巴的原因。然而，没有任何文献表明洪巴巴恶在何处。《史诗》虽然把洪巴巴描述得非常可怖，但洪巴巴并未伤害人类，相反，他是由恩利尔下派的森林守护神，将他视为恶物，令人费解。木材是人类文明不可缺少的建筑材料，伐木和运输的过程充满艰难险阻，或许洪巴巴正是人类面临的这种艰难险阻的象征。

第55行：到达大地或地球的边缘（*itû*），指太阳落山。

第56行：阿雅（Aya，写作 ^{d}A-a）是太阳神沙玛什之妻，即苏美尔语的谢丽妲（Šerida），是黄昏的象征，每晚都在西边的地平线迎接沙玛什。

第57行：巴比伦人把守夜（*maṣṣarāti ša mūši*）时间平分为三段，分别称为傍晚守夜（*barārītu*）、午夜守夜（*qablītu*）和黎明守夜（*šāt urri / šaturru / šatturu*）。宁荪请求沙玛什让守夜人在夜里保护吉尔伽美什和恩启都。

第73行：阿努纳吉（^{d}a-nun-na-ki）是个集合名词，最初泛指神。在《创世神话》中，天上和地上的神都被称为阿努纳库（Anunnakkū）。大概从中巴比伦时期（约公元前15世纪）起，伊吉吉成为天上众神的名称，与之对应的阿努纳吉便成为地上神和冥界神的称呼。冥界的阿努纳吉神数量六百，而天上的伊吉吉神数量三百。《史诗》这行残缺，但残文可根据其他文献得到修补（George 2003, 812）。

第 88 行：宁荪请求沙玛什在关键时刻刮起十三种风，以帮助吉尔伽美什战胜洪巴巴。埃玛尔（Emar）出土的一个辞书文献残片罗列了九种风，名称和顺序与这里（第 88—92 行）提到的十三种风中的前九种完全一致（George 2003, 813）。不同种类的风也见于其他文学作品，如《创世神话》和《阿特拉哈西斯》，顺序和名称或完全相同，或基本相同，说明文学作品的作者在创作作品时参考了已有的文献，其中包括辞书文献。

第 94 行：指太阳升起。

第 96 行：太阳神驾战车穿越天空的说法在古代美索不达米亚很流行，常见于不同类型的文献。“骡”（阿卡德语：*parû*，苏美尔语：anše-kunga）最早见于古巴比伦时期的文献，所以，骡拉战车的说法也不会早于古巴比伦时期，即不会早于公元前 19 世纪。中国古代有羲和为太阳神驾车的说法，如屈原《离骚》中的“吾令羲和弭节兮，望崦嵫而勿迫”，李白《蜀道难》中的“上有六龙回日之高标”，以及《聊斋志异·促织》中的“东曦既驾，僵卧长愁”。古代美索不达米亚神话中的太阳神是自驾骡车，中国古代神话中的太阳神是乘坐六条无尾龙拉的车，驾车的人叫羲和，两种文化对太阳运行的想象有同有异，异还是很明显的。

第 97 行：古代书吏在此处注释：“破损”（*ḫe-pí*），可见书吏是依据某底本在抄写作品。其实，此处破损并不严重，乔治一眼就能看出此处的缺文应该是 *mayyāl mūši*（“夜床”，George 2003, 814）。古代书吏凭经验或根据语境应该不难判断出这里缺了什么，可他宁可在此处做个“破损”的注释，也不愿意根据推测把缺文补上，其中的原因耐人寻味。书吏可能在尽量忠实地保留“古籍”的原貌。

第 101 行：从第 101—106 行，《史诗》连用六个否定词 *ul*。可以肯定，这里的 *ul* 不是否定，而是“设问”或“反问”（George 2003, 814）。连用六个“设问”，涉及五个具体神灵，分别是太阳神沙玛什（第 102 行）、月神辛（第 103 行）、智慧神埃阿（第 104 行）、伊尔尼尼（ᵈir-ni-ni，第 105 行）以及宁基吉达（ᵈnin-giš-zi-da）。伊尔尼尼即伊什妲，叫这个名字时体现的是她作为金星处于地平线之下（形同身处冥界）的特点（Maul 2005, 162）。宁基吉达是冥界神之一，作为冥界神，他的职责是确保冥界恶鬼不离开冥界。吉尔伽美什死后初入冥界时，为许多神送上见面礼，其中包括宁基吉达。宁基吉达也是拉迦什国王古地亚（Gudea，约公元前 2150—前 2100 年）的个人守护神。在《阿达帕神话》中，宁基吉达是守天门的神灵之一。可见，宁基吉达是跨天、地、冥三界的神。《史诗》想通过这些“设问”说明什么问题？有人认为，宁苏的这些“设问”意在让沙玛什在吉尔伽美什死后把他提升为神（Maul 2005, 162）。这个说法有一定道理，因为据《吉尔伽美什之死》可知，吉尔伽美什死后成为冥界判官，与宁基吉达“在不归地朝夕与共”（第 106 行）。但其他几个神并非冥界神，依诗文的意味判断，此

处显然是在言生，而非言死，意在强调吉尔伽美什与生俱来的神性，强调吉尔伽美什必须得到神助的理由，是宁荪说服沙玛什的策略。

第 105 行：古代美索不达米亚的早期居民，尤其是苏美尔人，称自己是“黑头人”（*ṣalmat qaqqadi*；苏美尔语：sag-gi$_6$，“黑头”），原因不详。

第 106 行：在文学作品中，“冥界”常被称为“不归地”（*māt-lā-târi*；苏美尔语：kur-nu-gi$_4$-a）。

第 122 行：恩启都是由神造的人，没有父母，因而属于“孤儿”（*atmu* / *watmu*）。此处反映了乌鲁克神庙收养孤儿的习俗。在苏美尔语文献中，特别是国王敕令或法典中，常见孤儿、寡母、弱者受到特别保护的表述，这种表述几乎成了两河流域文明中社会正义的标签。

第 123 行：此行提到三个女祭司，即 *ugbabtu*、*qadištu* 以及 *kulmāšītu*，她们的身份和功能很难说清楚。在《阿特拉哈西斯》中，*ugbabtu* 是神为了控制人口而禁止生育的一类女祭司，*kulmāšītu* 常被视为“仪式妓女”。*ugbabtu*、*qadištu*、*kulmāšītu* 这样的排序亦见于辞书文献 lú = *amēlu*（Renger 1967, 147; *The Assyrian Dictionary of the University of Chicago*, Q, 48: *qadištu*）。

第 124 行：“标识”（*indu*）是一种挂件，具体不详。神庙收养孤儿时把这种“标识”挂在孤儿的脖子上，表明这个孤儿已被神接纳。毛尔认为这是一种古老的接纳仪式，神庙祭司一边给孤儿戴上“标识”，一边嘴里念念有词：“女祭司收养弃婴，神的女儿抚养儿童。”（第 125—126 行）（Maul 2005, 163）。

第 167 行：马都克（Marduk，写作 ᵈAMAR. UTU）是巴比伦的守护神，《史诗》描述的人物是乌鲁克国王，至此尚未开始远行，因此，在此出现马都克，令人费解。

第 209 行：从《史诗》的开头（第一块泥版）看，吉尔伽美什似乎是暴君，年轻好玩，好斗，欺男霸女。此时的吉尔伽美什明显与以前不同，俨然一副贤明君主的样子，简直就是正义的化身，远征之际，与臣子百姓告别之时，还不忘谆谆嘱咐留守的臣民要履行正义，除恶扬善。《史诗》没有明确道明这种转变发生在何时，也许对古代读者而言，恩启都的到来改变了吉尔伽美什，而这无须明言？

第 210 行：“像孩子一样”（*kī šerri la'î*）。“孩子”与“实现理想”之间的联系不详。

第 211 行：把武器竖立“在洪巴巴的大门”（*ina abulli ša* ᵈ*Humbaba*，古巴比伦的一个版本：*ina bāb Huwāwa*, George 2003, 817）相当于把武器竖立在对手的门口，这是胜利方显示占有权的一种方式（Maul 2005, 163）。

iii

（抄本 Y2，第 3 栏，George 2003，Pl. 69）

第四块泥版

我的朋友啊，我做的第三个梦是这样，
此梦使我甚迷茫：
天在大声吼，地在隆隆响。
白昼静无声，黑暗已登场。
电光闪烁急，烈火高万丈。
火焰节节高，死亡如雨降。
火光渐暗淡，终于不再燃。
徐徐余火尽，一切成灰炭。

（第 99—106 行）

（吉尔伽美什和恩启都在去往雪松山的路上）

二百二十里，他们吃点面包。
三百三十里，他们搭棚睡觉。
五百五十里，他们仍然整天不歇脚。
三天走了一个月又十五天的路，距黎巴嫩山不知又近多少！
西向沙玛什，掘地把水找，
地下水清清，将之囊中倒。
吉尔伽美什，登临最高峰，
为求群山助，撒面献牺牲：
“大山啊，我想听吉言，赐我一吉梦。”
（于是乎）恩启都为他搭个求梦棚。
把一扇挡风门，在入口处固定。
把面粉撒一圈，让他躺在圆圈中。
至于他自己，仿佛一张网，躺在门口把门挡。

（吉尔伽美什求梦：第一梦）

吉尔伽美什刚刚把下颏放在膝盖上，
便不知不觉入梦乡。
睡梦醒来时，月色将尽天将亮。
他从地上站起来，请求朋友解迷茫：
“我的朋友啊，你叫了我一声？否则我怎么会突然醒？
你没有触碰我？我为何迷离恍惚神不清？
神没有从我身边走过？我为何浑身上下麻木僵硬？
我的朋友啊，我做了一个梦。

我做的这个梦，让我迷惑不解理不清。
在一个山谷里，我们暂把脚步停。
就在那一刻，地裂山亦崩。
我们像苍蝇，飞奔去逃命。
你是出生荒野的人，为我指点迷津你一定行。”

（恩启都为吉尔伽美什解梦：解第一梦）

恩启都冲着朋友开了口，详解梦境给他听：
“我的朋友啊，此梦是吉梦，寓意应使人高兴。
此梦不可多得极稀少，这对我们是吉兆。
我的朋友啊，你看到的山是洪巴巴，
我们将要捉住洪巴巴，我们将要杀死他。
我们将在战场上抛弃他的尸体，
待到天亮时，我们就会看到太阳神的好消息。”

（吉尔伽美什与恩启都继续前行）

二百二十里，他们吃点面包。
三百三十里，他们搭棚睡觉。
五百五十里，他们仍然整天不歇脚。
三天走了一个月又十五天的路，距黎巴嫩山不知又近多少！
西向沙玛什，掘地把水找，
地下水清清，将之囊中倒。
吉尔伽美什，登临最高峰，
为求群山助，撒面献牺牲：

“大山啊，我想听吉言，赐我一吉梦。”
（于是乎）恩启都为他搭个求梦棚。
把一扇挡风门，在入口处固定。
把面粉撒一圈，让他躺在圆圈中。
至于他自己，仿佛一张网，躺在门口把门挡。

（吉尔伽美什求梦：第二梦）

吉尔伽美什刚刚把下颏放在膝盖上，
便不知不觉入梦乡。
睡梦醒来时，月色将尽天将亮。
他从地上站起来，请求朋友解迷茫：
“我的朋友啊，你叫了我一声？否则我怎么会突然醒？
你没有触碰我？我为何迷离恍惚神不清？
神没有从我身边走过？我为何浑身上下麻木僵硬？
我的朋友啊，我又做了一个梦。
我做的这个梦，让我迷惑不解理不清。”

56—69 行残缺。

根据毛尔的说法（Maul 2005, 76），属于古巴比伦时期的一块泥版残片讲到了吉尔伽美什的第二个梦。在梦境中，吉尔伽美什用肩膀把一座大山顶得垮塌下来，坍塌的山把他的下半身都埋了起来。这时，一道光芒赋予他的双臂以力量，一个超自然的光影解救了吉尔伽美什。恩启都为朋友解梦，认为山是洪巴巴，他使吉尔伽美什处于危险境地，但沙玛什，即那个光芒四射的形象，最终还是解救了吉尔伽美什。毛尔讲述的这个梦与出土于土耳其境内的一块中巴比伦时期的泥版讲述的梦境十分相似（George 2003，320—321）。这块泥版讲述的梦也是吉尔伽美什的第二梦。在梦境中，一座山坍塌，把吉尔伽美什的脚压在下面。一道光芒赋予他的手臂以力量。一个身着王袍的人把他从压足的山中拉了出来，给他水喝，于是，他的心平静下来。那人使他双脚着地。恩启都为朋友解梦，认为山是怪物洪巴巴。恩启都安慰吉尔伽美什，让他不要心生恐惧。

在2020年版的《吉尔伽美什史诗》中，乔治把挪威"肖恩收藏"中的一块古巴比伦时期的《吉尔伽美什史诗》泥版（即 $Schøyen_2$）正面第4—24行嫁接于此，内容包括：吉尔伽美什对恩启都讲述自己刚刚做的梦，说这个梦很恐怖。在梦里，吉尔伽美什的肩膀触碰到一座山，山崩，重重地向他压下来，他感到一阵腿软。可怕的光环使他的胳膊无法动弹。这时，一个像狮子一样的人向他走来，这个人在大地上熠熠生辉，唯绚唯美。他抓住吉尔伽美什的胳膊，把他从山底下拉了出来。恩启都为吉尔伽美什解梦，认为他们要去见的洪巴巴是个怪物，梦里的那座山就是洪巴巴。他告诉吉尔伽美什，与洪巴巴相遇时，要有一场恶战，洪巴巴会暴怒，他的恐怖会把吉尔伽美什的腿缠住。他还告诉吉尔伽美什，梦里见到的那个人是太阳神沙玛什，危急时刻太阳神会出手相助。闻听自己做的梦是吉梦，吉尔伽美什喜形于色。

（描述洪巴巴的长相）

[……………………………] 洪巴巴，

[………………………] 其长度很短。

[……………………………] 很宽很薄。

[…………] 洪巴巴变得像小孩一样。

[……………………………] 在他上面。

75—77 行残缺。

“待到天亮时，我们就会看到太阳神的好消息。”

（吉尔伽美什与恩启都继续前行）

二百二十里，他们吃点面包。
三百三十里，他们搭棚睡觉。
五百五十里，他们仍然整天不歇脚。
三天走了一个月又十五天的路，距黎巴嫩山不知又近多少！
西向沙玛什，掘地把水找，
地下水清清，将之囊中倒。
吉尔伽美什，登临最高峰，
为求群山助，撒面献牺牲：
“大山啊，我想听吉言，赐我一吉梦。”
（于是乎）恩启都为他搭个求梦棚。

把一扇挡风门，在入口处固定。
把面粉撒一圈，让他躺在圆圈中。
至于他自己，仿佛一张网，躺在门口把门挡。

（吉尔伽美什求梦：第三梦）

吉尔伽美什刚刚把下颏放在膝盖上，
便不知不觉入梦乡。
睡梦醒来时，月色将尽天将亮。
他从地上站起来，请求朋友解迷茫：
“我的朋友啊，你叫了我一声？否则我怎么会突然醒？
你没有触碰我？我为何迷离恍惚神不清？
神没有从我身边走过？我为何浑身上下麻木僵硬？
我的朋友啊，我做的第三个梦是这样，
此梦使我甚迷茫：
天在大声吼，地在隆隆响。
白昼静无声，黑暗已登场。
电光闪烁急，烈火高万丈。
火焰节节高，死亡如雨降。
火光渐暗淡，终于不再燃。
徐徐余火尽，一切成灰炭。
你出生在荒野，我们来商量一下如何办？”

（恩启都为吉尔伽美什解梦：解第三梦）

恩启都听罢朋友言，遂对吉尔伽美什把梦谈：

"我的朋友啊，你做此梦甚吉利，寓意应使人满意。"

110—119 行残缺。

在 2020 年版的《吉尔伽美什史诗》中，乔治把挪威"肖恩收藏"中的古巴比伦版《吉尔伽美什史诗》(即 Schøyen$_2$）背面第 50—53 行嫁接于此，内容包括：恩启都为吉尔伽美什解梦，认为吉尔伽美什的梦是吉梦，洪巴巴的武器将化为灰烬，而吉尔伽美什会得到神佑，将很快实现自己的愿望。

（吉尔伽美什与恩启都继续前行）

二百二十里，他们吃点面包。
三百三十里，他们搭棚睡觉。
五百五十里，他们仍然整天不歇脚。
三天走了一个月又十五天的路，
距黎巴嫩山不知又近多少！
西向沙玛什，掘地把水找，
地下水清清，将之囊中倒。
吉尔伽美什，登临最高峰，
为求群山助，撒面献牺牲：
"大山啊，我想听吉言，赐我一吉梦。"
（于是乎）恩启都为他搭个求梦棚。
把一扇挡风门，在入口处固定。
把面粉撒一圈，让他躺在圆圈中。

至于他自己，仿佛一张网，躺在门口把门挡。

（吉尔伽美什求梦：第四梦）

吉尔伽美什刚刚把下颏放在膝盖上，
便不知不觉入梦乡。
睡梦醒来时，月色将尽天将亮。
他从地上站起来，请求朋友解迷茫：
“我的朋友啊，你叫了我一声？否则我怎么会突然醒？
你没有触碰我？我为何迷离恍惚神不清？
神没有从我身边走过？我为何浑身上下麻木僵硬？
我的朋友啊，我做了第四个梦。
我做的这个梦，让我迷惑不解理不清。”

143—154 行残缺。

尼普尔出土的属于古巴比伦时期的一块泥版残片，保留了吉尔伽美什第四梦的主要内容（George 2003，243–245；Maul 2005，78）。吉尔伽美什梦见一只老鹰，展翅如云蔽日，长相非常奇特，一张口便喷火，一呼吸便致人死亡。在梦境中还有一人，此人抓住吉尔伽美什的手，把老鹰翅膀折断，把它扔在吉尔伽美什面前。恩启都为朋友解梦。大部分内容残缺，其中一个重要信息保留完好，即那个折断老鹰翅膀、解救吉尔伽美什的人是太阳神沙玛什。

在 2020 年版的《吉尔伽美什史诗》中，乔治把这块泥版的正面第 9 行—背面第 26 行嫁接于此，内容与上面介绍的内容相同，只是以诗文形式呈现。

“我的朋友啊，你做此梦甚吉利，寓意应使人满意。
这个［……………………………］
狮头鹰是洪巴巴，他像雷雨神一样，咆哮起来令人惧。
大火虽然燃起，但不会把我们殃及。
我们将要把他打败，将要捆住他的双臂。
［……］我们将要［……………………］
我们将要杀死他，将把他踩在脚底。
待到天亮时，我们就会看到太阳神的好消息。”

（吉尔伽美什与恩启都继续前行）

二百二十里，他们吃点面包。
三百三十里，他们搭棚睡觉。
五百五十里，他们仍然整天不歇脚。
西向沙玛什，掘地把水找，
地下水清清，将之囊中倒。
吉尔伽美什，登临最高峰，
为求群山助，撒面献牺牲：
“大山啊，我想听吉言，赐我一吉梦。”
（于是乎）恩启都为他搭个求梦棚。
把一扇挡风门，在入口处固定。
把面粉撒一圈，让他躺在圆圈中。
至于他自己，仿佛一张网，躺在门口把门挡。

（吉尔伽美什求梦：第五梦）

吉尔伽美什刚刚把下颏放在膝盖上，
便不知不觉入梦乡。
睡梦醒来时，月色将尽天将亮。
他从地上站起来，请求朋友解迷茫：
“我的朋友啊，你叫了我一声？否则我怎么会突然醒？
你没有触碰我？我为何迷离恍惚神不清？
神没有从我身边走过？我为何浑身上下麻木僵硬？
我的朋友啊，我做了第五个梦。
我做的这个梦，让我迷惑不解理不清。”

184—189 行残缺。

在 2020 年版的《吉尔伽美什史诗》中，乔治把出土于哈尔玛尔（Tell Harmal）的古巴比伦时期的《吉尔伽美什史诗》残片（OB Harmal$_1$）正面第 1—9 行和背面第 10—17 行嫁接于此，内容包括：吉尔伽美什做一梦，自认为这个梦不吉利，凄惨且令人困惑。于是，他向恩启都讲述梦境，说自己在荒野抓了一头牛，此牛大吼而地裂山崩，掀起的尘土直上云天，而吉尔伽美什在它前面弯了腰。此时有人抓住他的胳膊并从水袋中给他水喝。恩启都为吉尔伽美什解梦，认为吉尔伽美什梦到的牛不是他们要去见的洪巴巴，而是太阳神沙玛什。在危难时刻，沙玛什会出手相助。那个从水袋中给吉尔伽美什水的人是吉尔伽美什的神卢伽尔班达。恩启都最后说，这意味着他们应该联手做一件不寻常的事，完成一个史无前例的壮举。

（恩启都对吉尔伽美什说）

“我的朋友啊，你为何涕泗交加？
乌鲁克生长的人，一定能战胜洪巴巴！
[……] 站在那里 [……………………]
王啊，吉尔伽美什，你在乌鲁克长大，一定能战胜洪巴巴！”

沙玛什听他如此言语，
片刻未迟疑，便从天上对他把话喊起：
“速速将他拦住，森林切莫让他进入！
切莫让他进入树丛，切莫让他消失在森林中！
切莫让他穿上七件披风！
（现在）他只身披一件，六件都脱得干干净净。”

他们 [……………………………………]
像头凶猛的野牛，他随时准备进攻。
他大声吼叫一声，便令人胆战心惊。
这位守林人，持续大声吼不停，
[……………………………………………]
洪巴巴持续大声吼，仿佛贯耳之雷鸣。

206—209 行残缺。

残缺部分应该包括吉尔伽美什与恩启都的对话。

他生于 […………………………]

对朋友恩启都，吉尔伽美什说：
“我的朋友啊，她们不曾 [……]？
她们不曾生育儿女？[…………]”

对吉尔伽美什，恩启都开口这般言：
“我的朋友啊，我们来见的这个人，不同寻常非等闲！
我们来见的洪巴巴，不同寻常非等闲！”

吉尔伽美什，对恩启都这般言：
“我的朋友啊，我将杀死洪巴巴，[…………]”

219—228 行残缺。

残缺部分应该是吉尔伽美什的道白。

对吉尔伽美什，恩启都这样回复：
“我的朋友啊，他的森林我们从未涉足，
当我打开……时，我的手臂已经麻木。”

冲着恩启都，吉尔伽美什这样言：
“我的朋友啊，我们为何把话说得如此可怜？
我们一次次地穿越所有高山，
已经没有任何对手需要直面。
我们必须取得胜利，而后才能重返家园。

（下面的两句话似乎是谚语）

我的朋友啊，战斗有经验，
知道如何战，如此方能稳操胜券。
你一直武器在手，没有理由胆怯不安。
可你如今像个祭司，还是请你换张脸！
让你的吼声再度洪亮，仿佛锣鼓响彻云天。
让你的手臂不再僵硬，让你的膝盖不再软绵。
我的朋友啊，像一个人一样，我们携手向前。
让你的心把战斗呼唤！
忘记死亡，求生化险，
细心稳健的人相互照看，
先行者既保自己无虞，也保同伴平安。
只有这样的人，才能将其美名万古传。”

（二人边走边谈，说话之间已到达目的地）

二人已经到达那遥远的高山，
他们结束了交谈，站在那里举目遐观。

衔接行：

他们停下脚步，朝着森林远眺。

·第四块泥版·
解　读

第1行："二百二十里"即阿卡德语的"20贝鲁(*bēru*)"。"贝鲁"即苏美尔语的"达纳"(danna)，指一个时辰(2个小时)的路程，大约相当于11公里。这块泥版描述吉尔伽美什和恩启都前往黎巴嫩雪松林的行路过程，多次出现"贝鲁"，译文都是按1贝鲁=11公里换算的。第2行的"三百三十里"即"30贝鲁"，第3行的"五百五十里"即"50贝鲁"。吉尔伽美什和恩启都从乌鲁克到黎巴嫩雪松林到底走了多长时间？众说纷纭，乔治对此有一段综合论述(George 2003, 817–818)，可以参考。据文献记载，出征的军队一般一天行2贝鲁，即22公里，个人轻装每天一般行3贝鲁，即33公里。在《史诗》中，吉尔伽美什和恩启都每天行50贝鲁，即550公里，按中国的市制计算是名副其实的日行千里，这应该是夸张，是文学手段，目的在于渲染吉尔伽美什和恩启都的神性，或称超凡性，更大程度地吸引和愉悦读者或听众。

第4行："黎巴嫩山"指当今地中海沿岸国家黎巴嫩南部与叙利亚交界处的一个山脉。有学者认为《史诗》中的黎巴嫩应读作*lib-ba-nu*，乔治认为应该读作*lab-ba-nu*(George 2003, 818)。

第5行：他们走了一天，在太阳西斜的傍晚才挖井找水，所以，吉尔伽美什和恩启都面对的太阳是夕阳。挖井取水的目的不仅是为饮用，也是为了以清凉水祭太阳神。吉尔伽美什和恩启都从乌鲁克到黎巴嫩，一路上挖了很多井。后人认为，那些有规律地分布在乌鲁克和黎巴嫩之间的水井都是吉尔伽美什和恩启都挖的（Maul 2005, 163）。在古巴比伦版的《吉尔伽美什史诗》中，长老们在与吉尔伽美什道别时嘱咐："挖一口井，在傍晚休息前，把你的水囊时刻装满，一定用清凉水把太阳神祭奠！"（*ina nubattīka hiri būrtam / lū kayyānū mû ellūtum ina nādīka / kaṣûtim mê ana Šamaš tanaqqi*, OB III, 268-270, George 2003, 206）。

第 8 行：此行残缺，根据重复的文本复原。阿卡德语的 *maṣḫatu*（苏美尔语：zì. mad. gá）是文献中常见的牺牲用"面粉"，有人认为是一种"炒面"（Röstmehl, Borger 2004, 427），具体不详。

第 10 行："求梦棚"（*bīt zaqqiqi*）。*zaqqiqi* 的意思是"微风、气息、灵魂、司梦神"，*bīt zaqqiqi* 即"梦神之屋"。

第 12 行：在"求梦棚"周围撒一圈面，目的是吓退妖魔鬼怪。撒面吓鬼的做法常见于驱魔文献。

第 13 行：恩启都形似野人，实为神人，他不但力气过人，智慧亦过人。他身高体大，躺在门口，不仅仅是为吉尔伽美什保驾护航，更是为了"像网一样"（*kīma šēšê*），接收神传递的梦，再把梦传递给吉尔伽美什。就求梦而言，他是神与吉尔伽美什之间的媒介（Maul 2005, 164）。

第 16 行：他醒来时是午夜守夜时。关于守夜的时段，见第三块泥版第 57 行注释。

第 26 行：恩启都虽然很聪明，但并未受过任何教育。可见，解梦靠的是直觉（“dream interpretation is an intuitve art”, George 2003, 819），而不是理性和学识。古代美索不达米亚的专职解梦者一般都是女性，从事这种职业无须学术或教育背景。

第 33 行：“太阳神的好消息”（*amāt* [d]*Šamaš damiqta*），即“沙玛什的好话”。吉尔伽美什接连做了五个梦，恩启都对每个梦都做了解释，解梦之后都会说：“待到天亮时，我们就会看到太阳神的好消息。”第五块泥版的第 264—267 行描述了吉尔伽美什杀死洪巴巴的情景。接下来应该是沙玛什的反应，即“太阳神的好消息”出现的地方，但泥版此处残缺，所以，不知吉尔伽美什杀死洪巴巴之后，沙玛什传递了什么“好消息”。

第 34 行：第 34—55 行一字不差地重复了第 1—22 行，吉尔伽美什做了五个梦，这段诗文重复了五次，由此把整个路程分成了五段。重复的诗文包括如下内容：赶路、吃饭、睡觉、挖井、备水、祭神、求梦（包括具体步骤或仪式）、入睡、醒来、说梦和解梦，只有说梦和解梦的内容有所变化，其他都是复述一样的内容。这种大段重复是苏美尔文学的显著特点，后来的阿卡德文学，包括这部《史诗》，也呈现出同样特点。大段重复是口头民间文学的标志性特点，由此可见，苏美尔文学脱胎于口头民间文学。对口头文学而言，重复是必要的，因为这样有助于听众记忆和吸引听众的注意力，而且在口头讲述时，重复对讲述者和听众来说，都不会是负担，相反，讲述者和听众的紧张情绪可能会在重复中得到暂时放松和舒缓。然而，文本文学不同于口头文学，文本中的大段重复会给读者造成阅读负担，会让读者感到冗长、多余、乏味。所以，作为经典作品，这种重复是不应该出现的。但事实是出现了，说明传统的惯性很大，有不可阻挡之势。还有一种可能性，那就是《史诗》是古代剧本，重复是表演艺术的需要，某些重复也可能是歌曲中的“副歌”，不断在主旋律之后重复。

第157行：原文残缺，根据第四块泥版的第205行修补。洪巴巴吼叫起来“像雷雨神一样”（*kīma* ᵈ*Adad*），即吼声如雷。

第161行：“我们将把他踩在脚底”（*nizzaza eli ṣērišu*）或译“我们将在他的背上站立”。在古代美索不达米亚艺术中，常见胜利者把失败者踩在脚下的画面，这种艺术画面用阿卡德语表达应该就是 *izuzzum eli ṣēri(šu)*。

第165行：按照上文几次出现的重复诗文判断，第165—166行之间缺了“三天走了一个月又十五天的路，距黎巴嫩山不知又近多少！”这一句，不知是故意为之，还是疏忽遗漏。

第194行：在此，神与人的界限似乎已经不存在了，神直接“从天上”（*ultu šamê*，第195行）向地上的人喊话的情况还出现在《史诗》的第七块泥版第132—133行：“沙玛什听他如此言，立刻从天上对他把话喊。”神从天上直接向人喊话的情况亦见于其他文学作品，如在贝洛索斯转述的洪水故事中，躲过洪水劫难的人因找不到主人而陷入迷茫。这时，神从天上向他们喊话，让他们回到家园，挖出泥版，重建文明（Lambert 1969, 134-135）。可见，在古代美索不达米亚人的宗教观中，神可以直接通过语言对身处险境或不知所措的人做现场指导，助其脱离危险。

第198行："七件披风"（^{túg}*naḫlapāti*）即"七道光"。洪巴巴身披七道光，正是这些"光"使洪巴巴所向披靡，令人望而生畏。根据书写^{túg}*naḫlapāti*的苏美尔表意字gú-è判断，洪巴巴的"光"在颈部以下，脖子和头在"光"的上面，给人一种身穿"蓑衣"的感觉，但此"蓑衣"非草蓑衣，而是光蓑衣。

第213行：第212行和此行都残缺，非常遗憾，因为这两行似乎传递了非常重要的信息，吉尔伽美什在大敌当前、生死攸关之时，突然提到"生育儿女"（*marī ittaldū*）的问题，跳跃之大，令人费解。乔治认为，吉尔伽美什担心自己可能面临死而无后的危险（George 2003, 820）。如果这里的复数指"她们"，即吉尔伽美什的妻妾，由此又可推知，吉尔伽美什虽然年轻，但并非单身。

第231行：《史诗》第二块泥版第229、286以及294行讲到"谁要闯入他的森林，谁就注定身体瘫痪"。现在，吉尔伽美什和恩启都已经来到洪巴巴的森林，恩启都感到双臂麻木。

第240行："像祭司"（*kī apillimma*）。*apillu*（或*pilpilû*）的具体职能不详，如果*apillu*与*kulû*的职能相同（George 2003, 820），*apillu*可能是一种仪式"妓男"。

第241行："吼声"（*rigimka*）指战斗时的吼声，且战且吼是一种战术。

第245行：第245—248行似乎是谚语。其中的"忘记死亡，求生化险"，即"忘掉死，只求生"（*mūta mišîma balāṭa še'î*，第245行）颇具"投之亡地而后存，陷之死地然后生"和"破釜沉舟"

的味道。

第248行：这句话道出了吉尔伽美什和恩启都到雪松林挑战洪巴巴的目的：青史留名。

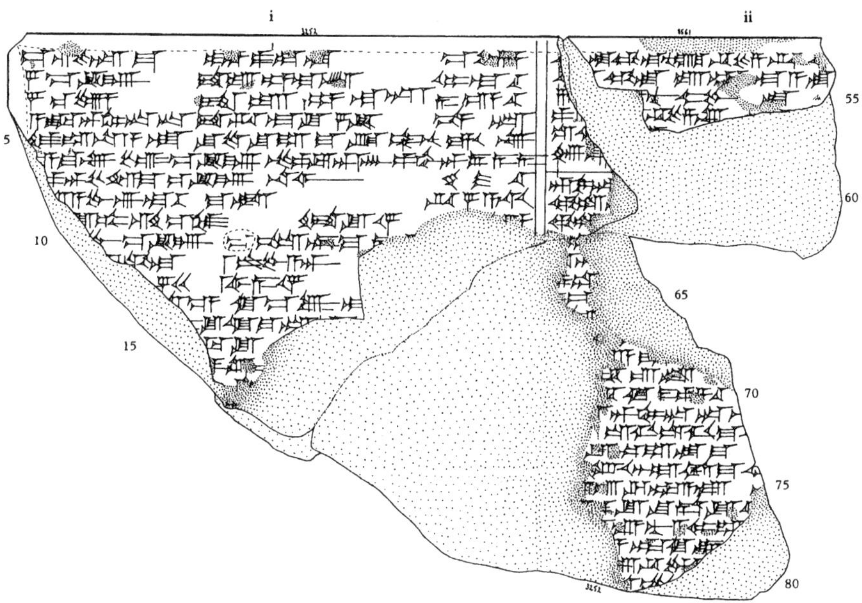

（抄本 H，第 1 栏，George 2003，Pl. 72）

第五块泥版

他们停下脚步，朝着森林远眺。

他们凝望那雪松之高，

他们凝望森林中的通道。

洪巴巴所到之处，都留下小路一条。

规规整整小路，常来常往通道。

雪松山——男神的居住地，女神的御座台，他们瞭瞭瞭。

雪松山，正面瞧，林海茫茫枝繁茂。

令人愉悦树荫好。

荆棘丛生相缠绕，遮天蔽日林木高。

（第1—9行）

他们停下脚步，朝着森林远眺。
他们凝望那雪松之高，
他们凝望森林中的通道。
洪巴巴所到之处，都留下小路一条。
规规整整小路，常来常往通道。
雪松山——男神的居住地，女神的御座台，他们瞭瞭瞭。
雪松山，正面瞧，林海茫茫枝繁茂。
令人愉悦树荫好。
荆棘丛生相缠绕，遮天蔽日林木高。

在乔治2003年学术版《吉尔伽美什史诗》中，第五块泥版的第10—84行残损严重，只言片语，不知所云。在2020年版《吉尔伽美什史诗》中，乔治根据拉维（F. N. H. Al-Rawi）于2011年发现的新泥版（即T. 1447[1]），对《史诗》第五块泥版的内容做了大调整，行序采用了新泥版（T. 1447）的排序，完全打乱了乔治1999年大众版和2003年学术版的行序。但是，由于新泥版（T. 1447）本身也是残片（六栏泥版的左半边），致使这个新排序出现紊乱。因此，此处只采用了笔者认为合理的部分，总体上仍保持乔治2003年学术版的行序。接下来的第10—103行

① F. N. H. Al-Rawi / A. R. George, "Back to the Cedar Forest: The Beginning and End of Tablet V of the Standard Babylonian Epic of Gilgameš", *Journal of Cuneiform Studies* 66 (2014), 第69—90页，包括泥版描述、音译、英文翻译、泥版摹本以及泥版照片。

据乔治 2020 年版的相关内容翻译，这些内容不见于此前的任何版本。

雪松树，树胶树，盘根错节不留路。
林周边，幼树密，一眼望去十几里。
不到十里眼望处，松柏参天翠欲滴。
树脂凝积成结痂，巍巍松高几十米。
树脂饱满争外溢，淅淅沥沥落如雨。
山谷涓涓流小溪，滴脂自随流水去。
茫茫林海静无声，一声鸟唱破长空。
雌鸟一起随声唱，喧嚣持续久不停。
孤独树蟋叫声起，引来一片唧唧唧。
[……] 唱支歌，把 [……] 管奏响。
林鸽发出咕咕声，乌龟忙把林鸽应。
鹳鸟啼叫来唱和，松林处处起歌声。
随着鹧鸪来附和，松林再把喧嚣增。
猴妈妈们高声唱，猴崽子们尖声喊，
仿佛乐师、鼓手般。
在洪巴巴面前，喧闹天天在上演。

当雪松投下阴影，
吉尔伽美什感到胆战心惊。
他的手臂开始麻木，
他的腿脚变得僵硬。

恩启都开口说话，
告诉吉尔伽美什如何行动：
“我们且向森林深处行，
一边走一边大声吼不停！”

吉尔伽美什开口说话，
把恩启都这样回应：
“我的朋友啊，为何我们像懦夫一样发抖？
我们可是穿越了所有高山的英雄！
[……………………] 在我们面前，
在退却之前 [……………………]”

（恩启都回应）
“我的朋友什么样的战斗都曾身经，
战斗起来忘死舍生。
你曾血溅身躯，早已不惧死亡殒命。
疯狂吧！像疯狂的苦行僧。
让你的呐喊如鼓喧天！
愿你的手臂不再麻木！愿你的双腿不再抖颤！”

（吉尔伽美什对恩启都说话）
“朋友，抓住我的手，我们一起向前！
把全部精力都集中在战斗上面。
忘掉死亡，只存生念！

我的战友精明强悍。
开路者要确保自己和同伴平安，
这样的人才能千古流芳美名传。”

二人已经到达那遥远的雪松山，
他们结束交谈，停下脚步，
站在那里凝望森林，心里充满赞叹。

（吉尔伽美什和恩启都似乎在暗处观察洪巴巴的举动）

立刻将剑［……………………………………］
从剑鞘中［……………………………………］
战斧沾满污迹，［………………………………］
斧与剑［………………………………………］
一个［…………………………………………］
他们悄悄溜进［…………………………………］

洪巴巴自言自语：
“一个［……］没有走过？［…………………］
难道没有［……………………………………］
为什么忐忑［…………………………………］
为什么我自己［………………………………］
害怕［…………………………………………］
如何［…………………………………………］？

吉尔伽美什与恩启都战洪巴巴

赤陶浮雕，公元前18—前17世纪，出土地不详，高8厘米，宽13.8厘米，厚1.7厘米。实物藏于德国柏林近东博物馆，图片见J. Marzahn / G. Schauerte（主编）, *Babylon – Mythos & Wahrheit*, Himmer, 2008, 图245。《吉尔伽美什史诗》第五块泥版第125行道：“林深不知处，他们一起把洪巴巴捉住。”第五块泥版第262—264行又道：“吉尔伽美什，听了朋友这番劝，他抽出身边的短剑，吉尔伽美什，将其（洪巴巴）脖子一刀断。”

在我的床上［……………………………………］
一定是恩启都［…………………………………］
他出于善意［……………………………………］
如果用一个词［…………………………………］
愿恩利尔诅咒他！［……………………………］”

（恩启都引用谚语，为吉尔伽美什打气）

对吉尔伽美什，恩启都开口说话：
“我的朋友啊，洪巴巴［………………………］
一友为单，二友为双。
俩人虽弱，二［比—强？］。
斜墙一人翻不了，俩人可做到。
六个［……］
三股绳，拧一起，欲断之，谈何易！
壮犬生俩崽，可以活下来。
站稳脚跟［……………………………………］

我的朋友啊，箭头飞［………………………］
你的旅程［……………………………………］
我们出发时［…………………………………］
［……］诞生［…………………………………］
我的朋友啊，对沙玛什［……］的风。
他（指沙玛什）后为雨，前为风。
速速请求沙玛什，让他刮起各种风。”

吉尔伽美什抬起头，面向沙玛什，边哭边乞求，
在阳光照映下，潸然泪水流：
“沙玛什啊，不要忘记，那天我对你的信赖是多么诚心诚意！
现在，快来助我一臂之力！［……………………］
为吉尔伽美什，乌鲁克的后裔，
快来保他无虞！”
沙玛什听他如此言语，
从天上向他喊话，片刻未迟疑：
“莫发怵，要顶住！莫让洪巴巴把林入。
切莫让他进入林丛，切莫让他［…………………］
切莫让他披上七件披风！［………………………］
（现在）他只身披一件，六件都脱得干干净净。
他们［……………………………………………］
像头凶猛的野牛，他将随时［发起进攻］。
他大声吼叫一声，令人胆战心惊。”

（以下仍采用乔治2003年学术版《史诗》行序，洪巴巴出场，对吉尔伽美什和恩启都进行威吓）

对吉尔伽美什，洪巴巴如此这般言：
“吉尔伽美什啊，傻瓜才会听信蠢货言。你为何来到我面前？
来吧！恩启都，你是鱼之子，不知有父在。
你是龟之子，不知饮母奶。
你还年轻稚嫩，我看你一眼尚可，不想与你接刃。
你整天东游西荡，我早不把你放在心上。

你为何不怀好意，把吉尔伽美什带到这里？
而你又为何偏偏与我结为敌？
我将割断吉尔伽美什的咽喉和脖颈，
将他的肉喂森林中的鸟——唳唳而叫的秃鹫和老鹰。”

（吉尔伽美什面对强大对手，心生恐惧，向恩启都吐露，以求缓解）

吉尔伽美什开了口，对恩启都这般言：
“我的朋友啊，洪巴巴已经翻了脸。
我们勇敢地踏上了他的地盘，现已与他四目相对面对面。
但心里的恐惧始终未有稍许消减。”

恩启都此时开了口，对吉尔伽美什这般言：
“我的朋友啊，你为何口出懦夫言？
你的泄气话，使我心甚烦。
我的朋友啊，现在需要做的事只有一件。
（以下三句似乎是谚语）
在铜匠的铸模中，才能搜集到铜。
用一个时辰把炭火吹燃，（等于）用一个时辰把炭火吹散。
让洪水泛滥，（等于）打人用皮鞭。
不要缩手缩脚，不要回身返转。
但愿你时刻睁大双眼，出击要有胜算。”

乔治 2003 年学术版第 108—129 行残缺。

毛尔版言缺 10 行，下面的第 118—132 行根据毛尔版翻译（Maul 2005，85）。毛尔并未对修补依据做任何说明。乔治 2020 年版《吉尔伽美什史诗》增补了第 108—129 行的翻译，内容与毛尔版的内容吻合，但行序不同。乔治也没有对修补做任何说明。

（以下三行是恩启都对吉尔伽美什说的话）
“他的确不断劫持人质以利用，
请把你的神——卢伽尔班达铭记在心中。
你接连做的几个梦，寓意你已心自明。”

吉尔伽美什听信同伴言，独自一人向前行。
就在这一刻，第九块岩石忽坠落，地裂山亦崩。
仿佛雄狮猛扑来，顷刻万物化尘埃。
仿佛贴身一护卫，恩启都迅速来解围。
林深不知处，他们一起把洪巴巴捉住。
他的咆哮声，弥漫森林中。
他们夺走其光环，
为发心中愤，洪巴巴一路大声喊不停：
“我将把他们抛向空中，我也顺势登上天宫。
我要把地面打碎，让他们下去见见地下水！”

（洪巴巴）把他们举起，但与天还有很远的距离。
他朝地面用力猛击，但却遇到岩石的阻力。

在他们的脚底，地面开始分崩离析。
他们尚在天旋地转，希拉拉和黎巴嫩已经分离。
白云变成乌云，
死亡降到他们身上，犹如毛毛细雨。

（这时）沙玛什冲着洪巴巴，刮起了大风：
南风、北风、东风、西风、暴风、
大暴风、阵风、妖风、旋风、
阴风、凛风、飓风、龙卷风，
十三种风一起刮，把洪巴巴的脸变铁青。
他向前不能移，向后不能动。
就这样，吉尔伽美什的武器，逼到了洪巴巴的脖颈。
洪巴巴忙央告吉尔伽美什，请求饶恕他的性命：
“吉尔伽美什啊，你还很年轻！尔母把你生，
你是野牛宁荪的后代，
你毁了我的山，奉的是沙玛什之命。
你在乌鲁克生长，吉尔伽美什就是王。
吉尔伽美什啊，〈常言道〉：‘人一死，对其主人不再有价值。
一个活着的奴隶，才能给主人带来收益。’
吉尔伽美什啊，请你把我饶恕，请你来做林主。
为了你，我将继续林中住，
只要是你想要的树，
香桃、雪松和柏树，我都为你来看护。
树木参天高，王宫引以为荣耀。”

恩启都忙对吉尔伽美什把话发：
“我的朋友啊，洪巴巴说什么，都不要相信他。
他的乞求是欺骗，他的说词是鬼话。

乔治 2003 年学术版第 158—174 行残缺，在 2020 年版《吉尔伽美什史诗》中，残缺部分得到部分修补。

若放他回家中，等于我们没出生。
林深不知处，我们很快就会遭他缚。
而后他将入深林，将光环披在身。”
洪巴巴听恩启都如此把自己辱骂，
他抬起头来，冲着沙玛什，泪水如雨下，
在阳光照射中，泪水纵横如雨下：

165—174 行残缺。

（洪巴巴对恩启都）
“我的森林之规则，你早已全晓得，现在竟然由你来定规则！
你这个能说会道的家伙！
我当初怎么没有把你吊死在森林入口的小树上？
怎么没让林中鸟——嗅嗅而叫的秃鹫和老鹰把你的肉吃光！
现在，恩启都啊，他能否放过我，取决于你如何说。
快跟吉尔伽美什说个情，让他不要害命饶了我！”

（恩启都没有理会洪巴巴，而是劝吉尔伽美什杀之以杜绝后患）

恩启都开了口，对吉尔伽美什这样语：
“我的朋友啊，洪巴巴把雪松林守御。
结果他！杀了他！毁掉他的判断力！
洪巴巴把雪松林守御，结果他！杀了他！毁掉他的判断力！
（了结此事要）在众神之首恩利尔闻知此事前，
（因为）大神们都将对我们发难，
尼普尔的恩利尔，拉尔萨的沙玛什，他们不会袖手旁观。
现在就永远地向世人宣告，
吉尔伽美什如何将洪巴巴了断！”

（洪巴巴对恩启都的建议反应强烈）

洪巴巴听恩启都如此说，
便抬起头来大声喊：

192—234行残缺。

乔治在2020年版《吉尔伽美什史诗》中，根据出土于乌迦里特（Ugarit）的一块中巴比伦时期的泥版残片对此处的缺文做了修补，内容包括：洪巴巴听恩启都如此说，他抬起头，流着泪告诉沙玛什，他从来没有打扰过恩启都和那些与恩启都为伍的动物，雪松林的生长地希拉拉和黎巴嫩从未遭到过这样的破坏。他继续说道：“沙玛什啊，你是我的主人，也是我的判官。我无生我之母，无养我之父。是大山生了我，是你养了我。”

（洪巴巴继续对恩启都说话）

“居住在房子里的人，敌意［……………………］
你坐在他面前，好似牧人般。
俨然像雇主，专把人使唤。
现在，恩启都啊，他能否放过我，全凭你一言。
快跟吉尔伽美什说个情，让他把我的命保全。”

（恩启都还是没有理会洪巴巴，继续力劝吉尔伽美什杀洪巴巴）

恩启都开了口，对吉尔伽美什这样语：
“我的朋友啊，洪巴巴把雪松林守御。结果他！杀了他！毁掉他的判断力！

（了结此事要）在众神之首恩利尔闻知此事前，
（因为）大神们都将对我们发难，
尼普尔的恩利尔，拉尔萨的沙玛什，他们不会袖手旁观。现在就永远地向世人宣告：
吉尔伽美什如何将洪巴巴了断！”

洪巴巴听恩启都如此言，
便抬起头来大声喊：

248—254 行残缺。

残缺部分的主要内容应该是洪巴巴的道白，包括威胁和诅咒。

（洪巴巴知道大势已去，开始诅咒吉尔伽美什和恩启都）

“但愿他们不［……………………………］
但愿二人活不长！
除了他的朋友吉尔伽美什，但愿无人为恩启都送葬！”

（恩启都第三次劝吉尔伽美什杀洪巴巴）

恩启都开了口，对吉尔伽美什这样言：
“我的朋友啊，我好话歹话都说尽，你却不听劝。
洪巴巴的诅咒已连篇，你若不禁止，
他将滔滔说没完。”

（吉尔伽美什在朋友的劝说下，决定杀洪巴巴）

吉尔伽美什，听了朋友这番劝，
他抽出身边的短剑，
吉尔伽美什，将其（洪巴巴）脖子一刀断。
直到恩启都刺穿他的心，掏出他的肺，
他才从洪巴巴的尸体上跳到地面。
他从（洪巴巴）头上取下獠牙的一瞬间，
鲜血遍布高山，
血腥把高山充满。

270—288 行残缺。

残缺的内容大概包括两位英雄商议如何处理洪巴巴的尸体以及如何选择和砍伐雪松。

（吉尔伽美什和恩启都伐木）

[………………………………] 他们砍断。
[……………………………] 木屑六指宽。
吉尔伽美什把树砍倒，恩启都把最好的树木挑选。
恩启都开了口，对吉尔伽美什这般言：
“我的朋友啊，一棵高大的雪松树，我们已将之砍断。
此树如此之高，树梢与天毗连。
我要用它做一套门，六竿是其高度，二竿是其宽度，
一肘尺是其厚度，门柱和上下枢，都用一根木。
让幼发拉底河，将之运到尼普尔，
尼普尔人将会雀跃欢呼。”
[……] 柏树 […………………………]
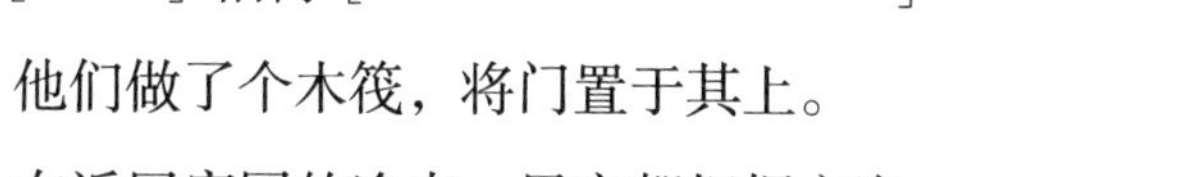
他们做了个木筏，将门置于其上。
在返回家园的途中，恩启都把握方向。
吉尔伽美什割下洪巴巴的头，朝着乌鲁克，胜利返航。

在 2020 年版《吉尔伽美什史诗》中，乔治把拉维于 2011 年发现的新泥版（即 T. 1447）结尾部分嫁接在第五块泥版的尾部，部分内容与上述内容重合，但也包括一些不见于其他任何版本的新内容。T. 1447 结尾部分的内容

包括：吉尔伽美什踏遍森林，搜集树脂，目的是把树脂献给恩利尔。恩启都担心地问吉尔伽美什："我们把松林糟蹋成这样，如何向恩利尔交代？"他们还杀死了洪巴巴的七个儿子，即"蟋蟀"、"尖叫者"、"台风"、"呼啸者"、"狡猾"、(名字不详)以及"暴风"。吉尔伽美什伐树，恩启都选树。他们伐了一棵参天大树，准备做门，献给尼普尔的恩利尔神庙。他们做了木筏，载着洪巴巴的头胜利返航。

衔接行：

他清洗了乱发，清洁了行装。

·第五块泥版·
解 读

第 2 行：黎巴嫩的雪松可高达 20—30 米。

第 4 行：森林中本无路，洪巴巴走到哪里，哪里便有了路。路是走出来的。

第 6 行：地中海东岸的古代居民普遍认为山是神的居所。

第 86 行：据《苏美尔王表》记，吉尔伽美什的生父叫“力拉”意为“白痴”，此行中的 *lillu*（“白痴、傻瓜”）显然影射吉尔伽美什的父亲。洪巴巴把恩启都称为“蠢货”（*nuā'u amēlu*），与他对话时总是高高在上，对他不屑一顾，并进行百般侮辱，但对吉尔伽美什却始终和气，后来甚至变得低声下气。

第 87 行：第 87—94 行继续描述洪巴巴的语言暴力，先动口，后动手，是楔文叙事文学的突出特点。从洪巴巴的辱骂中可以看到，洪巴巴对恩启都非常了解，“你是鱼之子，不知有父在。你是龟之子，不知饮母奶”讲的是恩启都的“出身”，无父无母，与洪巴巴自己一样，是神的直接造物。“你还年轻稚嫩，我看你一眼尚可，不想与你接刃。你整天东游西荡，我早不把你放在心上”讲的是恩启都没有成长过程，是神不久之前造的野人，来到世间没有多长时间，因此还很年轻（*ina ṣeḫerika*，“处于童年”）。“你整天东游西荡”讲的是恩启都曾与畜群在一起，过着逐草而徙、逐水而居的生活经历。“而你又为何偏偏与我结为敌”（*u atta kī* [16] *nakri aḫî tazziz*，“而你的立场就像一个从不相识的仇敌”）讲的是洪巴巴与恩启都曾相识，甚至可能是朋友，如今恩启都却突然与他为敌，这使他感到困惑，要求恩启都解释。洪巴巴给人的印象是：虽然长相凶恶，但并未做任何恶事，更未对人类有过任何伤害，现代读者大概都会感到杀洪巴巴缺乏正当性和必要性。

第 103 行：“在铜匠的铸模中，才能搜集到铜”有“不入虎穴，焉得虎子”的意味。

第 104 行：“用一个时辰把炭火吹燃，（等于）用一个时辰把炭火吹散。”这句话如何解释，学界有争议。在《史诗》的这个语境中，解为“徒劳无功”或“竹篮打水”似乎比较合理，即恩启都认为，他与吉尔伽美什已经克服了种种艰难，即将达到目的，迎来胜利，只剩最后一搏，所以，现在放弃是功亏一篑，徒劳无功。

第 105 行：“让洪水泛滥，（等于）打人用皮鞭。”发场洪水足以消灭人类，用皮鞭打人足以使人毙命。恩启都显然在使用谚语激励吉尔伽美什，让他不要心慈手软，要给洪巴巴致命打击，置之死地而后已。从这句也可看出，“洪水”已经成为一个文化概念，已经与“消灭人类”或“万劫不复”这样的概念产生必然联想。

第 118 行：如果说洪巴巴有什么罪过，此处提到的“劫持人质”是今人所知之唯一。可以想象，作为森林守护者，他劫持的人质应该是森林的“入侵者”。

第 119 行：在文学传统中，卢伽尔班达是吉尔伽美什之父。关于卢伽尔班达，见第一块泥版第 35—36 行注释。大敌当前，心中时刻想着先祖，大概有双重意义，一是会得到先祖的保佑；二是这种身份意识（时刻想着我是谁）可能是一种力量源泉。

第 120 行：从第 118 行开始，至本行为止，恩启都用三句话劝吉尔伽美什坚持到底，不要退却，三句话包括三个理由，一是洪巴巴曾害人，必须除之；二是已经成为神的先祖可确保吉尔伽美什安然无虞；三是梦谕已经明确显示吉尔伽美什会战胜洪巴巴。紧要关头这三个理由果然奏效。

第 122 行：指洪巴巴以排山倒海之势向吉尔伽美什猛扑过来。

第 123—124 行：指恩启都像雄狮一样扑向洪巴巴，来救吉尔伽美什。

第 134 行：洪巴巴向地面猛击，结果把巨大岩石劈成两半，两块岩石分离，形成现在的地中海东岸黎巴嫩地区地貌。这里的“黎巴嫩”和“希拉拉”（Sirara）即当今的黎巴嫩和安提黎巴嫩，中间是贝卡谷地，谷地孕育了奥龙特斯河。《史诗》在此讲述了一个关于地中海东岸地区地貌形成的古老传说（Maul 2005, 167）。希拉拉在楔文文献中很常见，指黎巴嫩的赫尔蒙山。

第 136 行：比较第四块泥版第 104 行：“火焰节节高，死亡如雨降。”

第 137 行：危急时刻，沙玛什出手帮助，刮起十三种大风。第三块泥版第 88—91 行，吉尔伽美什之母宁荪请求沙玛什在关键时刻刮十三种风来帮助吉尔伽美什，在此，宁荪预见的情况发生，她预知未来的能力在此得到证实。

第 145 行：第二块泥版第 289 行，乌鲁克长老劝吉尔伽美什不要到雪松林冒险时曾说："吉尔伽美什啊，你还很年轻（*ṣeḫrēta*）"。长老们说的"年轻"（*ṣeḫru*，"小、年轻、未成年"）显然是贬义，言吉尔伽美什年少气盛，不知深浅，贸然行事。但洪巴巴说的"年轻"却是赞扬，洪巴巴面临生命危险，极力讨好和奉承吉尔伽美什。两种情况都描述了一个事实：吉尔伽美什正当意气风发之年，自然年龄不会太大，应在二十上下，但没有任何文献讲到吉尔伽美什的具体年龄。"尔母把你生"（*ummaka ūlidka*）在普通人嘴里是一句没有任何意义的废话，但一经洪巴巴说出，便成了赞美，甚至羡慕。洪巴巴没有父母，是神造的，生来孤独，无亲无故，独自一人看护森林，这是一种什么感觉？我们当然无法为神代言。从洪巴巴的言语判断，他似乎有孤独感，羡慕他人有父母，觉得有父母是优势，而自己没有父母是劣势。从一些富有情感的言语中可以看出，洪巴巴的情商是很高的。此处羡慕吉尔伽美什有父母是例证之一；另一个可以证明洪巴巴有情商的细节是上文讲到的洪巴巴曾善待恩启都，而恩启都却背叛了洪巴巴，他因此感到不可思议，向恩启都讨说法，说明洪巴巴本性重友情。

第 156 行：洪巴巴话音未落，吉尔伽美什还没来得及反应，恩启都就迫不及待地插话，内心的焦虑跃然纸上。恩启都很清楚洪巴巴是什么人，也很清楚洪巴巴在做什么——蒙骗吉尔伽美什，所以，他非常着急，怕吉尔伽美什上当，急忙插话来戳穿洪巴巴的谎言。

第 175 行：洪巴巴本来对恩启都不屑一顾，只跟吉尔伽美什对话，不理睬恩启都。后来发现，能否得到吉尔伽美什的饶恕，全在恩启都一句话，所以，洪巴巴转而请求恩启都（第175—180行），求饶策略改变，说明洪巴巴的头脑很灵活。

第177行：说明恩启都曾经闯入洪巴巴的森林，洪巴巴本来可以轻易地杀死恩启都，把恩启都的尸体挂在森林入口处，对试图进入森林的人形成威慑力，使其他任何人都会望而却步，不敢进入森林。可洪巴巴没有这样做，今日反遭恩启都算计，他显然为此感到后悔。

第185行：洪巴巴是恩利尔指派守护雪松林的神，恩启都对杀洪巴巴的后果很清楚，也知道恩利尔不会放过杀洪巴巴的人，但恩启都还是明知故犯，怂恿吉尔伽美什杀洪巴巴，为此，恩启都后来受到神的惩罚，此处为恩启都之死埋下伏笔。

第187行：恩利尔神庙埃库尔坐落在尼普尔，太阳神沙玛什的神庙埃巴巴（Ebabbar）坐落在拉尔萨（Larsa）。

第290行："六指"（6 *ubān*），即六个手指的宽度。

第295行：关于长度单位"竿"，见第一块泥版第56行注释。按照这个比例，恩启都做的门，高36米，宽12米，厚50厘米。

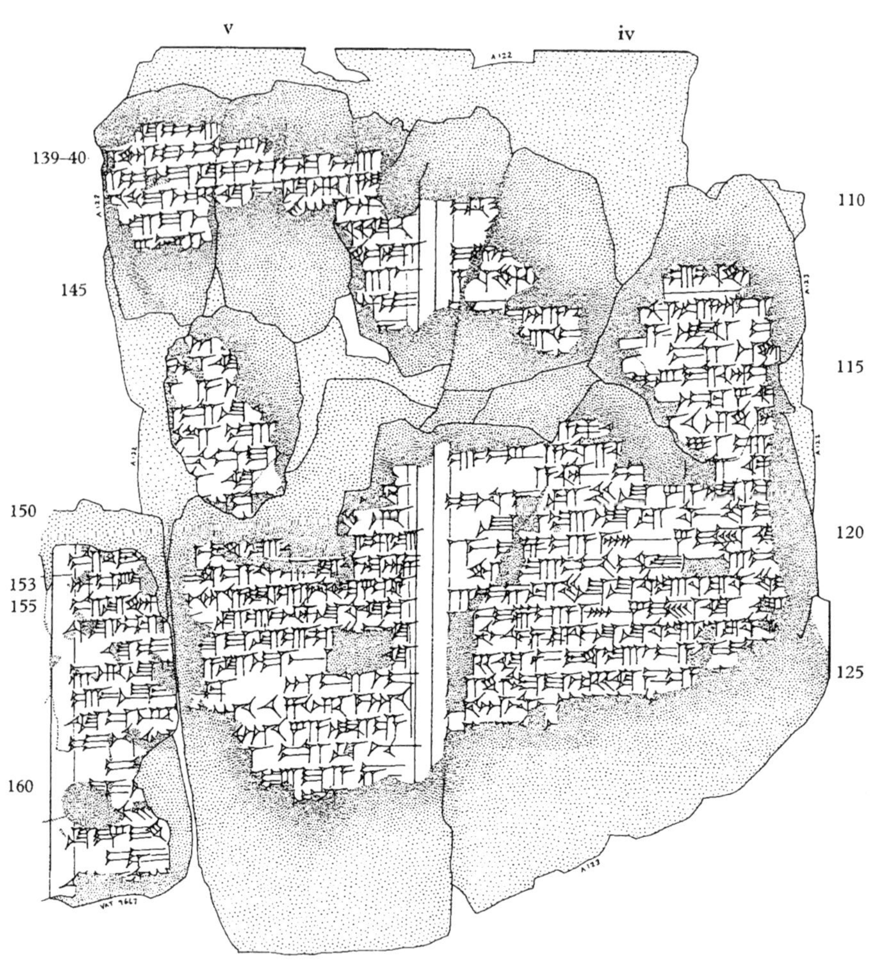

（抄本 a，第 4 栏，George 2003，Pl. 91）

第六块泥版

天牛鼻息喷一声，地面出现一个坑。
一百个乌鲁克的青壮年，鱼贯坠入大坑中。
天牛再发鼻息声，地面又出现一个坑。
二百个乌鲁克的青壮年，鱼贯坠入大坑中。
天牛三发鼻息声，地面又出现一个坑，
三百个乌鲁克的青壮年，鱼贯坠入大坑中。
天牛四发鼻息声，地面又出现一个坑，
恩启都腰部以下都坠入大坑中。
他纵身一跃跳出来，抓住牛角不放松。

（第119—125行）

他清洗了乱发，清洁了行装。
头一甩，把卷发披在后背上。
他脱下脏衣，换上新装。
吉尔伽美什，披上斗篷，系上腰带，
把王冠戴在头上。
吉尔伽美什风流倜傥，引来伊什妲女神的青睐目光。

（女神伊什妲求爱）

“来来来，吉尔伽美什，请做我的新郎！
把你的果实给我，
你做我的丈夫，我做你的新娘。
我将为你套一挂车，车身将用青金石制作。
车轮用黄金，车角用琥珀。
拉车的不仅是暴风狮，还有雄壮高大的驴骡。
伴随雪松的芳香，请你进入我们的洞房。
当你进入我们的新屋，
门槛和王座将亲吻你的双足，
王公贵族将对你卑躬屈膝示臣服。
他们将为你献上万山万国精选的贡物。
你的母山羊将生三胞胎，你的母绵羊将生双胞胎，
你的驴驹即使身负重载，也比骡子跑得快。
你的马即使拉着战车，也能跑起来，
你的牛无与伦比，即使轭在颈上戴。”

（吉尔伽美什严词拒绝伊什妲的求爱）

吉尔伽美什开了口，
对女王伊什妲这样语：
“我若娶你为妻，
我必须将身体、衣着都忘记，
必须将饮食、饥饿都忘记。
你为我提供的食物，难道神吃都可口？
你为我提供的美酒，难道能是王室御酒？
我将把［……………………………］缚。
我将把［……………………………］堆积。
小心眼包裹在披风里，
我为什么一定要娶你？
你是严寒却不结冰，
你是房门却不挡风，
你是屠杀英雄的殿堂，
你是连自己的皮都吃的大象。
你是弄脏沥青搬运工的沥青，
你是弄湿皮囊搬运者的皮囊。
你是使石墙爆裂的石灰石，
你是破城槌，毁掉的却是（自家的）御敌之墙。
你是挤鞋主之足的凉鞋，
你的哪个新郎能与你地久天长？
你的哪位英雄曾上得天堂？
来来来，让我数数你的情人的数量。

[……………………] 他的胳膊。
你的丈夫杜牧兹，与你青梅竹马甚相当，
一年复一年，你却使他哭断肠。

你爱斑驳的戴胜鸟，
你不但打了它，还折断了它的翅膀。
它如今栖息在森林，不断地叫着‘我的翅膀！’。

你曾爱雄狮，雄狮最强壮，
可你挖了无数陷阱将它伤。

你曾爱骏马，骏马战场美名扬，
可你让它尽把皮鞭、马刺以及鞭挞的滋味尝。
你让它连续奔跑七个时辰不停歇，
还让它把水蹚浑而后把浊水饮，
更让它的母亲希丽丽哭断肠。

你曾爱那牧羊人，那个守护畜群的牧人长，
此人不断为你用炭火焙烤（面包），大批大量。
他还每日为你宰杀羔羊，
而你却将他殴打，且把他变成了一只狼。
以致他自己的牧童都将他赶跑，
连他自己的狗都把他的大腿咬伤。

《吉尔伽美什史诗》第六块泥版残片

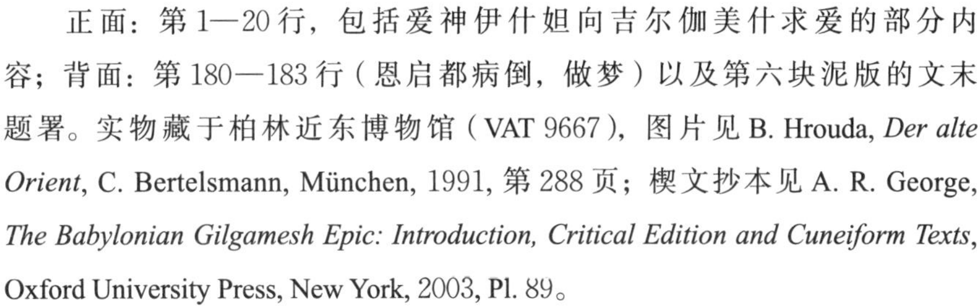

正面：第 1—20 行，包括爱神伊什妲向吉尔伽美什求爱的部分内容；背面：第 180—183 行（恩启都病倒，做梦）以及第六块泥版的文末题署。实物藏于柏林近东博物馆（VAT 9667），图片见 B. Hrouda, *Der alte Orient*, C. Bertelsmann, München, 1991, 第 288 页；楔文抄本见 A. R. George, *The Babylonian Gilgamesh Epic: Introduction, Critical Edition and Cuneiform Texts*, Oxford University Press, New York, 2003, Pl. 89。

你曾爱伊舒拉努，尔父之园丁，
此人用篮子为你把椰枣供应，
使你的餐桌没有一天不丰盛。
你对他色眯眯，到他身边与私语：
‘我的伊舒拉努啊，让我们来体验一下你的威力！
把手伸过来，抚摸抚摸我们的私器！’
伊舒拉努对你说：
‘你在我身上有何觊觎？
难道吾母未为我备食？难道我尚未进食腹尚饥？
难道我会吃嗟来食？
难道我为了御寒而拿灯芯草当外衣？’
你听他如此说，
不但将他打，还把他变成了小矮个。
让他坐在园圃里，
上够不着酒来饮，下够不着水来喝。
你现在说爱我，将来会让我重蹈他们的覆辙！”

伊什妲一把此言听，
怒火高万丈，扶摇上天宫。
伊什妲来到父神安努前，哭啼仍未停。
她来到母神安图前，泪眼尚蒙眬：
“父啊，吉尔伽美什反复将我羞辱，
吉尔伽美什列举的事情让我无地自容，
那些都是让我蒙羞、让我挨骂的事情。”

安努开了口，
他对伊什妲这样语：
“罢了罢了，难道不是你先与吉尔伽美什王寻隙？
而后吉尔伽美什才拿那些事情羞辱你，
才把那些让你蒙羞、让你挨骂的事情提起？”

伊什妲开了口，
对父神安努这样说：
“父啊，快把天牛给我！
我要让吉尔伽美什死在他的老窝。
天牛如果你不给，
我将把阴间及其居所彻底打碎，
我将把下界完全捣毁，
我要让死人站起吃活人，
我要让活人少于死鬼。”

安努开了口，
对伊什妲女神这样道：
“如果天牛让你从我这里得到，
七年岁月里，乌鲁克的寡妇就要拾麦秆，
乌鲁克的农夫就要种野草。”

伊什妲开了口，
对其父神这般言：

“我已把麦秆堆成山，
我已使野草处处见。
乌鲁克的寡妇准备麦秆已经七年，
乌鲁克的农夫已使野草茂盛盎然。
天牛盛怒下，我将报我的新仇旧怨。”

安努听伊什妲如此讲，
便将天牛的牛鼻绳交到她手上，
伊什妲牵着天牛自天降。
它在乌鲁克的土地上一踏足，
那里的森林、沼泽、芦苇皆干枯。
它又来到河流旁，水位以七肘尺的幅度骤然降。
天牛鼻息喷一声，地面出现一个坑。
一百个乌鲁克的青壮年，鱼贯坠入大坑中。
天牛再发鼻息声，地面又出现一个坑。
二百个乌鲁克的青壮年，鱼贯坠入大坑中。
天牛三发鼻息声，地面又出现一个坑，三百个乌鲁克的青壮年，鱼贯坠入大坑中。
天牛四发鼻息声，地面又出现一个坑，恩启都腰部以下都坠入大坑中。
他纵身一跃跳出来，抓住牛角不放松。
天牛把唾液喷向他的脸，
还用尾巴将其粪便向他甩不停。

恩启都开了口，
对吉尔伽美什这样道来：
“我的朋友啊，我们曾在自己的城邑自吹自抬，
如今如何向张袂成阴的大众交代。
我的朋友啊，我曾见识过天牛的威力，
它的力量我早已领教，它的使命我完全知悉，
我将再次见识天牛的威力。
我要一点一点地绕到天牛的后位，
我要抓住它那粗壮的牛尾，
再用脚踩住它的后腿。
我将狠狠将它踩踏在地，使它寸步不能移。
而你要勇敢敏捷像屠夫，

将短剑从牛角后面的骨缝中直插入。”

恩启都绕到天牛的后位，
他抓住它那粗壮的牛尾，
用脚踩住它的后腿。
他狠狠地将它踩踏在地，使它寸步不能移。
这时，吉尔伽美什勇敢敏捷像屠夫，
把短剑从牛角后面的骨缝中直插入。
他们终将天牛戮。而后，
剖其腹，取其心，将之献给太阳神。
他们向后退几步，然后在太阳神面前跪地匍匐。

吉尔伽美什与恩启都战天牛

赤陶浮雕，公元前18—前17世纪，出土地不详，高9.5厘米，宽13.8厘米，厚2厘米。实物藏于柏林近东博物馆，图片见J. Marzahn / G. Schauerte (主编), *Babylon-Mythos & Wahrheit,* Himmer, 2008, 图246。《吉尔伽美什史诗》第六块泥版第141—143行这样写道："恩启都绕到天牛的后位，他抓住它那粗壮的牛尾，用脚踩住它的后腿。"

二人一起坐下歇息。
伊什妲登上羊圈乌鲁克的城墙，
捶胸顿足，嚎天恸地：
“该死的吉尔伽美什啊，你不但使我受辱蒙羞，还杀了我的天牛！”
恩启都一听伊什妲如此言，
便撕下天牛的牛肩，将之抛到她的面前：
“至于你，我要能到你身旁，我对你就像对它一样！
我会把它的内脏挂在你的胳臂上。”

伊什妲召集了各种妓女，
让她们面对牛肩哭天喊地。
吉尔伽美什召集了各类工匠，
他们对牛角之大啧啧称奇。
牛角就像青金石，重量足有三十玛那，
边缘足有两玛那，
二者加一起，足能将六古尔的油容纳。
为神涂油故，他将之献给了自己的庇护神卢伽尔班达。
他进入祠堂中，在先祖的卧室将之悬挂。

在幼发拉底河，他们把手洗干净，
二人手拉手，一路向前行。
当他们乘车游行在乌鲁克的街道，
乌鲁克人聚集到一起来把他们瞧。

对服侍他的女仆们，吉尔伽美什问道：
“谁是男人中的俊杰？
谁是男人中的英豪？”
“吉尔伽美什是男人中的俊杰！
吉尔伽美什是男人中的英豪！”

（下面一句似乎是吉尔伽美什所言）

“我们愤怒时，敢与为敌者，我们一个不知晓。”

大街上的人，没有一个敢将他小瞧。
对他的王者气度，人人都赞美称道。
在他的宫殿，吉尔伽美什欢喜若狂，
青壮男子在此过夜，竖卧横躺。
恩启都亦睡在床上，且很快进入梦乡。
恩启都醒来站起，急于解开梦境带给他的迷茫。
他对朋友说：

衔接行：

“我的朋友啊，大神们在一起把何事商量？”

·第六块泥版·
解　读

第2行：第一块泥版第60行写到吉尔伽美什“那卷曲的头发，茂盛得像妮撒芭的头发一样”。长发似乎是美男子标配，男子平时蓄长发，战时把长发卷起来。

第8行：“把你的果实给我”比喻享受爱情的甜蜜。

第9行：“你做我的丈夫，我做你的新娘”，或倒过来的说法，“我做你的丈夫，你做我的新娘”，亦见于其他文献，尤其是法律文献，是男子求婚时常说的套话。此处“丈夫”用的是*mutu*，而第7行“请做我的新郎”中的“新郎”用的是*ḫāwiru*。*ḫāwiru*是由动词*ḫiāru*（“选择”）演变来的名词，具有“选择（的中意人）”的色彩，而此行的*mutu*（“丈夫”）和*aššatu*（“妻子、婆娘”）没有明显的感情色彩，这两个相反（或相对）的概念对应的都是苏美尔语的dam（“丈夫”或“妻子”），说明*mutu*和*aššatu*就是丈夫、妻子的身份描述，无感情色彩。按照这个逻辑推理，第7—9行可解为：我选择你做我的新郎（第7行），我们享受爱情（第8行），既成事实后，我们便是夫妻（第9行）。可见，《史诗》是非常讲究选词用字的。

第10行：第10—12行俨然就是阿卡德语版的“宝马香车”。

第11行：“车角”是车的哪个部位，学界有争议（George 2003, 830）。

第 12 行：大有“虎鼓瑟兮鸾回车”（李白《梦游天姥吟留别》）的意味。暴风狮常见于文学作品，是为雷雨神阿达德、太阳神沙玛什、战神与爱神伊什妲等拉车的神兽。

第 13 行：“雪松的芳香”（*sammūti* ^{giš}*erēni*）属于神庙和宫殿建筑的标配，这类大型建筑的门和大梁一般用雪松木建造。

第 16 行：这里所谓的“王公贵族”包括“王”（*šarrū*）、“重臣”（*kabtūtu*）以及“王子”（*rubû*）。这个排序亦见于其他文献，是一种固定表达方式（George 2003, 830），用“王公贵族”对译非常恰当。

第 18 行：在苏美尔文学中，有“没有母绵羊生双胎，没有母山羊下三崽”（u_8-e $sila_4$ min-bi nu-ub-tu-ud / ùz-e máš $eš_5$-bi nu-ub-tu-ud）的说法（George 2003, 831），大概是谚语，《史诗》此处反其道而用之。

第 19 行：骡（^{anše}*parû*）的奔跑速度一般要比驴驹（*mūru*）的奔跑速度快得多，《史诗》此处亦属反其道而用之例。

第 27 行：此行和接下来的第 28 行残缺严重，是根据第七块泥版的第 135—136 行修补的（George 2003, 831）。沙玛什在劝阻恩启都诅咒妓女莎姆哈特时说：“她（莎姆哈特）给你吃的面包，神吃都可口。她让你喝的是王室御酒。”很显然，在编创《史诗》的年代，这两句话已经成为固定搭配，可以根据需要，变换人称。

第 31 行：此行破损严重，“小心眼包裹在披风里”是毛尔根据一块尚未发表的泥版残片修补的（Maul 2005, 168-169）。吉尔伽美什断然拒绝伊什妲女神的求婚，作为拒绝的理由，吉尔伽美什列举了伊什妲的一系列不良品行，此行所言属不良品德例，言伊什妲心胸狭隘，口蜜腹剑，表面慷慨大方，慷慨背后包藏奸心。

第43行：伊什妲有多重神格，除爱神和战神外，她还是金星的化身，既是启明又是长庚，自然栖息在天上。她常被称为“天之女王”，伊什妲的苏美尔语名称就是“天之女王”（Nin-ana）。作为爱神，她有很多“情人”，但没有一个曾与她一起上得天宫。

第46行：杜牧兹是牧羊神，在文学传统中被视为伊什妲女神的丈夫。伊什妲入冥界的故事在古代便家喻户晓，既有苏美尔语版，也有阿卡德语版。根据这个故事，伊什妲下到冥界，被困在那里，必须找个替身，方能出冥界返人间。冥界鬼神跟她一起出冥界到人间找替身，伊什妲最终选择了自己的丈夫做替身，于是，杜牧兹被抓到冥界，每年都要在那里度过半年时间。苏美尔语的《伊楠娜入冥界》对此有明确表述：“你半年，你的姐姐半年”（za-e mu sa_9-àm nin_9-zu mu sa_9-àm，*Inanna's Descent to the Nether World*，第407行，见*ETCSL*〔http://etcsl.orinst.ox.ac.uk/〕1. 4. 1, 407）。“青梅竹马”即阿卡德语的*ḫāwiri ṣuḫrētiki*（“你小时的相好”）。

第48行：第48—50行是对戴胜鸟（阿卡德语：*allallu*）的叫声做通俗词源学解释。戴胜鸟的叫声颇似gu-gu-gu，阿卡德语的“戴胜鸟”（*allallu*）可能就是模仿戴胜鸟叫声的仿声词。戴胜鸟的叫声听上去也像苏美尔语的á-gu_{10}（“我的翅膀”）。《史诗》第50行道：“它（戴胜鸟）如今栖息在森林，不断地叫着‘我的翅膀！’”阿卡德语的“我的翅膀”（*kappī*）可能是苏美尔语 á-gu$_{10}$ 的翻译，说明这个故事情节先有苏美尔语版，而后才有阿卡德语版。

第 51 行：“雄狮”（*nēšu*）是伊什妲的神兽，在图像艺术中，伊什妲有时站在狮背上，有时用绳子牵着狮子，也有文献讲到伊什妲驾驭七头雄狮（George 2003, 835）。

第 52 行：阿卡德语 *sebet u sebet*，“七个又七个”，也可释为“二七（一十四）”，指的不是具体实数，是虚指，言极多。伊什妲给雄狮挖了许多坑，指伊什妲驯服了雄狮，使雄狮成为自己的“坐骑”。

第 53 行：第 53—56 行涉及马的一些特征，包括在战场上值得信赖（第 53 行），要挨鞭打（第 54 行），要带马刺（第 54 行），有时要不间断地奔跑 7 个时辰（7 *bērū* = 14 个小时，第 55 行），要饮蹚浑的泥水（第 56 行）。第 20 行还讲到马拉战车和驰骋沙场。“马”通常用苏美尔表意字书写，写作 ANšE. KUR. RA，即“山中驴”。“马”不是古代美索不达米亚的固有物种，是引进物种。阿卡德语的“马”（*sisûm* / *sisium*）始见于古阿卡德时期（约公元前 2350 年）文献，乌尔第三王朝时期（约公元前 2100 年）的文献始有马拉车或人骑马的记载。在古巴比伦时期（约公元前 1800 年之后）的文献中始有将马用于战争的记载。十二块泥版的《吉尔伽美什史诗》大约成文于公元前 1300 年，那时，马已经广泛用于生活和战争。《史诗》在此试图对马的一些特点做通俗词源学解释。

第 57 行：“希丽丽”（Silili，写作 ^{d}Si-li-li）可能是传说中马的祖先

（George 2003, 835）。除《史诗》在此讲到希丽丽是马之“母”（*ummišu*）外，作为马神的希丽丽不见任何其他文献。乌尔第三王朝时期的一个文献提到希马什基（Šimaški）人，其中有 Si-NI-NI 或 Si-lí-lí，但不知此希丽丽是否就是彼希丽丽。

第 58 行：第 58—63 行描述的故事让人联想到希腊神话中的亚克泰昂（Aktaion），这位猎人在狩猎时无意间闯入月亮女神阿蒂米斯（Artemis）洗浴的泉水池旁，女神盛怒之下，把亚克泰昂变成一只鹿，亚克泰昂的猎犬因无法识别鹿是自己的主人而把他咬死（Maul 2005, 169）。《史诗》与希腊神话的最大不同在于女神施法害人的原因：在希腊神话中，受害者首先冒犯女神，因而受到惩罚。在《史诗》中，女神惩罚受害者没有丝毫理由，牧人完全无辜，伊什妲女神却给人留下“虐待狂”的印象，也成为吉尔伽美什断然拒绝伊什妲求婚的理由之一。从这个故事中还可以看到，伊什妲是深通魔法或巫术的神。把人变成狼也让人联想到苏美尔语长篇叙事诗《恩美卡与恩苏克什达纳》，在这部作品中，代表乌鲁克出场的女巫师神通广大，用一种东西（此物为何物尚不明）变化出各种飞禽走兽，与阿拉塔的男巫师斗法，那个女巫师应该是伊什妲（苏美尔语作品中的伊楠娜）的化身。

第 64 行：如何解释“伊舒拉努”（Išullānu），学者说法不一。有辞书文献把“舒卡雷图达”和“舒拉努”画等号，即 Šukaletuda = Šullānum（Civil / Reiner 1971, 118: 124），这样，视二者为一人就有了文献依据。在苏美尔语神话《伊楠娜与舒卡雷图达》（*Inanna and Šukaletuda*, Volk 1995, 125–135）中，舒卡雷图达趁伊楠娜疲劳沉睡之时，性侵了这位女神，结果遭到女神的报复，女神把舒卡雷图达变成了侏儒（George 2003, 835-836; Volk 1995, 53-64）。《伊楠娜与舒卡雷图达》与《史诗》此处描述的故事有较大区别，就成文年代而言，《伊楠娜与舒卡雷图达》早于《史诗》，所以，要么《史诗》化用了《伊楠娜与舒卡雷图达》中的故事，要么二者都化用了一个更古老的传说。此行的“尔父”指天神安努。

第 76 行：有人认为伊什妲把伊舒拉努变成了癞蛤蟆（Maul 2005, 170），有人认为变成了侏儒，并认为《史诗》第 64—78 行是在讲侏儒的来历，或出现侏儒的原因（George 2003, 838）。

第 83 行：安图（Antu 或 Antum）是天神安努之妻。“T”是塞姆语中的阴性构词成分，antu(m) 是 anu(m) 的阴性形式，但不是所有的神妻名字都是男神名字的阴性化，如恩利尔之妻是宁利尔，恩基的妻子是妲姆佳努娜（Damgalnuna）或妲姆吉娜（Damkina）。

第 99 行：要挟是伊什妲的惯用手段。在阿卡德语的《伊施塔入冥界》中，伊什妲要求冥界门卫开门时说了同样的话，1995 年，笔者在发表《伊施塔入冥府》的译文时，把这两句话译为“我要让死了的复活来吃活着的，使活着的少，死了的多”，见拱玉书：《伊施塔入冥府》，载《北京大学学报》（外语语言文学专刊），1995 年，第 59 页，第 19—20 行。阿卡德语原文几乎与《史诗》的第 99—100 行完全相同，现在的译文要更好一些。其中，阿卡德语的《伊施塔入冥界》（在此，笔者建议把原来的“冥府”改为“冥界”）是苏美尔语的《伊楠娜入冥界》

的缩写和改写。在苏美尔语的原作中，伊楠娜只是用力推门（^{giš}ig kur-ra-ka šu hul ba-an-ús，第 74 行），并冲着冥界大门气急败坏地叫喊（abul kur-ra-ka gù hul ba-an-dé，第 75 行，*Inanna's Descent to the Nether World*，第 407 行，见 *ETCSL*〔http://etcsl.orinst.ox.ac.uk/〕1. 4. 1: 74-75），伊楠娜具体说了什么，作品并未描述。可见，“我要让死人站起吃活人，我要让活人少于死鬼”等具体要挟语言都是阿卡德语版的改编者添加的，属于巴比伦人的文学想象。

第 104 行：伊什妲想要从天神安努那里得到天牛（*alû*），以对吉尔伽美什实施报复。安努不肯把天牛交给伊什妲，伊什妲便以彻底捣毁冥界相要挟，之后安努提出拒绝让天牛下凡的理由。毛尔认为，本行和下一行（第 105 行）便是安努拒绝伊什妲的理由：如果让天牛下凡，乌鲁克的寡妇（*almattu*）和乌鲁克的农夫（*ikkaru*）就要花七年时间为天牛准备饲料（Maul 2005, 170）。

第 113 行：安努地位最高，但在文学作品中，他往往给人一种文弱的印象，此处亦然。伊什妲的要求没有正当性，安努心知肚明，但他提出的拒绝理由与正义毫无关系，他关心的是“饲料”问题。这个问题得到解决后，安努便“乖乖地”把天牛交予伊什妲。

第 114 行：从“天牛的牛鼻绳”（*ṣerret alê*）可见，控制牛的方式亘古未变。

第 130 行：吉尔伽美什在劝说乌鲁克长老和年轻人时，曾夸夸其谈，自吹自擂，“我已能扛鼎拔山，足以长途跋涉，对洪巴巴发起挑战”（第二块泥版第 262 行），等等。现在遇到的危险与洪巴巴密切相关，是杀洪巴巴的连锁反应。天牛已经对乌鲁克造成极大危害，河水下降，草木干枯，600 名乌鲁克青壮年死于非命，乌鲁克全城百姓都出来观战，人山人海，面对这种情况，恩启都感到压力很大，但他心里明白，生死关头，只能胜，不能败，否则无法向全城的百姓交代。

第 158 行：乌鲁克每年都要举行各种妓女（包括 *kezretu*, *šamḫatu* 和 *ḫarimtu*）哭天牛肩的仪式，毛尔认为，《史诗》的第 158—159 行是对这种特别仪式的起源做解释（Maul 2005, 170）。另有文学作品称乌鲁克是妓女城，即 *āl kezrēti šamḫāti u ḫarimāti*（George 2003, 843），其中表示“妓女”的三个词与《史诗》此处的三个词相同，排序也相同，说明这种说法已成固定概念和习惯用法。

第 162 行：“玛那”（苏美尔语：ma-na，阿卡德语：*manû*）约等于 500 克，两只牛角都被取下，堆在地上，形成“堆”（*šipku*），重 30 玛那，约 15 公斤。

第 163 行：“边缘”（*taḫbâtu*）具体指哪个部位不详（George 2003, 843）。

第 164 行：“古尔”（苏美尔语：gur，阿卡德语：*kurrum*）约等于 300 升，6 古尔即 1800 升。

第 165 行：吉尔伽美什把牛角献给自己的父亲，也是自己的庇护神的卢伽尔班达，即摆放在（或悬挂在）卢伽尔班达神龛两边。这对天牛牛角首先具有实用功能，即充当装油的容器，在举行祭奠先祖仪式时使用（*ana piššat ilišu* Lugalbanda，“为他的神卢伽尔班达涂油”）。关于卢伽尔班达，见第一块泥版第 35

行注释。

第 168 行："二人手拉手，一路向前行"（*iṣṣabtūni illakūni*）常见于文献，应该是个成语（George 2003, 843），相当于汉语中的"携手前行""同舟共济""同心协力"之类。

第 169 行：胜利之后，乘车（*rakābu*）游行，接受百姓的欢呼和赞美。

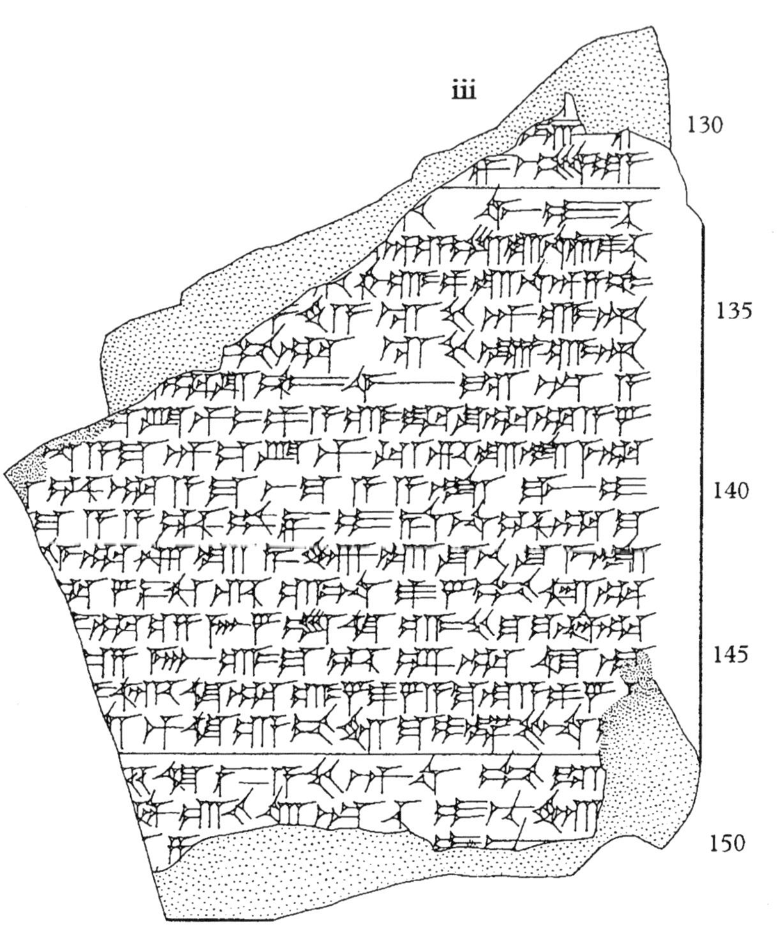

（抄本 L，第 3 栏，George 2003，Pl. 94）

第七块泥版

恩启都啊，你为何不停地把妓女莎姆哈特诅咒？
她给你吃的面包，神吃都可口。
她让你喝的是王室御酒。
她给你穿上锦衣玉服，
并且给了你吉尔伽美什这个好友。

（第134—138行）

（恩启都做梦，梦见大神们在一起磋商某事）
“我的朋友啊，大神们在一起把何事商量？”（根据衔接行复原）

1—27 行残缺。

在恩启都的梦境中，众神聚集在一起开会。根据出土于土耳其的一些泥版残片可知，众神在商议谁应为杀洪巴巴和杀天牛承担后果的问题，吉尔伽美什与恩启都二者之一必须为这种冒犯神威的行为付出生命代价。尽管太阳神极力为二者辩护，众神之父恩利尔还是决定：恩启都必须死（George 2003, 308; Maul 2005, 101）。结果，恩启都开始发高烧，且焦躁不安，甚至神志恍惚。恩启都曾在雪松林选择了最好的雪松，并用它做了一扇门，献给了尼普尔的恩利尔神庙，本以为能因此得到恩利尔的佑护，但事实并非如此。所以，在得知恩利尔的死刑判决后，恩启都追悔莫及，满腹是怨，冲着门一股脑地把怨恨都发泄出来。

恩启都开了口，
他对吉尔伽美什这般言：
“过来，我的朋［友……………… ］”

31—36 行残缺。

恩启都抬头把门仔细看，

像与人交流一样，他开始冲着门自语自言：
“森林木门啊，你并不能思考判断，
判断力我具备，此物与你无缘。
在二百二十里范围内，我将树木选。
直到看见一棵参天树，我便走向前。
在所有树木中，没有任何一棵可与你比肩。
六竿是你的高度，二竿是你的宽度，一肘尺是你的厚度，
你的门柱和上下枢，用的都是一根木。
你是我所造，我把你竖立在尼普尔，既高又牢靠。
门啊，我要知道这就是你给我的回报，
门啊，我要知道这就是你给我的酬劳，
那么，我就会抡起斧子将你砍倒，
就会用木筏把你运到埃巴巴，
把你献给沙玛什神庙，
就会把雪松在埃巴巴的入口竖起，
在大门的两翼，我就会放置守门神与安祖鸟，
就会在你的入口处安置守门人，
就会让七姐妹星来保你无虞安好。
我就会在乌鲁克免遭厄运，
因为沙玛什会听到我的祷告，
当我遇到危险时，会给我武器把命保。
门啊，如今，是我把你建造，是我让你挺而高。
但我就是那个诅咒你的人，我也将把你彻底毁掉。
但愿在我死后登基的国王对你生厌，

宁努尔塔追杀安祖鸟

宁努尔塔追杀安祖鸟的画面是亚述国王亚述纳西帕尔二世（Assurnasirpal II，公元前883—前859年）宫殿浮雕的一部分，出土于卡尔胡（当今伊拉克的尼姆鲁德）遗址。实物藏于大英博物馆，线图见George Smith, *The Chaldean Account of Genesis*, Scribner, Armstrong & Co., New York, 1876, 第62页。《吉尔伽美什史诗》第七块泥版第169行提到的安祖鸟，面目狰狞，力大凶狠，轻而易举地把恩启都打入冥界，其形象与恶性都让人与宁努尔塔追杀的这个“安祖鸟”发生联想。

当你颓倒腐烂，愿他不再将你修缮，而是把你疏远。
愿他把我的名字抹去，把他自己的名字勒镌。”

他撕碎身上衣，抛之于地一片片。

听他（恩启都）如此言，他（吉尔伽美什）霎时泪满面。
吉尔伽美什，听朋友恩启都如此言，
霎时泪满面。
吉尔伽美什开了口，对恩启都这般言：
“我的朋友啊，你是一位英雄，是个卓越青年，
一个有理智和判断力的人，言谈才会如此不凡！
我的朋友啊，这些非同寻常的东西怎么会在你的心里浮现？
你的梦很难得，但也令人忧虑不安。
你那发烧的嘴唇，像苍蝇一样嗡嗡地叫个不断。
虽然充满忧虑，此梦难得一见。
（常言道）死者给活人留下的是踣地呼天，
死者给活人留下的是痛苦不堪。
我将恳求诸大神，我将向他们乞哀怜。
我将找到沙玛什，我将向护佑你的神寻救援。
我将向众神之父安努祈祷，
愿谋略大神恩利尔当着你的面倾听我的祷言，
愿最有智慧的埃阿对我的乞求有好感。
我将为你制作肖像碑，用尽黄金无限。
作为你的替身，我将把它放在大神前。”

（恩启都回应吉尔伽美什）

“我的朋友啊，莫用银，莫用金，亦莫把宝石用，
恩利尔之所言，与众神之言大不同。
一旦说出口来，便不可收回必执行。
一旦公诸于世，便成为不可收回的成命。
我的朋友啊，我的命运已定。
阳寿未尽身先死的事，在人间时有发生。”

清晨刚刚出现第一缕阳光，
恩启都便把头抬起，冲着沙玛什陈述悲情。
面对太阳的光辉，他的眼泪奔如泉涌：
“沙玛什啊，因为我的命很珍贵，在此我把你恳请！
那个狩猎人，专门设陷阱。
他不让我与我的朋友相媲美，
但愿这个猎人也不会与他的朋友相匹配。
毁掉他的盈利，减少他的所得。
在你那里，让他一无所获。
不论他所到何处，富裕都会夺窗而出。”
他狠狠地诅咒了猎人，直到心满意足。

他按捺不住，转而对妓女莎姆哈特进行羞辱：
“来来来，莎姆哈特，你的命运我来决断。
这样的命运将永远把你陪伴。
我要用最厉害的咒语诅咒你，

但愿我的诅咒立刻在你身上应验！
但愿你建立不了快乐家庭！
但愿你不能把后代抚养！
但愿你无法坐在姑娘的闺房！
但愿土地毁掉你的漂亮衣裳！
但愿酒鬼用尘土把你的礼服弄脏！
但愿你得不到有好家具的房屋！
但愿你的房屋是陶工的垃圾场！
但愿你得不到卧室和祈祷室，但愿任何人都不会把你造访！
但愿炫富的床、椅、案都不会在你的屋里摆放！
但愿你展示魅力之地是一条硬板凳而不是床！
但愿十字路口就是你居住的地方！
但愿你睡在断壁残垣，但愿你站立的地方是城墙的阴面！
但愿荆棘植物把你的脚刺得皮开肉绽！
不论醉鬼还是口渴之人，但愿他们都打你的脸！
遇到女原告，但愿她高声冲你喊！
但愿建筑师不要把你的屋顶封严！
但愿猫头鹰栖息在你的房间！
但愿在你的家里不会有美食盛宴！

124—129 行残缺严重，意不详。

我固有纯净之身，你把我变成了弱小之人。
我固有纯净之身，你在荒野把我变成了弱小之人。”

狮头鹰与鹿

狮头鹰 / 安祖鸟（Imdugud / Anzû）与鹿，铜板浮雕（部分圆雕），1.07 米 ×2.38 米，出土于伊拉克南部欧贝德的宁胡尔桑伽（Ninhursaga）神庙，早王朝时期的作品，具体时间不能确定，介于公元前 2900—前 2450 年之间。实物藏于大英博物馆，图片见 E. Strommenger, *Fünf Jahrtausende Mesopotamien,* Hirmer Verlag, München, 1962, 图 79。《吉尔伽美什史诗》第七块泥版第 51—53 行与安祖鸟有关：恩启都后悔当初没有把雪松木门献给太阳神神庙，没有在神庙大门的两侧安置守门神和安祖鸟。《史诗》此处所指的安祖鸟显然是善神，与这个青铜浮雕中的安祖鸟一样，应该是动物的保护神，而不是猎食者。

沙玛什听他如此言，
立刻从天上对他把话喊：
“恩启都啊，你为何不停地把妓女莎姆哈特诅咒？
她给你吃的面包，神吃都可口。
她让你喝的是王室御酒。
她给你穿上锦衣玉服，
并且给了你吉尔伽美什这个好友。
如今，吉尔伽美什，你的朋友与兄弟，
将把你放在大床上安息，
将把你放在荣耀之床安息，
将让你安坐在他左侧的座椅，
世上的王侯将相都将吻你的双足伏在地。
他将让乌鲁克人为你哭丧，为你啜泣，
名门贵族也都将为你悲伤不已。
在你过世后，他将蓬头散发，
身披狮皮，在荒野浪迹。”

恩启都听了英雄沙玛什的这番话，
他的愤怒之心渐渐平息，
他的心趋于平静，不再大落大起。

“罢罢罢，莎姆哈特，我来把你的命运决断，
我把诅咒你的话收回，我将为你祈求平安。
但愿达官显贵皆把你宠爱！

但愿他们距你还有一时辰的路，就急得直把大腿拍！
但愿他们距你还有两时辰的路，就将束发松散开！
但愿没有一个士兵会迟疑，为你解下束腰带！
但愿他送你黑曜岩、青金石与黄金！
但愿珍贵的耳环是你得到的礼品！
有人家富裕，五谷实仓廪，
但愿伊什妲，神中之超群，把你交给这样的人！
因为你之故，即使育有七子之正妻，也要扫地离家门。”

恩启都，病愈重，入膏肓，
独自一人病榻卧，恍恍惚惚胡乱想。
他将心中事，尽对朋友讲：
“我的朋友啊，昨夜梦境之所见，非常不寻常。
天在轰鸣，地在回应，
我身处二者之中。
一个年轻人，面目甚狰狞，
他的面相和安祖鸟的面相完全相同。
他的手是狮爪，有这种爪的动物还有老鹰。
他揪住我的头发，他的力气我不能敌。
我出手还击，他往后一跃，仿佛秋千荡起。
他把我打翻在地，就像一只木筏翻转过来沉水底。
他像头强壮的公牛，在我身上踩来踩去，
还把毒液喷向我的身躯。
‘我的朋友啊，快来救救我！’

而你却心生畏惧，见死不救无情义。
你［……………………………………］

179—181 行残缺。

他把我打翻在地，且把我变成了像鸽子一样的东西。
像绑缚鸟的羽翼，他捆绑了我的双臂。
他抓住我不放，把我带到暗室，伊尔卡拉的住地；
到那有进无出的屋，
走那有去无回的路，
住在屋里的人都被剥夺了阳光，
在那里，灰尘是佳肴，泥土为食物。
人像鸟一样，身着羽毛服。
他们见不到阳光，都坐在黑暗处。
门和门闩上积了厚厚一层土。
在这个尘土之屋，万籁俱寂声皆无。

尘土之屋我进入，
我左看且右顾，看到王冠堆积不胜数。
那里还住着许多王，昔日里，他们头戴王冠，统辖一方。
在安努和恩利尔的供案前，他们曾把烤肉献上。
他们曾献上焙烤的面包，常从皮囊中倒出清水供神享。

我进入的那个尘土之屋，

恩努和拉伽鲁都在那里居住，
那里还住着伊希普和卢玛赫，
也住着大神祭司古达阿普苏。
那里还住着埃塔纳和沙坎，
居住着冥界女王埃丽什吉佳，
冥界书吏蓓蕾特色丽蹲坐在她面前，
手中持泥版，冲着她大声把泥版念。
她把头抬起来，朝我瞧一眼：
‘是谁把此人带到这边？
是谁把恩启都带到这边？’”

209—250 行残缺。

残缺部分的内容不详，可能包括吉尔伽美什与恩启都之间的对话，对话内容大概包括二人回忆共同经历的往事。残文过后，恩启都在对吉尔伽美什说话。

“所有艰难我都与你共同经历，
我的朋友啊，记住我，不要把我经历的这一切忘记。”

（吉尔伽美什自言自语）

“吾友这个梦，的确很离奇。”

（作者叙述）

做梦的那一天，他已耗尽全部力气。
恩启都倒下了，一天过去，又一天过去，

恩启都卧床不起，高烧使他有气无力。
第三天，第四天，高烧使恩启都有气无力。
五天、六天、七天、八天、九天、十天，
高烧使恩启都有气无力。
第十一天和第十二天刚过去，
恩启都躺在床上，奄奄一息。

他忙把吉尔伽美什呼唤，对他这样语：
“我的朋友啊，我已遭到神的厌弃！
他不让我像战死沙场的勇士一样战死沙场，
我曾惧怕战斗，但更糟的是不战而亡。
我的朋友啊，战死沙场，可以美名远扬。
而我不能死于沙场，我的名字将不会得到传扬。”

约残 30 行。残缺内容大概包括恩启都的痛苦与无奈。

·第七块泥版·
解 读

第41行:“二百二十里”是常见的说法,不仅在《史诗》中多次出现,在其他文献中也很常见,所以,有些学者认为这是个成语,相当于现代语言里的“这里,那里,到处,每个地方”之类的表述(George 2003, 844)。

第44行:关于长度单位“竿”,见第一块泥版第56行注释。关于恩启都做的门,见第五块泥版第295行注释。恩启都做的门,高36米,宽12米,厚50厘米。此处的恩启都已身患重病,自知不久于人世,开始反省人生,回忆往事。首先把门当作交谈的对象,称门的高度为“你的高度”。

第46行:恩启都本应用最好的木料来为太阳神沙玛什建立神庙,因为他和吉尔伽美什一直受到沙玛什的帮助和保护。大概因为杀洪巴巴后,意识到自己必会因此而受到恩利尔的惩罚,所以才把用最好的木材做的门安装在尼普尔的恩利尔神庙,以此来讨好恩利尔,期望免遭惩罚。结果还是受到惩罚,他因此对自己的行为感到后悔,后悔当初没有把门献给沙玛什。从中可见,恩启都的宗教观是实用主义的。

第50行:“埃巴巴”(即“光明庙”)是位于拉尔萨的太阳神庙。

第53行:在神庙或宫殿等大型建筑的大门两侧安置大型镇兽是古

代美索不达米亚文化的重要特点，镇兽属于保护神。这类保护神（苏美尔语：^{d}Alad 或 ^{d}Alad-^{d}Lamma，阿卡德语：*aladlammû* 或 *lamassu*）最早见于早王朝时期（约公元前 2500 年）的法拉文献，在大型建筑的大门两侧放置保护神的做法大概始于乌尔第三王朝时期，考古所见的保护神大部分属于新亚述时期，即公元前 1000 年之后。新亚述时期的保护神主要是人面飞牛，或人面飞狮。安祖鸟（Anzû，苏美尔语读音大概是 Imdugud）是一种想象中的“四不像”，鸟翼、鸟躯、狮头，有学者称之为“狮头鹰”。也有文献说安祖鸟的嘴是鹰嘴。由于体型巨大，飞翔时会产生旋风和尘暴。安祖鸟常见于文学作品，在文学作品中扮演各种角色，也呈现不同形象。安祖鸟的艺术形象始见于《安纳吐姆鹫碑》（约公元前 2400 年），但迄今为止尚未发现作为镇兽的安祖鸟实物。

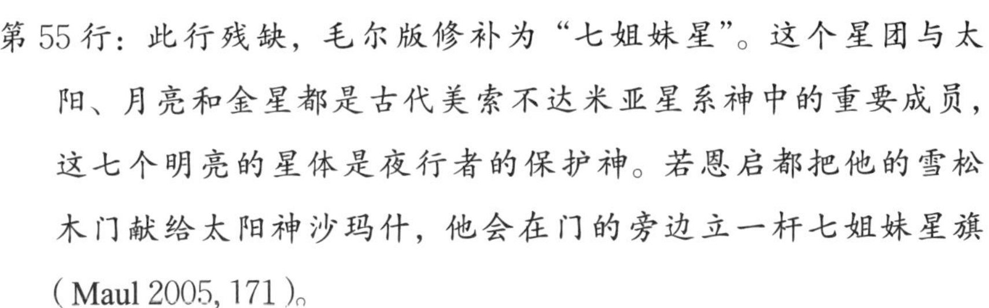

第 55 行：此行残缺，毛尔版修补为“七姐妹星”。这个星团与太阳、月亮和金星都是古代美索不达米亚星系神中的重要成员，这七个明亮的星体是夜行者的保护神。若恩启都把他的雪松木门献给太阳神沙玛什，他会在门的旁边立一杆七姐妹星旗（Maul 2005, 171）。

第 63 行：苏美尔人留给后世许多建筑铭文，有短有长，短铭文内容通常都比较简单，几乎程式化，记载的基本信息通常是某王在某地为某神建立了某神庙。这种铭文实际上是建筑档案，类似现代意义上的竣工标志牌。很显然，恩启都为尼普尔的恩利尔神庙建造了门，并为此建立了建筑档案，即有人为他制作了泥版文书，写上了他的名字。后来者重修神庙时，一般会挖出建筑铭文查看，但不会改变建造者的名字，篡改名字是要受到诅咒的。恩启都反其道而行之，希望后来者把他的名字去掉，而写上后来者的名字。恩启都要彻底把自己与给他带来厄运的门做切割。

第 70 行：此处用了两个词，一个是“理智”（*uznī*，“智慧、理解力”），一个是“远虑”（*ṭēmu*）。恩启都自从与妓女莎姆哈特交往后，便获得了智慧和判断力，“恩启都变得虚亏无力，跑起来已不像从前，但他获得了判断力，已经变得大智不愚”（第一块泥版第 201—202 行）。“判断力”即 *ṭēmu*。*ṭēmu* 是难以一语说透的概念，很深奥，内涵很丰富，获得 *ṭēmu* 的人是具有一定思想境界和深度的人。恩启都没有文化，却有大智慧，他的智慧来自生活。

第 79 行：第 79—81 行依次提到三个神，即天神安努、“气”神恩利尔以及智慧神埃阿。这三个神是古代美索不达米亚众神之中地位最高的神，他们决定一切。

第 82 行：用贵重材料为死者塑像是古代美索不达米亚人的一种习俗，《史诗》在此试图为这种习俗的来源提供一种解释（Maul 2005, 172）。

第 85 行：大神的特质之一是金口玉言，令出如山，没有收回成命的可能，恩利尔一旦做出决定，更不可能更改，这一点，恩启都心里非常清楚。恩启都认为，他现在的遭遇是恩利尔对他的惩罚，恩利尔让他死，他便没有活的希望，因而劝说吉尔伽美什不要枉费心机，因为终究都会徒劳一场。

第 89 行：有一类楔文文献被现代学者称为“谚语”，这类文献语言精练，内容丰富，涉及人类生活的方方面面。《史诗》中多次出现这类富有哲理的表述，现代学者多认为这类表述可能就是当时流行的谚语（Maul 2005, 172）。从语言风格和思想内涵着眼，的确可以做这样的判断。鉴于叙事文学，包括《史诗》中出现的这类谚语几乎都未见楔文书吏编辑的《谚语集》，我们也有理由认为，有些类似谚语的佳句可能就是叙事文学作者的首创。“阳寿未尽身先死的事，在人间时有发生”是自由式意译，原文的大意是“不该走向命运时有些人就走了”（*ina lā šīmātišina nišū illakā*）。有多种表达“死亡”的方式（*RlA* 14〔2014-2016〕, 70），“走向命运”是比较常见的一种。

第 95 行：毛尔认为，恩启都这句话指猎人请来妓女把恩启都引导到文明社会，使他远离畜群，造成了现在这种悲惨结局。显然，毛尔认为这里的“朋友”指“动物”或“畜群”（Maul 2005, 172）。这个解释有一定道理。只是在《史诗》中，与恩启都为伍的动物从未被称为恩启都的“朋友”。在《史诗》中，“朋友”（*ibru*）一词出现的频率非常高，至少在 150 次以上，是恩启都和吉尔伽美什相互称呼的专用语。因此，此处的“我的朋友”（*ibrī*）会自然而然地让读者（包括现代读者）联想到吉尔伽美什。恩启都离开畜群后，完全融入了文明社会。他是神为吉尔伽美什而造的，从他的角度讲，他是为吉尔伽美什而生的。与吉尔伽美什初次见面时大打出手，而后成为挚友，心照神交，形影不离，一起创造了很多奇迹。令恩启都感到遗憾的事情，是他身患重病，不久于人世，不能继续追随吉尔伽美什做惊天动地的事情。“不让与朋友匹配/媲美（*maṣû*）”应该指溘然而逝，不能像朋友一样继续活下去，所以，下一句（第96行）的“但愿这个猎人也不会与他的朋友相匹配”应该是恩启都对猎人的诅咒，咒他早点死去。然而，恩启都早已与猎人没有任何关系，把此时的厄运与彼时的猎人联系起来，有悖情理，不合逻辑。这里涉及的问题尚需进一步研究。

第99行：第96—99行描述的内容涉及猎人，毛尔认为《史诗》意在通过恩启都的诅咒解释猎人的“工作条件和社会地位”（Maul 2005, 172）。如果如此，这里影射的就是下列情况：猎人一般活不过同龄人（第96行），赚不到多少钱（第97行），常常一无所获（第98行），到哪里都与富裕无缘（第99行）。如果这种解读不谬，我们似乎又可见到背后的潜台词：狩猎时代已经成为过去，在农耕社会里，仍有狩猎之余波，但以狩猎为生的人举步维艰，不得不为越来越小的生存空间做最后一搏。

第106行：第106—123行是恩启都对妓女莎姆哈特的诅咒（*nazāru*），实为妓女生活的真实写照。

第130行：恩启都在回忆当初受到莎姆哈特引诱的情形：“恩启都弄脏了自己纯洁的身体，他那与畜群跑惯了的双膝，现在只能静静伫立。恩启都变得虚亏无力，跑起来已不像从前，但他获得了判断力，已经变得大智不愚”（第一块泥版第199—202行）。显然，古代美索不达米亚人把强壮与智慧对立了起来，认为二者相互排斥。此处的“我固有纯洁/纯净之身（*yâši ella*），你把我变成了弱小（*maṭû*）之人”表达的是同样的理念，纯净身相当于好体魄，随着智慧增长，体魄却越来越差，人越来越弱，体魄和智慧此消彼长。

第 133 行：这里特别强调了两点，即“立刻”（*ultu ullânumma*）和“从天上”（*ultu šamê*）。“立刻”说明沙玛什一直在密切关注吉尔伽美什和恩启都的一举一动，随时准备出手相助；“从天上”向他们喊话（*šasû*）体现的是古代美索不达米亚人的宗教观中的人神观，人与神可以直接沟通。在目前已知的几例直接沟通的方式中，都是神直接对人说话，未见人回答，更未见人与神交谈。因此，可以说，这种方式的沟通是神向人传递信息的一种方式，人只能接收信息，不能反馈信息。关于神与人直接沟通，见第四块泥版第 194 行注释。人与神还可以通过其他方式进行沟通，如《史诗》中讲到的求梦，神在梦中给求梦者一些象征性指点或暗示，或神主动托梦给某人，预示某种危险，明确说明预防办法，如《史诗》第十一块泥版讲到的神托梦给乌塔纳皮什提，明确告诉他洪水将至，让他造船逃生。在梦境中，人与神有时可以直接对话，一般是人有所问，神作答。

第 135 行：恩启都想到莎姆哈特时，脑子里都是负面形象，因此狠狠地诅咒了她。沙玛什听到恩启都的诅咒后，及时纠正了他的偏见，且用事实说话，列举莎姆哈特给他带来的好处（第 135—138 行）。这里突显了沙玛什作为正义之神的特点：公正，不偏不倚，言出有据，让人心悦诚服，所以，恩启都立刻改变了对莎姆哈特的态度。当然，恩启都获得的一切，美食、御酒、锦衣、好友，不是莎姆哈特直接给予的，但如果没有莎姆哈特，恩启都就不会拥有这一切，所以，归根结底还是莎姆哈特给予的，这种思维维度与恩启都的思维维度形成鲜明对比。

第 143 行：有学者认为这里的“大地之王”（*malkū ša qaqqari*，笔者译为“世上的王侯将相”）指冥界神阿努纳吉（George 2003, 848; Maul 2005, 173）。关于阿努纳吉，详见第三块泥版第 73 行注释。这种解释，可备一说，但并非完全令人信服。沙玛什在谈现实中的吉尔伽美什和恩启都，突然无过渡地转入谈论冥界，而且把吉尔伽美什也捎带进来，似乎过于穿越。我的感觉，沙玛什没有把话题在现世和来世之间切换，而是一直在讲现世，在向恩启都透露即将为他举行的葬礼上的一些细节：吉尔伽美什将为他准备一张巨大的灵床，一张足以让恩启都（的灵魂）感到荣耀的灵床，举行葬礼时，吉尔伽美什居右，让灵床居左，世界上所有的王都将前来向恩启都的遗体告别，并将吻他的双足（*unaššaqū šēpīka*，“他们将吻你的双脚”）。接下来描述乌鲁克人在葬礼上的表现。这一切都是现世活动，与冥界无关。

第 146 行：沙玛什在此预告了尚未发生的事情，在创作技巧上属于预述，此处是借神之口，预述将来发生的事情，目的是引起读者或听众的好奇心，吸引他们的注意力。

第 152 行：第 152—161 行是恩启都对莎姆哈特的祝福，反映了妓女生活的另一面。

第 157 行：黑曜岩（^{na4}*ṣurru*）、青金石与黄金（*ḫurāṣu*）都不是古代

美索不达米亚当地的物产，因此，都稀有而珍贵，是制作上等首饰的原材料。古代美索不达米亚大部分是冲积平原，建筑和装饰木材、石材和金属都需要进口。

第 169 行：关于安祖鸟，见本块泥版第 53 行注释。

第 184 行：伊尔卡拉（Irkalla）是冥界女王埃丽什吉佳（Ereškigal）的别名。“伊尔卡拉”是苏美尔语，意思是“大城”（ERI.GAL），指冥界。

第 185 行：一个面目狰狞的年轻人（第 168 行）把恩启都抓入冥界。关于冥界，见第六块泥版第 97—100 行，以及第六块泥版第 99 行注释。从第 185 行开始直到第 192 行，《史诗》几乎一字不差地引用了阿卡德语版的《伊什妲入冥界》，见拱玉书 1995，第 59 页，第 4—11 行。当时的译文与此处的译文略有不同。

第 193 行：恩启都梦游冥界，亲眼见到那里的情况，这个情节应该是化用苏美尔语的《吉尔伽美什、恩启都与冥界》的结果，但具体内容有较大区别。恩启都一进入冥界，就看到门口有一堆王冠，说明国王死后也像普通人一样必须下到冥界，那里是所有人的终点站。王冠属于阳世穿戴，进入冥界时必须脱去，所以，门口处王冠成堆，阳世的最高权力象征在那里变得毫无价值。而且《史诗》在此还特别强调，这些昔日的王者曾为大神们提供最好的祭品，到头来还是免不了入冥界，在暗无天日之地，受制于阴曹地府之规。这也许反映了古代美索不达米亚地区的先民们所秉持的一种人生观：今世再辉煌，来世都一样。

第 199 行：恩启都进入冥界后，首先见到的人是各种祭司。《史诗》

在此依次提到五种祭司，分别是恩努（*enu*，第 199 行）、拉伽鲁（*lagaru*，第 199 行）、伊希普（*išippu*，第 200 行）、卢玛赫（*lumaḫḫu*，第 200 行）和古达阿普苏（*gudapsû*，第 201 行）。这几种祭司常见于文献，而且排列顺序也基本相同。在一篇文学文献中，这五种祭司职位被视为百余种“ME”中的重要组成部分，在“ME 表”中名列前茅。“ME”是苏美尔人的宗教观和哲学思想中的重要概念，大致相当于中国传统文化中的“道”（拱玉书 2017，第 100—114 页；关于这五种祭司，见第 108 页第一组道和第三组道）。祭司阶层是个庞大的社会群体，为什么《史诗》在此仅仅提到这五种？具体原因不详。可以想象，祭司在古代社会的各个阶段都扮演了重要角色，在另一个世界，他们的地位也非同寻常。

第 202 行：如果相信《苏美尔王表》是可信的历史文献，就不能不相信埃塔纳（Etana）是个历史人物。据《苏美尔王表》记载，洪水过后，巴比伦尼亚北部一个叫基什（Kiš）的城市（国家）首先取得了地区霸权，埃塔纳是这个基什王朝的国王之一。埃塔纳也是个传奇人物，是一篇脍炙人口的传奇故事中的主人公。在这个故事中，埃塔纳的身份是基什国王，他因无子而苦恼，于是太阳神沙玛什给他指了一条可以获得“生育草”（*šammu ša alādi*）的路：先解救受伤并被困于深坑的安祖鸟，而后乘鹰登天，神草可得。埃塔纳按照神的指引行事，解救猛禽，乘鹰登天，终于从伊什妲女神那里获得“生育草”，解决了无子之痛和后顾之忧。《埃塔纳传奇》的故事情节要比这里介绍的复杂得多，该作品是一篇既引人入胜，又发人深思的文学杰作。流传下来的《埃塔纳传奇》都是用阿卡德语书写的，早期版创作于古巴比伦时期（约公元前1800年），中期版创作于中巴比伦时期（约公元前1500年），而标准版创作于新亚述时期（约公元前1000年）。但传说本身非常古老，阿卡德帝国时期（约公元前2350年）的一个滚印图案就是一幅“乘鹰图”，而最早记载“乘鹰登天”的文献是《苏美尔王表》，王表在讲到埃塔纳时特意加了一个定语“即那个上天的人”（lú an-šè ba-e_{11}-dè，Jacobsen 1939, 80）。《苏美尔王表》的编纂年代在公元前1900年前后。《史诗》此处还提到沙坎，关于这个神，见第一块泥版第109行注释。

第203行：埃丽什吉佳是“冥界女王”（*šarrat erṣetim*），或可称为“阎王奶奶”。她的名字“埃丽什吉佳”是苏美尔语，意思是“广袤冥界女王”（ereš-ki-gal）。她与丈夫涅伽尔（Nergal）一起统治冥界，住在冥界入口“干泽”（Ganzer）附近的宫殿。

第204行：蓓蕾特色丽（Bēlet-ṣēri）是冥界书吏（dub-sar-mah a-ra-li/arali, George 2003, 851），相当于苏美尔人所说的葛施婷安娜（Geštianna），是冥界神宁基吉达（Ningišzida）之妻，负责登记冥界居民。

第207行：从蓓蕾特色丽的反应中似乎可以看到，人一死，就有冥界差役把他/她带入冥界，到蓓蕾特色丽那里登记，因此，蓓蕾特色丽既知道谁到了冥界，也知道是谁带来的。恩启都不是通过这样的渠道进来的，所以，蓓蕾特色丽十分惊讶。

第208行：该行只有动词 *ūbla*“把……带到”（第三人称单数＋ventive）尚存，其余部分残缺。乔治把这句话修补为“是谁把此人带到这边？”（George 2003, 645），与上一行（第207行）完全相同。根据这部作品中的其他重复句式判断，这句话应与上句有所不同，最可能的情况是用“恩启都”替换了“此人”（*amēla*），所以，本书把此句译为“是谁把恩启都带到这边？”

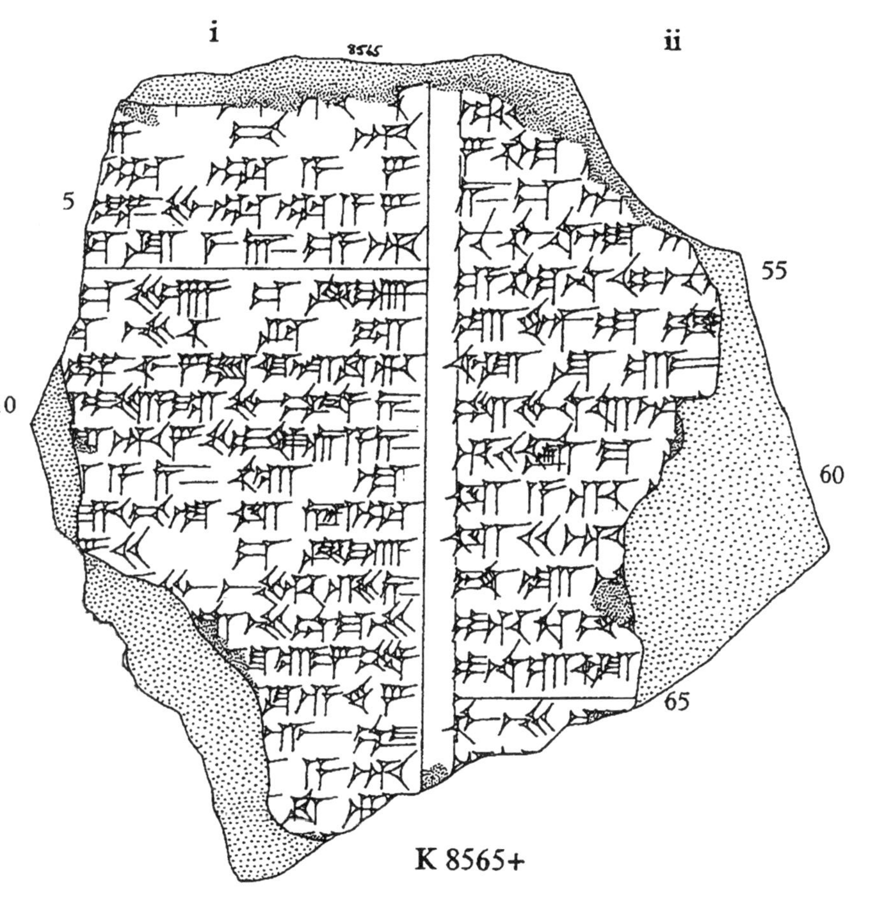

（抄本 V2，第 2 栏，George 2003，Pl. 102）

第八块泥版

我们曾协力同行，翻山越岭。
我们捉住了天牛，并要了天牛的性命。
我们铲除了洪巴巴，他居住在雪松林中。
如今，是什么睡眠把你捉住？
你已经失去意识，听不到我的呼声。

（第 52—56 行）

天刚刚透亮，
吉尔伽美什就开始为他的朋友哭丧：
“恩启都啊，尔母是羚羊，
尔父是‘阿卡努’野驴，抚养你成长。
‘塞里牧’野驴用其奶水把你喂养，
兽群告诉你牧场在何方。

恩启都啊，通往雪松林的道路，
将日夜为你哭丧！
幅员辽阔之城——羊圈乌鲁克的长老将为你哭丧！
那些曾为我们送行祈福的民众将为你哭丧！
山岳丘峦都将为你哭丧。
[……] 纯洁的 [……………………………]

牧场将为你哭丧，它们好像你的母亲一样。
黄杨、柏树和雪松都将为你哭丧，
我们曾在它们中间愤怒前行，跌跌撞撞。
熊、鬣狗、豹、虎、鹿、豺都将为你哭丧！
还有那荒野上的各种野兽——狮子、公牛、黇鹿与山羊！

纯清的乌莱亚河将为你哭丧，我们曾沿着她的河岸行进，雄赳赳，气昂昂！
清澈的幼发拉底河将为你哭丧，
我们曾酹其清水用皮囊！

羊圈乌鲁克的年轻人将为你哭丧，
我们杀天牛时，他们曾观战路旁。
农夫将为你扶犁哭丧，
他们将在甜美的劳动之歌中把你颂扬。
幅员辽阔之城——羊圈乌鲁克的休耕地将为你哭丧，
第一场春洪来临时，它将把你颂扬。

牧人将在帐篷中为你哭丧，
他们曾给你奶和淡啤酒，令你感到口爽！
牧童将在畜栏中为你哭丧，
他曾把黄油放在你的膝下让你尽享。

酿啤酒的人将为你哭丧，
他们常常把啤酒放在你的口中让你尽享。

羊圈乌鲁克的妓女将为你哭丧，
她们曾把最好的油涂在你的头上！

婚房中的新郎将为你哭丧，
他遵从了你的建议才娶了婆娘。
弃儿将为你哭丧，孤儿将为你哭丧！
像你自己的兄弟一样，他们将为你哭丧！
像你自己的姐妹一样，她们将把秀发蓬乱披肩上。
他们将为恩启都哭丧，就像你的父母一样！

今天，我本人也将为你哭丧。
年轻人啊，请你们听我讲！
幅员辽阔之城——乌鲁克的长老啊，请你们听我讲！
我将为我的朋友恩启都哀伤，
我要像职业哭娘一样，大声悲痛地哭泣，
我身边的战斧——我的左膀右臂，
我腰间的短剑，我前面的盾牌，
我的礼服，我喜爱的腰带，
一股邪风冲我刮起，把这些东西全部从我手中夺去。

我的朋友啊，逃亡之骡，高山之驴，荒野之豹，
恩启都啊，我的朋友，逃亡之骡，高山之驴，荒野之豹，
我们曾协力同行，翻山越岭。
我们捉住了天牛，并要了天牛的性命。
我们铲除了洪巴巴，他居住在雪松林中。
如今，是什么睡眠把你捉住？
你已经失去知觉，听不到我的呼声。”

但是，他（恩启都）没有再把头抬起，
他（吉尔伽美什）摸摸他的心脏，它的跳动已经完全止息。
他把朋友的脸蒙上，就像蒙面新娘。

（吉尔伽美什的痛苦状）

他围着他（恩启都）转来转去，就像老鹰一样。

像失去幼崽的母狮，
他踱来踱去，踟蹰彷徨。
他揪掉自己的卷发，一把一把地扔在地上。
他撕碎并扔掉自己的华丽衣裳。

（为恩启都塑像）

天刚蒙蒙亮，
吉尔伽美什就把他的号令让全国知详：
“铸造师、石匠、铜匠、金匠以及珠宝商，
请你们为我的朋友造一尊像！”

（于是）他为朋友造了一尊像：
“我的朋友啊，你的肢体用的是银，
你的眼睛用的是青金石，而我用金塑造了你的胸膛，
用雪松塑造了你的身躯，

72—83 行残缺；84—90 行残缺严重，但缺文可依据前面出现的相同段落（第七块泥版第 140—147 行）复原。

（吉尔伽美什继续追悼恩启都）

我将把你放在大床上安息，
将把你放在荣耀之床安息，
将让你安坐在我左侧的座椅，
世上的王侯将相都将吻你的双足伏在地。

我将让乌鲁克人为你哭丧，为你啜泣，
名门贵族也都将为你悲伤不已。
在你过世后，我将蓬头散发，
身披狮皮，在荒野浪迹。”

天刚蒙蒙亮，
吉尔伽美什便早早起床，来到他的宝藏库房。
他打开库房的绳锁，查看他的宝藏。
黑曜岩、光玉髓以及雪花石膏，
[…………………]一件一件，他为朋友塑造。
[…………………………]，他为朋友塑造。
[…………………………]，他为朋友塑造。
[………………]十玛那黄金，他为朋友塑造。
[…………………玛]那黄金，他为朋友塑造。
[…………………玛]那黄金，他为朋友塑造。
[…………………玛]那黄金，他为朋友塑造。
[……………………………………………………]
它们之间的[……]，三十玛那黄金全部用掉。
[它们的……………………]，他为朋友塑造。
[它们的……………………]，他为朋友塑造。
[……………………………………是]其厚度，
[它们的……………………]，他为朋友塑造。
[……………………………………是其]大小，
[…………………………]，他为朋友塑造。

［………………………………………………是其］腰围，
［……………………………………………］，他为朋友塑造。
［……………………………………………］，他为朋友塑造。
［……………………………………………］，他为朋友塑造。
［……………………………………………］，他为朋友塑造。
［……………………………………………］，他为朋友塑造。
［……………………………………………］，他为朋友塑造。
一个［…………………………］的垫脚，他为朋友塑造。
［……］塔兰特象牙［………………………………………］，
［…………………玛］那的黄金把手，他为朋友塑造。
一支手持的［巨大长矛］，他为朋友塑造。
［重……的］箭囊，一塔兰特黄金的把手，他为朋友塑造。
手中的［…………………………］双刃斧，用的是象牙料，
其［……］，四十玛那黄金的把手，他为朋友塑造。
三肘尺长的［……………………………………………］，
厚度为［……………………………………］，他为朋友塑造。
［………………………………………………………］上乘黄金，
光玉髓做的［……………………………］，铁打的权杖，
［……………………………………………］，被俘获的是野牛，
［……………………………………………………………］为其友。

（祭奠仪式）

他宰杀肥牛和肥羊，堆之如山祭其友：
“沙玛什啊，我要让你瞧一瞧，我为朋友提供的祭品有多少！”

[悲痛而哀伤]，他将祭肉都分给了各地的君与王。
[为]伊什妲，至上之女王，
一个用纯卡里鲁木制作的回飞棒，
为伊什妲，至上之女王，他将之在沙玛什面前献：
“唯愿大王伊什妲接纳之，
愿她见到我友开心颜，行走与他肩并肩。”

一个[……………………………………]
为阿希姆巴巴，[……]在沙玛什面前献：
“唯愿众神之顾问，阿希姆巴巴接受之，
愿他见到我友开心颜，行走与他肩并肩。”

一个青金石容器[………………………]
[……………………………………………]
为埃丽什吉佳，冥界之女王，将之在沙玛什面前献：
“唯愿埃丽什吉佳，广袤冥界之女王接受之，
愿她见到我友开心颜，行走与他肩并肩。”

一支光玉髓长笛，[………………………]
为杜牧兹，伊什妲所爱的牧羊人，将之在沙玛什面前献：
“唯愿伊什妲所爱的牧羊人杜牧兹接受之，
愿他见到我友开心颜，行走与他肩并肩。”

一把牛形青金石宝座，[………………………]

一根青金石权杖，[··································]
为纳木塔，冥界大管家，将之在沙玛什面前献：
“唯愿广袤冥界之管家纳木塔接受之，
愿他见到我友开心颜，行走与他肩并肩。”

一个 [···]
[···]
胡什比桑格，冥界的女主管，将之在沙玛什面前献：
“唯愿广袤冥界的女主管胡什比桑格接受之，
愿她见到我友开心颜，行走与他肩并肩。”

他让人做了一个 [··································]，
一个银发夹，一个铜手镯，
为卡萨塔巴特，埃丽什吉佳的清洁工，将之在沙玛什面前献：
“唯愿埃丽什吉佳的清洁工卡萨塔巴特接受之，
愿他见到我友开心颜，行走与他肩并肩。
但愿我友不胆颤，但愿我友不心酸。”

一块石膏板，用青金石和光玉髓镶嵌，
上有雪松林图案，
[································]，镶嵌得很美观。
为宁舒卢哈图玛，房屋保洁员，将之在沙玛什面前献：
“唯愿房屋保洁员宁舒卢哈图玛接受之。
愿她见到我友开心颜，行走与他肩并肩。

但愿我友不胆颤，但愿我友不心酸。”

一把剑柄用青金石制作的双刃剑，
上面有清澈的幼发拉底河图案，
为毕布，冥界之屠夫，将之在沙玛什面前献：
“唯愿毕布，广袤冥界之屠夫，
见到我友开心颜，行走与他肩并肩。”

一个细颈石膏瓶，
为杜牧兹阿布祖，冥界的替罪羊，他将之在沙玛什面前献：
“唯愿广袤冥界的替罪羊杜牧兹阿布祖接纳之，
愿她见到我友开心颜，行走与他肩并肩。”

一个［……………………］，顶部用青金石制作，
［里面］用光玉髓镶嵌，
［…………………］，他将之在沙玛什面前献：
“唯愿［……］接纳之，
愿他见到我友开心颜，行走与他肩并肩。”

189—198 行残缺。

愿他见到我友开心颜，行走与他肩并肩。”

一个［……………………］，用雪松木制作，

青金石柄金剑

青金石柄金剑，出土于乌尔王陵，大约公元前2600年，长37.3厘米。实物藏于巴格达伊拉克博物馆，图片见E. Strommenger, *Fünf Jahrtausende Mesopotamien*, Hirmer Verlag, München, 1962, 彩图XVI。剑首和剑格（护手）部位各有数排金钉，靠近剑格部位的剑身上刻一字，意不详，或许是幼发拉底河和底格里斯河简图。《吉尔伽美什史诗》第八块泥版第175—176行道："一把剑柄用青金石制作的双刃剑，上面有清澈的幼发拉底河图案"，这个描述与这把金剑十分吻合。

[为…………]，他将之在沙玛什面前献：
“唯愿大[……]接纳之，
愿他见到我友开心颜，行走与他肩并肩。”

204—208行残缺。

残文内容大概包括某人就如何安葬恩启都的问题向吉尔伽美什建言献策。从吉尔伽美什的反应看，某人建议把恩启都葬在幼发拉底河下面。

“他们的[……]，他们的名字[……………]，
[……]阿努纳吉之法官[……………………]”

吉尔伽美什闻听此言，
他已心生一念，欲将河水拦腰截断。

（下葬仪式）
天刚刚出现第一道光线，
吉尔伽美什便打开城门，
让人抬出用埃拉玛库木做的巨大祭案。
他把糖浆倒入光玉髓石碗，
再用黄油把青金石碗装满。
他把[……]装饰，将之呈献在沙玛什前，
[…………………]，将之呈献在沙玛什前，

约残30行。

残文内容大概包括吉尔伽美什继续为恩启都举行下葬仪式，复原河道，而后辞别乌鲁克民众，独自踏上浪迹天涯、追求永生的道路。

·第八块泥版·
解 读

第1行：第八块泥版几乎完整地呈现了古代美索不达米亚文明中的一种葬礼礼仪。在中华文化中，常见十里不同俗的情况，古代美索不达米亚地区的情况亦基本如此，同为葬礼，各个时代、各个地区有所区别。涉及葬礼的文献很罕见，所以，《史诗》提供的葬礼仪式弥足珍贵。“天刚刚透亮”（*minmû šēri ina namāri*）交代了葬礼举行的时间，冥界和人世的区别之一是冥界永远黑暗。所以，葬礼必须在太阳出来前举行。这个习俗在古今中外的人类文化中都很常见，最早见于文献者，当属吉尔伽美什为恩启都举行的国葬。

第3行：从第3行开始，吉尔伽美什追悼恩启都，即吉尔伽美什在为恩启都举行的国葬上为恩启都致悼词，从追溯恩启都的出身开始。恩启都是神直接创造的人，自然没有父母，但《史诗》似乎故意不提他的“神圣”出身，而只言他的成长，这非常耐人寻味。可以想象，作者已经把恩启都的来历跟读者交代得明明白白，但故事中的人物对恩启都的出身并不了解，对猎人来说，一天突然在狩猎对象中出现一个长发男人，而他并不知道这个人的来历。吉尔伽美什也仅仅通过梦境预知挚友将至，但他并不知道这个挚友的来历，更不知道恩启都是神刚刚造的人。可见，恩启都的来历，只有读者清楚，对故事中的任何人物都是个谜。这个谜可能一直使乌鲁克人保持着极大好奇心，他们一定有自己的想象和解释，吉尔伽美什在“悼词”中的解释，可能代表了乌鲁克人对这个问题所做的各种解释的权威版本。

第 6 行：第 3—6 行接连提到三种动物：“瞪羚”（*ṣabītu*，为押韵译为“羚羊”，第 3 行）、“阿卡努”（*akkannu*，第 4 行）野驴以及“塞里牧”（*serrēmu*，第 5 行）野驴。“塞里牧”即原产叙利亚平原的中亚野驴，目前在叙利亚已经灭绝（Maul 2005, 174），在全世界范围内，也所剩无几，行将灭绝。《史诗》在叙述恩启都与动物为伍的野人生活时，说他“与瞪羚在一起，食草以充饥”（*itti ṣabâtim*^{meš}*-ma ikkala šammī*，第一块泥版第 110 行），从未明确说明除吃草之外，恩启都还吃什么。《史诗》在此才通过追述的方式透露，奶才是恩启都的主要食物。

第 8 行：在通往雪松林的路上，总会听到沙沙声，《史诗》把这种自然现象解释为通往雪松林的道路日夜为恩启都哭丧的声音（Maul 2005, 174）。

第 9 行：在此行中，乌鲁克除被称为“羊圈”外，还被称为“幅员辽阔之城”（*ālu rapšu*），字面意思是“广袤之城”，实际上指人口众多（George 2003, 853）。

第 15 行：在涉及亚述巴尼拔（公元前 668—前 627 年）远征的一篇文献中，书吏也使用了“跌跌撞撞前行”（*ḫalāpu* 的 Gtn-stem）这个动词，乔治认为，书写亚述巴尼拔远征记的书吏用这个动词时一定想到了《史诗》的这句话（Georg 2003, 854）。

第 16 行：第 16—17 行提到十种动物，意在说明，这些动物之所以（嚎）叫，是因为它们在为恩启都哭泣（Maul 2005, 174）。动物的叫声千差万别，在汉语里有熊咆、犬吠、狮吼、虎啸、鹿鸣、狼嚎、牛哞、羊咩等，《史诗》此处用的都是“哭泣”（*bakû*）。《史诗》把这十种动物分为两类，即 *būlu*（“家畜、野兽”）和 *nammaššû*（“野兽、动物”）（第 17 行）。这两个词的界限非常模糊，它们都包括食草动物和食肉动物、驯化动物和野生动物。在《史诗》的语境中，这些动物皆属野生，译文只好把它们模糊处理为“各种动物”。

第 18 行：乌莱亚河（Ulaya，写作 ^{id}ú-la-a-a）是伊朗境内的河流，这点可以肯定。但乌莱亚河相当于现在伊朗境内的哪条河，学界有不同观点。有学者认为，乌莱亚河即现在伊朗境内的卡伦河（Karun，Maul 2005, 174）；有学者认为，乌莱亚河指卡尔黑河（Karkheh, Dalley 1989, 330）。不论乌莱亚河指卡伦河，还是卡尔黑河，从乌鲁克到黎巴嫩的雪松林不可能沿着乌莱亚河行走。所以，毛尔认为，《史诗》此处之所以提到乌莱亚河，是因为苏美尔语版的雪松林不在黎巴嫩，而在伊朗的扎格罗斯山区（Maul 2005, 174）。《史诗》在此显然出现了穿越，即从阿卡德语版的《吉尔伽美什史诗》（古巴比伦版和中巴比伦版）穿越到了苏美尔语版的《吉尔伽美什与胡瓦瓦》。这种穿越也许是《史诗》作者的一时疏忽，也许是故意为之，即故意放大地理范围，为远足雪松林、挑战洪巴巴的壮举增添色彩，增加震撼力。此行的“雄赳赳，气昂昂”是 *šamḫiš* 的意译，这个副词本义为“自豪地、傲慢地、得意扬扬地”，在《史诗》

的语境中，“雄赳赳，气昂昂”虽然很现代，却准确而传神。

第 19 行：乌鲁克靠近幼发拉底河（*Purattu*），从乌鲁克到黎巴嫩，首先要沿幼发拉底河北上。

第 23 行：恩启都（Enkidu）与恩启姆都（Enkimdu）的名字很相似，因此人们把二者等同了起来（Maul 2005, 174；George 2003, 854）。恩启姆都是堤坝和灌溉渠神，亦说是犁与灌溉神。平时，农夫（^{lú}*ikkaru*）边劳作边哼着小曲（*alālu*），歌颂恩启（姆）都。现在，他们将把歌声变为哭丧。

第 34 行：妓女为恩启都涂头油可以有不同解释，其一，妓女是恩启都从“野蛮”向文明过渡的桥梁，所以，他与妓女有一层不同寻常的关系；其二，在古巴比伦版的《吉尔伽美什史诗》中，恩启都自己在头上涂了油（George 2003, 855），《史诗》此处化用了古巴比伦版；其三，乌鲁克以妓女多著称，节庆期间，妓女大概常为所爱男人涂油（George 2003, 855）。

第 35 行：第 35—36 行残缺严重，根据毛尔版翻译。毛尔认为，这两句诗文与前文讲到的恩启都阻止吉尔伽美什行使初夜权有关系（Maul 2005, 174）。

第 37 行：恩启都原本是孤儿，因为身世传奇，便成为流传于民间的传奇人物，最后演变为神造人，使传奇成为神奇，为故事增添了神秘性和震撼力。在即将与吉尔伽美什共赴黎巴嫩、挑战洪巴巴之际，吉尔伽美什的母亲宁荪把恩启都收为养子（见第三块泥版第 120—128 行及第三块泥版第 122—124 行注释），从此，恩启都成为弃儿和孤儿的保护人。

第 45 行：“职业哭娘”（*lallartu* 或 *lallarītu*）。这种职业起于何时已

不可考，苏美尔语为 ù-a-li 或 i-lu-a-li (*lallāru*)，显然都是模仿哭声的拟声词。

第 46 行：第 46—48 行接连提到身边“战斧”（*ḫaṣinnu*）、腰间“短剑”（*namṣāru*）、前面的“盾牌”（*arītu*）、节日穿的“礼服”（*lubāru*）以及爱不释手的“腰带”（*nēbeḫu*），这些物件应该都是英雄吉尔伽美什的标配，但“邪风”（*šāru lemnu*）突起，把这一切都从吉尔伽美什手里夺去（*ekēmu*）。很显然，这里描述的配件都具有象征意义，即都象征恩启都，吉尔伽美什失去恩启都，如同失去这些不可或缺的必需品，变得几乎一无所有。

第 50 行：把恩启都比喻为骡（*kūdanu*）、驴（*akkannu*）和豹（*nimru*）是因为恩启都曾与这些动物为伍，在高山出没，在平原奔跑。乔治认为，把恩启都比喻为“骡”一是因为骡善于奔跑，而恩启都也善于奔跑；二是因为“骡”没有后代，而恩启都也没有后代（George 2003, 856）。

第 53 行：事件发生有先后，在远赴黎巴嫩、挑战洪巴巴的过程中，二位英雄先杀洪巴巴，招来女神伊什妲爱慕，吉尔伽美什拒绝女神的求爱，惹怒女神，于是才有杀天牛的情节。而这里（第 53—54 行），《史诗》颠倒了事件的顺序，把杀天牛提到了杀洪巴巴之前，原因不明。出土于麦吉多（Megiddo）的一个中巴比伦版的《史诗》残片对这段英雄事迹的回忆采用的是事件发展的正确顺序（George 2003, 856）。

第 55 行：睡眠（*šittu*）与死亡之间似乎没有界限，无法对二者做清晰切割，“是什么睡眠把你捉住（*mīnu šittu ša iṣbatuka kâši*)?"《史诗》没有直接回答这个问题，但读者心里都有答案，这种永远不醒的睡眠是"长眠"。

第 56 行：这里描述的是人刚刚死去的状态，对声音没有反应好理解，"失去知觉"（become unconscious）是西方学者对 *adāru*（"黯然、变黑"）的意译。"失去知觉"可以是暂时昏迷，但事实上恩启都已经死去，身为阳世人，实属冥界鬼。我认为，用 *adāru* 形容恩启都此时的状态，一方面表明恩启都肤色发生了物理变化，同时暗含恩启都已迈入冥界门槛。用会意字 KA x GI_6（"嘴"+"黑"="黑嘴、黑话、暗语"）来书写 *adāru* 也很耐人寻味，从中似乎可以读出：恩启都对吉尔伽美什的话不是没有反应，而是吉尔伽美什听不到恩启都的冥界"暗语"。

第 61 行：楔文文献还有"像失去幼崽的母羊"的说法（George 2003, 857）。可见，"像失去幼崽的母……"应该是一句惯用语，喻体可以根据情况替换。

第 71 行：青金石广泛用于塑像，用于身体的深色部位尤为常见，如，虹膜、眉毛、胡须和头发多用青金石镶嵌。乌尔王陵出土的塑像和其他艺术品见证了早王朝时期青金石的使用范围和实用功能（详见 George 2003, 857；关于青金石，中文文章见贾妍 2019）。

第 94 行：锁门有多种方式，*riksu* 是一种绳锁（George 2003, 858）。

第 99 行：关于玛那，见第六块泥版第 162 行注释。

第 119 行：1 塔兰特相当于 60 玛那，即 30 公斤。

第 121 行：根据毛尔版翻译。原文残缺，毛尔认为这里讲到的武器是"长矛"（Lanze）。吉尔伽美什和恩启都曾打造武器（第二块泥版第249—250行），他们打造了“战斧”和“短剑”，并未提到“长矛”。在此，吉尔伽美什为恩启都打造了各种恩启都生前使用过的武器，准备用这些物件陪葬。

第131行：“肥牛与肥羊”（*alpū kabrūtu u immerū marûtu*）亦常见于其他文献，是个约定俗成的习惯用语（George 2003, 858）。

第133行：此行又提到“大地之王”，笔者译为“世上的君与王”。关于“大地之王”，见第七块泥版第143行注释。举行国葬，要杀牲祭神，仪式结束后，祭肉如何处理？毛尔和乔治都认为，“大地之王”指冥界诸神（“the chthonic powers”，George 2003, 858; “die Gottheiten des Totenreiches”，Maul 2005, 175）。我认为，把此句解为吉尔伽美什在祭神之后把祭肉分给前来参加葬礼的各地君王更合情理。

第135行：“卡里鲁”（*kalliru*）是什么木或什么树，具体不详。用“卡里鲁”做的“回飞棒”（*tamḫīṣu*）应该是圆形投掷器，这从书写“回飞棒”的苏美尔表意字 [giš]LAGAB. ŠUB 可略见一斑。不论在文献中，还是在艺术形象中，都未见伊什妲持有这种武器。

第140行：阿希姆巴巴（Ašimbabbar）或纳姆拉希特（Namraṣīt）都是月神辛（Sîn，苏美尔语：苏恩〔Suen〕或楠纳〔Nanna〕）的别称。

第145行：埃丽什吉佳是冥界女王，亦见第七块泥版第184行注释。

第148行：此处的“光玉髓长笛”（*ebbūbu ša* [na4]*sāndi*）是吉尔伽美什为恩启都做的随葬品，是献给冥界神杜牧兹（见第六块泥版第 46 行注释）的。杜牧兹是牧羊人的保护神，从这个随葬品似乎可见到牧人边放牧边吹“芦苇笛”（苏美尔语的“笛”为 gi-gíd，“长芦苇”）的情景。在《伊什妲入冥界》中，伊什妲出入冥界时由音乐陪同，其中的乐器有“青金石长笛”（gi. gíd $^{\text{na4}}$za. gìn，即 *ebbūb* $^{\text{na4}}$*qunî*, George 2003, 859）。用“长笛”陪伴伊什妲有怀念杜牧兹之意。

第 154 行：此处的纳木塔（Namtar）是“冥界管家”（*sukkal erșeti*），是冥界女王埃丽什吉佳身边的小神之一。“纳木塔”这个名字本身是一个苏美尔语普通名词，意“命运”。他的角色是预报死亡，他的名字与他的角色非常符合，名字显然是根据角色赋予的。

第 159 行：胡什比桑格（Hušbišag，意为“他们的 / 它的愤怒很好”）是纳木塔之妻，有时被称为纳木塔图（Namtartu），即“女纳木塔”，纳木塔的阴性形式。

第 164 行：卡萨塔巴特（Qāssa-ṭābat，意为“她的手很好”）是冥界女王埃丽什吉佳的“清洁工”（*šābiṭu*），男性，名字中的“她的手”指埃丽什吉佳的手。月神辛的一个牛倌叫舒尼都（^{d}šu-ni-du$_{10}$，意为“他 / 她的手很好”），不知卡萨塔巴特和舒尼都之间是否有关联（George 2003, 859），二者的名字相同。

第 168 行：对古代美索不达米亚人而言，宝石需要进口，因而稀少而贵重，除首饰外，多用来做艺术品中的镶嵌（*ra'āzu* / *rêzu*）材料。在一块石膏板（*parūtu*）上，用青金石和光玉髓镶嵌一幅雪松林图（第 169 行），以此缅怀恩启都远赴黎巴嫩、杀死洪巴巴的壮举。

第 171 行：宁舒卢哈图玛（Ninšulaḫḫatumma，意为“适于洁净仪式的女王”）除《史诗》外不见于任何其他文献，据名字推测，此神为女神，主要职能是为举行仪式而整理房间（*mušēširat bīti*，“整理房间 / 神庙之人〔阴性〕”）。把镶嵌了雪松林图案的石膏板献给她，或许是因为她知道应该把这件富有纪念意义的艺术品放置在什么地方。

第 175 行：双刃剑（*patri katappî*，详见 George 2003, 860）。乌尔王陵出土一把双刃剑，年代属于早王朝时期，与吉尔伽美什的生活年代大致相当。剑身和护手用黄金打造，剑柄用青金石制作，剑首和剑格（护手）部位各钉有数排金钉，靠近剑格部位的剑身上刻一字，意不详，或许是幼发拉底河和底格里斯河的简图。金剑彩图，见 Strommenger 1962, 彩图版 XVI。

第 177 行：毕布（Bibbu）在其他文献中也被称为“冥界屠夫”（*ṭābiḫ erṣetim*），在一篇符咒文献中，他的角色是催命官（George 2003, 860）。

第 180 行：最著名的石膏瓶是所谓的“乌鲁克石膏瓶”（见 Strommenger 1962，图 19—22），年代属于公元前 3000 年前后，是重要的礼器。《史诗》没有讲到吉尔伽美什为恩启都制作的石膏瓶是什么样子，可参考“乌鲁克石膏瓶”。

第 181 行：有证据可以证明杜牧兹阿布祖（Dumuzi-abzu）是个女神，虽然名字中有“杜牧兹”，但可能与杜牧兹并无关联。公元前三千纪，她是地方神，在拉伽什附近的一个叫基努尼尔（Kinunir）的村落受到崇拜（George 2003, 861）。《史诗》在此把杜牧兹阿布祖称为“冥界替罪羊”（*mašḫaltappê erṣetim*），所指应该是杜牧兹。

第 210 行：吉尔伽美什死后也到了冥界，他的冥界头衔亦是“阿努纳吉之法官”（*dayyān Anunnakkī*），不是审判阿努纳吉的法官，而是阿努纳吉诸神中负责判案的人（George 2003, 861）。

第 212 行：吉尔伽美什欲将幼发拉底河暂时拦截，即筑一个拦河大坝（*sikra ša nāri ibtani*），把恩启都埋葬在河床下，而后恢复河道原貌，确保恩启都的亡灵得到安息，同时防止丰富的随葬品被盗。吉尔伽美什为恩启都举行的葬礼与《吉尔伽美什之死》中描述的乌鲁克人为吉尔伽美什举行的葬礼很相似，毫无疑问，《史诗》中的葬礼取材于《吉尔伽美什之死》，属于移花接木。

第 215 行：埃拉玛库木（^{giš}*elammakum*）的具体情况不详。

（抄本 D，第 1 栏，George 2003，Pl. 106）

第九块泥版

吉尔伽美什，为友人恩启都感到悲伤，
一边放声痛哭，一边在荒野游荡。（心想：）
“我将来也要死亡，我难道不会像恩启都一样？
悲伤已经入膏肓，
我开始惧怕死亡，于是便在荒野游荡。
去见乌巴尔图图之子乌塔纳皮什提，
我疾行在路上。”

（第1—7行）

（吉尔伽美什已经踏上寻求永生之路）

吉尔伽美什，为友人恩启都感到悲伤，
一边放声痛哭，一边在荒野游荡。（心想：）
“我将来也要死亡，我难道不会像恩启都一样？
悲伤已经入膏肓，
我开始惧怕死亡，于是便在荒野游荡。
去见乌巴尔图图之子乌塔纳皮什提，
我疾行在路上。
只用一夜的时间，我便来到了山口，
我看见狮子成群，吓得浑身发抖。
我抬头向月神祈祷，
也向众神之光伊什妲祈祷，向他们表达我的请求：
‘辛啊，伊什妲啊，请你们把我保佑！’”

吉尔伽美什忽惊醒，原来那是一场梦。
头上是金星，眼前是月亮，他为自己还活着感到庆幸。

（醒来发现自己被狮群包围）

他操起身边斧，
抽出腰中剑，
猛向狮群扑过去，仿佛箭离弦。
他把狮群打的打，杀的杀，赶的赶。

然后［…………………………………………］

他扔掉［……………………………………………］
他画了［两个……………………………………］
第一个名叫［………………………………………］
第二个名叫［………………………………………］
他把头抬起，冲着月神祈祷，
也冲着众神之光伊什妲祈祷，把自己的恳求告：

“辛啊，［…………………………………………］
让［……………………………………………………］
如何［…………………………………………………］
辛啊，［…………………………………………………］

19—36行残缺严重，内容几乎尽失。在2020年版《吉尔伽美什史诗》中，乔治认为，发现于西帕尔的一块泥版残片可以弥补此处的缺文，具体内容包括：吉尔伽美什把狮皮披在身上，饥餐狮肉，渴饮井水，逐风追月。沙玛什对吉尔伽美什的状态感到担心，从天上直接向他喊话，告诉吉尔伽美什，他寻找的永生无处觅。吉尔伽美什反问沙玛什：“在我游荡荒野之后，当我进入冥界，我难道还会缺少休息？我将永远躺在那里。”所以，吉尔伽美什要尽情地享受阳光，因为一旦死亡，再也见不到阳光。

（吉尔伽美什来到双峰山）

此山名叫双峰山。

他已然来到双峰山，
这座山，每日确保日升天，
山峰高耸入云霄，
山脚深扎在阴间。
一对蝎人把门看。
他们的恐怖人人怕，他们看见谁，谁的死亡就难免。
他们的光环极恐怖，铺天盖地罩高山。
日升日落时，他们为太阳保平安。
吉尔伽美什一把他们见，畏惧惊恐面目现。
他极力稳住神儿，一点一点凑上前。

蝎人忙把他的女人喊：
“有人来这里，肉体是神躯。”
蝎人的女人忙释疑：
“神占三分之二，人占三分之一。”

蝎人立刻高声喊，
冲着吉尔伽美什，长着神躯的王，如此这般言：
“你如何来到这里，路途如此遥远？
你如何找到这里，直来到我面前？
你如何穿过河流？可知穿越它们多么危险？
你究竟遭遇了何事？让我也来了解一番。
你现在欲往何方？心存何念？
你究竟遭遇了何事？让我来了解一番。”

蝎人

这个蝎人图是伊辛第二王朝尼布甲尼撒一世（Nebuchadnezzar I，公元前1125—前1104年）“界碑”（kudurru）的一部分，界碑高64厘米，宽18厘米，白色石灰石，出土于西帕尔。实物藏于大英博物馆，图片见E. Strommenger, *Fünf Jahrtausende Mesopotamien*, Hirmer Verlag, München, 1962, 图272。蝎人形象还有许多种，这个蝎人形象比较符合《吉尔伽美什史诗》第九块泥版中描述的蝎人：“他们（指蝎人夫妻）的恐怖人人怕，他们看见谁，谁的死亡就难免。他们的光环极恐怖，铺天盖地罩高山。日升日落时，他们为太阳保平安。”（第九块泥版第43—45行）界碑中的“蝎人”与《吉尔伽美什史诗》中的蝎人不一定有关，但把二者联系在一起，会使读者产生更多遐想。

60—74 行残缺。

（吉尔伽美什说明自己来到这里的原因）

“我的先祖乌塔纳皮什提，他走过的道路我在寻觅。
他获得了永生，与众神站在一起。
他将告诉我死与生的奥秘。”

蝎人开了口，
对吉尔伽美什这般言：
“吉尔伽美什啊，像你一样的人我从未遇见。
任何人都未见过大山深处的真颜。
山的里面，有十二个时辰的路程那么宽，
黑暗无际无边，没有一丝光线。
只有我在此迎接太阳升起，
只有我在此目送太阳落山。
[当……] 落山时，[………………………]
他们出来 [………………………………]”

88—124 行残缺。
残缺部分应该包括吉尔伽美什与蝎人的对话。

（吉尔伽美什在对蝎人说话）

“我一路走来，痛苦悲伤不已，
时而冷，时而热，我的脸都爆了皮。

我经历了千难万险，
而今，你当把我同情怜惜。”

蝎人开口说话，
对吉尔伽美什，长着神躯的王，如此这般语：
“去吧，吉尔伽美什，我将不再拦你，
但愿双峰山放你进去！
但愿崇山峻岭保你无虞！
但愿它们让你达到目的！
但愿山门为你开启！”

吉尔伽美什听他如此说，
便按照蝎人的指引，立刻行动不迟疑。
他穿过山门，一路前行，沿着太阳运行的轨迹。
一个时辰过去，他仍勇往直前。
黑暗无际无边，没有一丝光线。
没有理由回头，身后无物可见。

两个时辰过去，他仍勇往直前。
黑暗无际无边，没有一丝光线。
没有理由回头，身后无物可见。

三个时辰过去，他仍勇往直前。
黑暗无际无边，没有一丝光线。

没有理由回头，身后无物可见。
四个时辰过去，他仍勇往直前。
黑暗无际无边，没有一丝光线。
没有理由回头，身后无物可见。

五个时辰过去，他仍勇往直前。
黑暗无际无边，没有一丝光线。
没有理由回头，身后无物可见。

六个时辰过去，他仍勇往直前。
黑暗无际无边，没有一丝光线。
没有理由回头，身后无物可见。

七个时辰过去，他仍勇往直前。
黑暗无际无边，没有一丝光线。
没有理由回头，身后无物可见。

八个时辰过去，他仍勇往直前。
黑暗无际无边，没有一丝光线。
没有理由回头，身后无物可见。

九个时辰过去，他感到有北风吹动，
似有一股微风，轻轻缓缓拂面。
黑暗依然无边，没有一丝光线。

没有理由回头，身后无物可见。
到了第十个时辰，
距光明已经不远。

到了第十一个时辰，只剩下一个时辰的路程未走完。

到了第十二个时辰，他已走出黑暗来到太阳下面。
眼前是个花园，花园里光辉灿烂。
他一把这些神树见，立刻上前仔细看。
光玉髓树果实满，
葡萄一串串，百看都不厌。
青金石树枝叶茂，
硕果累累垂，入目心怡然。

177—183 行残缺。

[……] 松柏 [……………………………………]
雪松树干是虎眼石，[…………………………]
叶茎是带有黑白条纹的玛瑙，[……………]
针叶是珊瑚，[……] 是带有红色条纹的玛瑙。
这里不长荆棘，此处只长水晶。
他摸一摸角豆树的豆荚，发现它们都由阿巴什姆石长成。
舒布石和赤铁矿 […………………………]
仿佛 [………………………………] 平原。

仿佛［……………………………］绿松石。
［……………………………………］贝壳。
它具有［………………………………］
吉尔伽美什，且行且称奇。

（这时，有一个人正在暗处观察吉尔伽美什的一举一动）
她正把头高抬起，瞠目盯他看仔细。

衔接行：
此人住海边，是酒肆女主人，名叫希杜丽。

·第九块泥版·
解　读

第 4 行：直译为“悲伤已进入我的胃里 / 内部”（*nissatum īterub ina karšia*），与汉语中的“病入膏肓”殊路同归，特别神似。

第 5 行：交代游荡的原因，是因为“惧怕死亡”（*mūta aplahma*）。

第 6 行：关于乌塔纳皮什提，见第一块泥版第 5 行和第 42 行注释。乌塔纳皮什提是乌巴尔图图之子。吉尔伽美什追求永生之路从此开始。

第 8 行：山口（*nērebēti ša šadî*）指伊朗境内的扎格罗斯山中通往伊朗高原的通道。吉尔伽美什朝着太阳升起的方向一路朝东行走（Maul 2005, 176）。

第 11 行：“我向……表达请求”（*illikū suppû'a*）的宾语应该是个神，但神名残缺，毛尔版修补为“伊什妲”（Maul 2005, 120），汉译从毛尔版。

第 12 行：“请你们把我保佑！”（*šullimā'inni yâti*）中的“你”也是某神，名字残缺，毛尔版修补为“辛”和“伊什妲”（Maul 2005, 120），汉译从毛尔版。第 11 行和第 12 行的修补都没有充分证据，可视为一家之言。

第 13 行：颇具“忽魂悸以魄动”的意味，但从梦中突然惊醒的吉尔伽美什没有时间“长嗟”，他面对的是狮群（第 17—18 行），他必须做出快速反应。

第 14 行："眼前是月亮"（*muttiš* ^d^*sîn*）之前的文字残缺，毛尔版修补为"金星"（Maul 2005, 120），因为"金星"是伊什妲的神格之一。

第 17 行："仿佛箭离弦"的原文 *kīma šiltāḫi*，直译"像箭头"，亦见于其他文献（George 2003, 863），应该是常见的固定搭配，与汉语中的"仿佛箭离弦"非常神似。

第 18 行：在古代美索不达米亚文明中，猎狮或杀狮是国王的专利，最早的国王猎狮碑出土于乌鲁克，年代属于公元前四千纪中叶（Strommenger 1961，图 18），在后来几千年的文明史中，国王猎狮图在滚印印纹和浮雕艺术中层出不穷，《史诗》此处是以文学形式体现这种文化传统。

第 37 行：有学者认为，"双峰山"（Māšu，或译"双胞胎山"）指古代美索不达米亚人的宇宙地理中的东西两对山，即大地最东边一对，大地最西边一对，它们的山峰共同构成天穹的支点。太阳从东边的"双峰山"之间升起，从西边的"双峰山"之间落下，周而复始（Maul 2005, 177）。有学者认为，"双峰山"指两座山，东西各一座（George, 2003, 863）。《史诗》中的吉尔伽美什正身处东边的日升山（George 2003, 865）。

第 42 行：在古代美索不达米亚的楔文文献和艺术形象中，混合生物很常见，组合形式很多，有狮头鹰身、狮头人身鹰爪、人头牛身、兽头蛇身，等等。"蝎人"或译"蝎怪"（Girtablullû），是人头蝎身的混合生物，在艺术形象中有时可见有双翼的"蝎人"，有时没有双翼。《史诗》没有对"蝎人"做形象描述，所以，这对蝎人夫妇长什么样，只能驰骋想象。毛尔版使用了尼布甲尼撒一世（公元前 1125—前 1104 年）“界碑”上的“蝎人”图（Strommenger 1962，图 272）作为第九块泥版的插图（Maul 2005, 119），说明毛尔认为这个蝎人形象与《史诗》中的蝎人形象最接近。这个蝎人的上身为人身，下身为蝎身，小腿和双脚似乎是鹰的相应部分。此人边行走，边开弓待发，形象生动，作为《史诗》插图非常适合，但切莫以为《史诗》中的蝎人就是这个样子。

第 47 行：“他极力稳住神儿”（*iṣbat ṭēmšuma*）。

第 48 行：婚姻是男女按照法律或习俗的结合，婚姻中的女方在不同情况下有不同称呼，《史诗》见证了五种不同叫法，*ḫīratu*（妻子、夫人）、*aššatu*（妻子、老婆）、*kallatu*（新娘）、*marḫītu*（妻子）以及 *sinništu*（女人）。同样，在汉语中，处于妻子地位的妇女（当然处于丈夫地位的男人也不例外）也可有不同称呼，如“妻子”“老婆”“内人”“娘子”“太太”，等等。什么情况用哪个称呼是有讲究的，因为称呼可以体现一个人的文化水平、社会地位、身份，甚至性格。《史诗》在此把“他的女人”（*sinništišu*）用在蝎人身上非常恰当，一表蝎人粗俗，二表男权社会中的蝎人在家庭生活中的主导地位。对中国读者来说，至少对我个人如此，阿卡德语的 *sinništišu* 的“贱内”“浑家”意味十分明显。

第 49 行：吉尔伽美什具有人神结合之身，因此兼具人性与神性，神性占三分之二，人性占三分之一，神性大于人性，但归根结底还是人，充其量是个神人或超（常）人。吉尔伽美什的这

个特点，读者皆知，因为作者做了明确交代。《史诗》中的人物何以知之？这个问题耐人寻味。《史诗》中有三个人一看到吉尔伽美什就看出他身上有神的成分，这三个人分别是蝎人、蝎人妻和第十块泥版出场的酒肆女主人希杜丽，而且蝎人妻和希杜丽知道吉尔伽美什三分之二为神，三分之一为人。这表明，吉尔伽美什的传奇事迹（包括杀洪巴巴、拒绝女神求爱、杀天牛）在吉尔伽美什的生活年代就已在世间广为流传，就已经是大街小巷的谈资。

第 77 行：吉尔伽美什寻找乌塔纳皮什提的目的不仅是为揭开“（永）生”（*balātu*）的秘密，也包括“死”（*mūtu*）的秘密。在阿卡德语文献中，凡谈到“生”与“死”的地方，一般都先言“死”，后言“生”，即“死与生”，《史诗》此行亦如此。

第 130 行：“长着神躯的国王”（*šarru šīr ilī*）亦见于其他文献（George 2003, 866），常用来形容比较有作为和比较著名的国王，不属于吉尔伽美什专有，但“三分之二神，三分之一人”的说法只见用于吉尔伽美什。

第 171 行：吉尔伽美什用十二个时辰走出原始森林，来到仙境般的世界，瑶草奇葩，各种宝石树开花结果，交相辉映，五彩缤纷。所以，此句中 *namirtu* 指的不是“阳光”（通常指“阳光”），而是指各种宝石树放射的“光辉”（George 2003, 867）。这些宝石树都是“神树”（*iṣṣū ša ilī*，第 172 行）。

第 189 行：“阿巴什姆”（*abašmu*）是一种宝石，楔文文献对这种宝石有描述，称其“像未成熟的葡萄”，或“像水渠中的水”（Maul 2005, 178）。尽管如此，现代学者仍无法确定这种宝石相当于现在已知宝石中的哪一种。

第 190 行：舒布石（^{na4}*šubû*），具体情况不详。

第 196 行：吉尔伽美什边看边走，边走边看，被眼前的仙境奇观吸引，没有注意到一个人“正把头高抬起”（*išši rēšiša*），用疑惑不解和惶恐不安的目光在盯着他。这个人就是衔接行提到的酒肆女主人希杜丽。

vi

Sm 1681

K_3 K 8589+

rev.

300

302–3

304–5

8589

308–9

310

315

320

（抄本 K3，背面，第 6 栏，George 2003，Pl. 113）

第十块泥版

人类就像芦苇丛中的芦苇，其后裔常被折断，
不论英俊男儿，还是美丽少女，
都难免夭折于华年。
谁也没有经历过死亡，
谁也没有见过死神的面。
谁也没有听到过死亡的声音，
然而人却可能猝然命丧九泉。

（第 301—307 行）

此人住海边，是酒肆女主人，名叫希杜丽。
她长期居住在这里，经营的是酒馆生意。
店里有容器架，还有酒桶和各种饮器。
她身披一件披肩，把脸遮挡得严严密密。

吉尔伽美什游荡到这里，她透过宝石树的间隙将他看仔细。
他身披一张兽皮，让人见而生惧。
他的身体是神躯，
但在内心深处却有痛楚悲戚。
他从远方而来，浑身力尽筋疲。

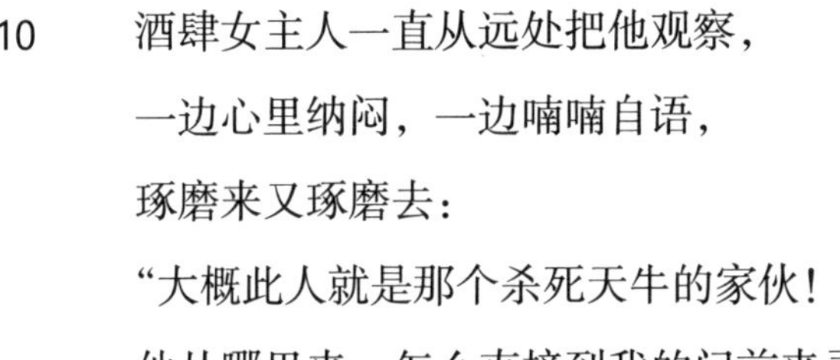

酒肆女主人一直从远处把他观察，
一边心里纳闷，一边喃喃自语，
琢磨来又琢磨去：
“大概此人就是那个杀死天牛的家伙！
他从哪里来，怎么直接到我的门前来寻隙?”

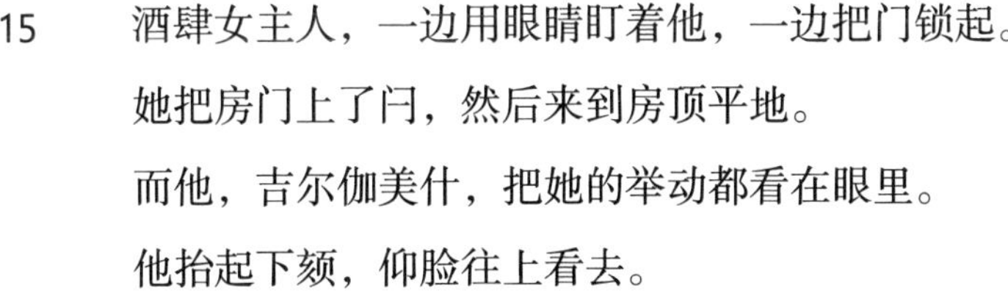

酒肆女主人，一边用眼睛盯着他，一边把门锁起。
她把房门上了闩，然后来到房顶平地。
而他，吉尔伽美什，把她的举动都看在眼里。
他抬起下颏，仰脸往上看去。

吉尔伽美什冲她开了口，问酒肆女主人这样的问题：
“酒肆女主人啊，你为何见到我便把房门锁起?

妇女像

象牙雕塑，公元前9—前8世纪，出土于卡尔胡遗址的东南宫殿，高5.7厘米。实物藏于大英博物馆，图片见E. Strommenger, *Fünf Jahrtausende Mesopotamien,* Hirmer Verlag, München, 1962, 图264。未知此雕像塑造的是何人何神，但一些现代学者常用这个雕塑人物来代指远在天边开酒馆的希杜丽。艺术与文学结合，增加了彼此的娱乐性，不可当真。《吉尔伽美什史诗》第十块泥版的第1—2行道："此人住海边，是酒肆女主人，名叫希杜丽。她长期居住在这里，经营的是酒馆生意。"

先把房门上了闩，然后来到房顶平地？
我要砸了你的房门，也把门闩打得破碎支离。
我的［……………………………………］
［……………………………………］在荒野。”

对吉尔伽美什，酒肆女主人这样语：
“我为何见了你便把房门锁起？
我为何先锁房门，然后来到房顶平地？
你究竟遭遇了何事？我想一一了解仔细。”

对酒肆女主人，吉尔伽美什这样回应：
“我和朋友恩启都一起，结果了森林卫士的性命。
我们协力同行，翻越崇山峻岭。
我们捉住了天牛，并要了天牛的性命。
我们杀死了洪巴巴，他居住在雪松林中。
我们杀死了群狮，才能在山里一路前行。”

酒肆女主人把吉尔伽美什这样回应：
“如果你和恩启都结果了森林卫士的性命，
杀死了居住在雪松林的洪巴巴，
杀死了群狮，在山里一路前行，
还捉住了天牛，并要了天牛的性命，
你为何两颊憔悴，面容疲惫？
为何忧心忡忡，看上去身心交病？

为何内心深处有痛苦悲伤之情？
为何带着一副长途跋涉者的面容？
为何满脸都因忽冷忽热爆了皮？
为何游荡荒野把自己置于狮群之中？”

对酒肆女主人，吉尔伽美什这样回应：
“为何我的两颊不该憔悴，我的面容不该疲惫？
为何我不该忧心忡忡，不该看上去身心交病？
为何我的内心深处不该有痛苦悲伤之情？
为何我不该带有一副长途跋涉者的面容？
为何我的脸不该因忽冷忽热爆了皮？
为何我不该游荡荒野把自己置于狮群之中？

接下来的十余行残缺严重，根据重复文本修补（George 2003，680）。

我的朋友，逃亡之骡，高山之驴，荒野之豹，
我的朋友恩启都，逃亡之骡，高山之驴，荒野之豹，
他是我深爱的朋友，所有艰辛都与我一起担当，
恩启都，他是我深爱的朋友，所有艰辛都与我一起担当，
人类的命运却降到了他的头上。
六天七夜我为他哭丧不止，
我不让人把他埋葬。
直到从他的鼻孔中爬出了蛆虫，

我才感到恐惧，知道自己早晚也会死亡。
我开始惧怕死亡，于是便在荒野游荡。
朋友的遭遇，我无法承受，
（于是）我沿着通往远方的大道，在荒野奔走游荡。
恩启都的遭遇，我无法承受，
（于是）我沿着通往远方的小路，在荒野奔走游荡。
我怎能无动于衷？我怎能保持镇静？
我深爱的朋友已经化为泥土，
恩启都，我深爱的朋友，他已经化为泥土，
难道我不会像他一样，终有一天也要一命呜呼？
终将不再起，一卧到千古？”

对酒肆女主人，吉尔伽美什继续把问题提出：
“现在，酒肆女主人啊，通往乌塔纳皮什提的路在何方？
请你告诉我，那条路的路标什么样？
那条路的路标，将它示我又何妨？
如果可以做到，我将穿越大海，
如果不能做到，我将在荒野游荡。”

对吉尔伽美什，酒肆女主人这样道来：
“吉尔伽美什啊，海口从来就不存在，
亘古至今，无人能够穿越大海。
能穿越大海的人，只有英雄沙玛什，
除了沙玛什，谁还能在海上自由往来？

双人划

赤陶浮雕，乌尔出土，古巴比伦时期，约公元前18—前17世纪。船上两人，一人坐在船舱板上划船，一人站立船头，或在划船，或在用鱼叉捕鱼，解释不一。实物藏于巴黎卢浮宫，图片见 B. Hrouda, *Der alte Orient*, C. Bertelsmann, München, 1991, 第199页。《吉尔伽美什史诗》第十块泥版描述了吉尔伽美什与船夫乌尔沙纳比造船渡海的情景，这个赤陶浮雕也许用艺术语言描述了同一情景。

穿越大海十分艰难，穿越之路充满危险。
在大海中间，有一段死水，使任何人都不能再向前。
这还不算，吉尔伽美什啊，即使你穿越了这边的大海，
待到死水区，你将怎么办？！
吉尔伽美什啊，乌尔沙纳比曾为乌塔纳皮什提渡海撑船。
他随身带着魔法石，正在雪松林中把树枝砍。
快去吧！让他见见你的容颜。
如果可以做到，就与他一起渡海，
如果不能做到，就转身回还。”

吉尔伽美什听她如此言，
操起身边斧，
抽出腰中剑，
悄悄地、之后又猛然向它们冲过去，
突然降临在其间，仿佛箭一般。
他的叫喊在森林中回响，
乌尔沙纳比看见他，急忙用光环把身藏。
他将大斧操在手，猛扑过去与相斗。
吉尔伽美什狠狠地击其头部，然后把他的头按住，
他抓住他的双手，击打他的胸部。
那块用来封舱的魔法石，
那块不惧怕死水的魔法石，
使浩瀚的大海悄悄接近吉尔伽美什，
而他却把水中的魔法石和舟楫牢牢控制。

吉尔伽美什把魔法石打碎，将之抛向河里。
然后，用缆绳固定住舟楫。
他终于力尽筋疲，在海边坐下来歇息。

对船夫乌尔沙纳比，吉尔伽美什这样语：
“乌尔沙纳比啊，你曾举斧向我开战，现在却又战战栗栗。
我不会按照你想要的战斗方式，对你进行还击。”

对吉尔伽美什，乌尔沙纳比这样回应：
“你为何两颊憔悴，面带愁容？
为何忧心忡忡，看上去身心交病？
为何内心深处有痛苦悲伤之情？
为何具有一副长途跋涉者的面容？
为何满脸都因忽冷忽热爆了皮？
为何游荡荒野把自己置于狮群之中？”

对船夫乌尔沙纳比，吉尔伽美什这样回应：
“为何我的两颊不该憔悴，我的面容不该疲惫？
为何我不该忧心忡忡，不该看上去身心交病？
为何我的内心深处不该有痛苦悲伤之情？
为何我不该有一副长途跋涉者的面容？
为何我的脸不该因忽冷忽热爆了皮？
为何我不该游荡荒野把自己置于狮群之中？
我的朋友，逃亡之骡，高山之驴，荒野之豹，

我的朋友恩启都，逃亡之骡，高山之驴，荒野之豹，
我们曾协力同行，翻山越岭。
我们捉住了天牛，并要了天牛的性命。
我们铲除了洪巴巴，他居住在雪松林中。
我们杀死了群狮，才能在山里一路前行。
他是我深爱的朋友，所有艰辛都与我一起担当，
恩启都，他是我深爱的朋友，所有艰辛都与我一起担当，
人类的命运却降到了他的身上。
六天七夜我为他哭丧不止，
我不让人把他埋葬。
直到从他的鼻孔中爬出了蛆虫，
我才感到恐惧，知道自己早晚也会死亡。
我开始惧怕死亡，于是便在荒野游荡。

朋友的遭遇，我无法承受，
（于是）我沿着通往远方的大道，在荒野奔走游荡。
恩启都的遭遇，我无法承受，
（于是）我沿着通往远方的小路，在荒野奔走游荡。
我怎能无动于衷？我怎能保持镇静？
我深爱的朋友已经化为泥土，
恩启都，我深爱的朋友，他已经化为泥土，
难道我不会像他一样，终有一天也会一命呜呼？
终将不再起，一卧到千古？”

对船夫乌尔沙纳比，吉尔伽美什继续把问题提出：

“现在，乌尔沙纳比啊，通往乌塔纳皮什提的路在何方？
请你告诉我，那条路的路标什么样？
那条路的路标，将它示我又何妨？
如果可以做到，我将穿越大海，
如果不能做到，我将在荒野游荡。”

对吉尔伽美什，乌尔沙纳比这样语：
“吉尔伽美什啊，阻止你过海的人，正是你自己，
你打碎了魔法石，将之抛在河里。
魔法石已被打碎，而树枝尚未备齐。
吉尔伽美什啊，速速操斧在手上，
前往雪松林，砍树做船桨，每支五竿长。
请把做桨的树枝修剪，请把手柄一端做成圆。
先把它们拿给我，再把它们装上船！”

吉尔伽美什，听他如此言，
操起身边斧，
抽出腰中剑，
前往雪松林，砍了三百树枝做船桨，每支长五竿。
他把做桨的树枝修剪，把手柄一端做成圆。
他将船桨交予乌尔沙纳比，并把它们全部装上船！

吉尔伽美什与乌尔沙纳比同舟共济，
他们将船放下水，一起撑船把海岸离。

三天走了一个半月的路程，
此时，乌尔沙纳比已经来到死水区。

对吉尔伽美什，乌尔沙纳比这样语：
“快快快，吉尔伽美什，快把第一支船桨撑起！
莫让死水落在手上，那样就会把你自己伤及。
吉尔伽美什啊，快把第二、第三、第四支船桨撑起！
快把第五、第六、第七支船桨撑起！
快把第八、第九、第十支船桨撑起！
快把第十一、第十二支船桨撑起，
待到行至一百二十‘吉什’的距离，吉尔伽美什已把所有船桨都用尽无遗。
而他，乌尔沙纳比，袒胸解衣，
吉尔伽美什亦把衣裳脱去，
以双臂做桅杆，把船帆高高撑起。

乌塔纳皮什提，从远处将他看得仔细，
一边心里纳闷，一边自言自语，
琢磨来又琢磨去：
“为什么驭船的魔法石会被打碎？
船上的那个人不是船主而是谁？
他冲我而来，而他我平生素昧。
右边的［……………………］
我一直在观察，此人平生素昧。

我一直在观察，此人［……］
我一直在观察，［……………］

194—195 行残缺。

（接下来的几行残缺严重，大概都属于乌塔纳皮什提的自言自语）

此人平生素昧，［……………］
使他流浪［……………………］
船夫［……………………………………］
我一直在观察的那个人，［………………］
我一直在观察的［…………………………］
荒野有时也［……………………………］
［……………………………………………］
小雪松［…………………………………］

吉尔伽美什距码头越来越近，［…………］
他让［……］下去［…………………………］
而他，他来到［……………………………］

（吉尔伽美什与乌塔纳皮什提相遇，吉尔伽美什首先发问，开门见山，直接问永生问题，可惜残缺严重，具体不详。）

对乌塔纳皮什提，吉尔伽美什这样语：
“万岁！乌巴尔图图之子乌塔纳皮什提。
洪水过后［…………………………］
洪水把什么［…………………………］
［…………………………………………］”

（乌塔纳皮什提没有直接回答吉尔伽美什的问题，而是反问吉尔伽美什为何搞得如此狼狈。）

对吉尔伽美什，乌塔纳皮什提这样回应：
“你为何两颊憔悴，面带愁容？
为何忧心忡忡，看上去身心交病？
为何内心深处有痛苦悲伤之情？
为何带着一副长途跋涉者的面容？
为何满脸都因忽冷忽热爆了皮？
为何游荡荒野把自己置于狮群之中？”

对乌塔纳皮什提，吉尔伽美什这样回应：
“为何我的两颊不该憔悴，我的面容不该疲惫？
为何我不该忧心忡忡，不该看上去身心交病？
为何我的内心深处不该有痛苦悲伤之情？
为何我不该带有一副长途跋涉者的面容？
为何我的脸不该因忽冷忽热爆了皮？
为何我不该游荡荒野把自己置于狮群之中？
我的朋友，逃亡之骡，高山之驴，荒野之豹，

我的朋友恩启都，逃亡之骡，高山之驴，荒野之豹，
我们曾协力同行，翻山越岭。
我们捉住了天牛，并要了天牛的性命。
我们铲除了洪巴巴，他居住在雪松林中。
我们杀死了群狮，才能在山里一路前行。
他是我深爱的朋友，所有艰辛都与我一起担当，
恩启都，他是我深爱的朋友，所有艰辛都与我一起担当，
而人类的命运却降到了他的身上。
六天七夜我为他哭丧不止，
我不让人把他埋葬，
直到从他的鼻孔中爬出了蛆虫，
我才感到恐惧，知道自己早晚也会死亡。
我开始惧怕死亡，于是便在荒野游荡。
朋友的遭遇，我无法承受，
（于是）我沿着通往远方的大道，在荒野奔走游荡。
恩启都的遭遇，我无法承受，
（于是）我沿着通往远方的小路，在荒野奔走游荡。
我怎能无动于衷？我怎能保持镇静？
我深爱的朋友已经化为泥土，
恩启都，我深爱的朋友，他已经化为泥土，
难道我不会像他一样，终有一天也要一命呜呼？
终将不再起，一卧到千古？”

对乌塔纳皮什提，吉尔伽美什继续这样讲：

“我一直在想，我要去见远古的乌塔纳皮什提，人们对他耳熟能详。
我走遍天涯海角，
穿越崇山峻岭，
还有所有海洋。
我疲惫不堪面如土，
（是因为）我强迫自己不睡不眠才这样。
我的悲痛已经深入膏肓，
我的辛苦得到了什么报偿？
还没有见到酒肆女主人，我的衣裳就已变成了破烂不堪状。
熊、鬣狗、狮子、豹子与老虎，我见之杀之皆不留，
鮎鹿、野山羊，还有荒原上的其他家畜与野兽，
我见之杀之皆不留，为的是剥其皮，食其肉。
但愿它们关闭悲伤之门！
但愿它们将悲伤之门封闭，用沥青和柏油。
莫要因我之故而停止玩耍，
要因我之故而乐悠悠。”

对吉尔伽美什，乌塔纳皮什提这样讲：
“吉尔伽美什啊，你为什么不停地追逐悲伤？
你是神与人相结合的造物，
他们把你造得跟你的父母一模一样。
吉尔伽美什啊，你可曾关心愚民的死活？
他们在集会上把御座给你，并说：‘请君入座！’

（然而），酒糟而不是黄油是愚民之所得，
筋粉、麸皮而不是精粉是愚民之所获。
他们穿的不是礼服而是布衣，
麻绳而非腰带是他们用来束腰的东西。
因为没有人为他们出谋献计，
没有人为他们献上良言益语，他们只能处于悲惨境地。
吉尔伽美什啊，请尽王者之责，让他们把头抬起！”

279—295 行破损严重。

毛尔认为，从残留的只言片语可以推知，乌塔纳皮什提在劝吉尔伽美什履行国王的义务，建议他遵守早在洪水前就已经形成的世界秩序，好好服侍众神（Maul 2005，136）。

“[……]他们的主人，多达[…………………………]
[………………………………………………………]
[……]月神与众夜神[…………………………………]
在夜晚，月亮运行[……………………………………]
众神不寐[…………………………………………………]
清醒不寐[…………………………………………………]
自古以来就建立了[……………………………………]
你要考虑[…………………………………………………]
你的帮助[…………………………………………………]
吉尔伽美什啊，如果神庙[……]，施主[……]

神庙［……………………………………………］
她们［……］，众神［…………………………………］
为［……］他做了［………………………………］
［……］为备礼［……………………………………］
［……］他们将扔掉［………………………………］
［……］安神［………………………………………］
［……………………………………………］人类。

（乌塔纳皮什提论生死）
恩启都已经一命呜呼，
你不睡不眠折磨自己，如此这般何所图？
你不睡不眠伤筋动骨，
让悲痛浸入内心深处，
把自己的死期拉近到伸手可触。

人类就像芦苇丛中的芦苇，其后裔常被折断，
不论英俊男儿，还是美丽少女，
都难免夭折于华年。
谁也没有经历过死亡，
谁也没有见过死神的面。
谁也没有听到过死亡的声音，
然而人却可能猝然命丧九泉。

在某个阶段，我们把房屋建造，

在某个阶段，我们搭窝筑巢。
在某个阶段，兄弟分爨而居，
在某个阶段，仇恨遍布大地。
在某个阶段，洪水泛滥，河水四溢，
蜉蝣在水上自在地游来漂去，
晒着太阳甚惬意。
顷刻间，一切都会化为乌有成子虚。

被劫持与死亡，二者何其相像。
谁也画不出死亡是个啥模样。
死者不能在人间祈福祈祥。
大神阿努纳吉，聚在一起把事情商谈，
命运缔造者玛米图亦在他们中间，共同对人类命运做出了最后决断。
他们确定了生与死，
却没有透露死亡期限。”

衔接行：

对远古的乌塔纳皮什提，吉尔伽美什这样语：

·第十块泥版·
解 读

第 1 行：有楔文文献明确称希杜丽是“智慧的伊什妲”（Maul 2005, 178）。伊什妲有多重神格，其中之一是酒肆的保护神。酒肆通常也是娼寮妓院，受爱神伊什妲的保护。《史诗》中的希杜丽显然不是伊什妲本人，而是作者根据情节所需创造的人物，借用了希杜丽这个名称，目的是让人产生与伊什妲相关的联想。这样，这个人物也就具备了伊什妲所具备的各种神秘色彩。关于“希杜丽”（写作 ^{d}ší-du-ri，或 ^{d}ši-du-ri）学者解释不同，有人认为“希杜丽”是阿卡德语，应解为“她是我的墙”（ši-dūrī，写作 ši-dú-ri，Lambert 1982, 208）；施百瑟（E. A. Speiser）认为“希杜丽”是胡里特语（Pritchard 1969, 89）。

第 3 行：此行破损严重，汉译从毛尔版。酒肆的标配是“容器架”（*kannu*）和“酒桶”（*namzītu*），但此处动词形式是阳性复数，而 *namzītu* 是阴性，所以，缺文如何修补尚不能确定（George 2003, 868）。

第 34 行：从目前保存下来的《史诗》内容来看，吉尔伽美什和恩启都没有杀狮的共同经历。恩启都死后，吉尔伽美什独自游荡荒野，曾遇到狮群（第九块泥版第 15—18 行）。此行残缺严重，“杀”（*dâku*）的人称前缀部分残缺，因此无法确定是“我

杀”（*adūk*）还是“我们杀”（*nidūk*），因此毛尔版译为“我杀死了狮群”（Maul 2005, 127），而乔治版是“我们杀”（George 2003, 681）。按照讲述者吉尔伽美什语气的连贯性，这里的主语应该是“我们”，按照《史诗》中讲述的真实情节，这里的主语应该是“我”。

第 57 行：“人类的命运”（*šīmat amēlūti*）指死亡。

第 58 行：“六天七夜”（*6 urrī 7 mūšāti*）不是实指六整天与七整夜，而是个表示时间的习惯用法，相当于汉语中的“几天几夜”。“六天七夜”的说法亦见第一块泥版第 194 行。

第 68 行：“化为泥土”（*ṭiṭṭiš emû* 或 /*ṭiṭṭiš târu*）是“死”的另一种说法。人是神用泥土造的（关于造人，尤其造恩启都，见第一块泥版第 96 行注释），人死后要入土为安，最后要化为泥土，回归本原。

第 74 行：“通往乌塔纳皮什提的路”（*ḫarrān ša Ūta-napišti*，第 73 行）中的“路”（*ḫarrānu*）是阴性名词，所以，本行用“她的路标”（*ittaša*）。当然，那时不可能有现代意义上的“路标”，这里的“路标”（*ittu*）指标志性特点。

第 79 行：在吉尔伽美什看来，山有“山口”（第九块泥版第 8 行），海有“海口”（*nēberu*〔*tâmti*〕），只要找到“入口”（*nēberu*）就能穿越大山和海洋。吉尔伽美什成功找到了被原始森林覆盖的群山山口，成功穿越了原始森林，来到海边“仙境”后，又问希杜丽“海口”何在（这一句《史诗》未表），所以，希杜丽才回答“海口从来就不存在”。

第 84 行：“死水”（*mê mūti*）。按照希杜丽的叙述，海虽然没有通道，不是完全不可逾越，但海的中间有一个“死水”区，人触碰“死水”即死，所以，古往今来没有一个人能从此岸渡到彼岸。

第 87 行：“乌尔沙纳比”（Ur-šanabi）是苏美尔语，意思是“三分之二（šanabi）人（ur）”，说明他也是集人性和神性为一身的神人，虽然身上的神性不及吉尔伽美什，因为吉尔伽美什三分之二为神，三分之一是人，但他有一个特点，而这个“特点”正是现在的吉尔伽美什梦寐以求但又求之不得的东西：永生。“乌尔沙纳比曾为乌塔纳皮什提渡海撑船”，他与乌塔纳皮什提都是远古时代的人，直到吉尔伽美什的时代仍然活着。很显然，乌尔沙纳比虽然名字叫“三分之二人”，实质是个永生永存的神。

第 88 行：《史诗》并未明确称乌尔沙纳比的“石头”（*abnū*）为“魔法石”。“魔法石”是笔者根据这些“石头”的神奇功能而赋予的名称，是否恰当，可以商榷。关于“魔法石”的功能和形式，学术界有不同观点，迄今无定论（Maul 2005, 180）。乌尔沙纳比与这些“魔法石”形影不离，似乎随时都用得着，尤其是渡海时，它们是必不可少的。在《史诗》后来的情节中，当乌塔纳皮什提看到乌尔沙纳比居然和一个陌生人（吉尔伽美什）在没有“魔法石”的情况下撑船渡海而且成功到达彼岸时，大惑不解。《史诗》传递的信息是，无石不能渡海，吉尔伽美什毕竟是神人，他和乌尔沙纳比成功无石渡海，这是例外，因而是奇迹。“石头”如何助人渡海？这个问题令现代学者百思不得其解，姑称之为“魔法石”。

第 91 行：吉尔伽美什决心找到乌塔纳皮什提，不达目的不罢休，恳求希杜丽指路。希杜丽不但详细回答了吉尔伽美什的问题，还给予他一些切实可行的建议（第79—91行）。希杜丽的话音一落，吉尔伽美什就迫不及待地按照希杜丽的建议行动起来，故事情节自然、紧凑、流畅，甚至是天衣无缝。但与古巴比伦版《吉尔伽美什史诗》比较可知，标准版《史诗》作者在此处对《史诗》做了大幅度的改编，最明显的改编是把古巴比伦版中借希杜丽之口表述的及时行乐主义（carpe diem）删除了。我们先来看看被删除的古巴比伦版的及时行乐主义的具体表述：

（酒肆女主人对吉尔伽美什说：）
吉尔伽美什啊，你要流浪到哪里?
你寻找的生命无处可觅。
神创造人类之时，
已规定人生死有期，
而把永生牢牢握在他们自己手里。
吉尔伽美什啊，你只管饱食终日，
昼夜享受生活乐趣。
每天都高高兴兴，
跳舞玩乐日夜不息。
穿着要光彩华丽，
把头清洗干净，用水把身体沐浴。
好好看顾拉着你手的儿女，
让你怀里的妻子充满欢喜。
这才是人之命运真谛。

音译和翻译，见 George 2003, 278，第 iii 栏第 1—14 行。赵乐甡先生的译文，见赵乐甡 1999，第 70 页。本书译文参照了赵乐甡先生的译文，并从赵先生的译文中受益很多。从翻译角度看，赵先生的译文是信达雅的完美结合，但赵先生所本西文翻译版本比较老旧，而近二十年来，《史诗》研究进展迅速，取得许多突破性成果。以当今最新研究成果去审视赵先生所本的半个世纪前的西文翻译（赵先生罗列了 17 种参考书，出版日期都在 1965 年之前），结果不言而喻。

为什么标准版《史诗》作者没有采纳如此富有思想内容、充满人生哲理的表述？这个问题值得深入探讨。但这里不是探讨这个问题的地方。我只谈几点粗浅看法来抛砖引玉。第一，把及时行乐作为说辞来劝退吉尔伽美什，打消他那不切实际的追求应该是非常有效的，但在古巴比伦版里，这番话并未在吉尔伽美什那里产生共鸣，也就是说，这番劝说是失败的。吉尔伽美什不但没有听劝，反而发出一连串质疑（“你是在说……？”残缺，质疑内容不详），而后继续请求这位酒肆女主人为他指明通往乌塔纳皮什提之路。吉尔伽美什若听劝，情节便无法发展，也就没有了后来的故事；吉尔伽美什若不听劝，显得吉尔伽美什没有理智，有损吉尔伽美什的形象，这可能是标准版作者没有采纳这段精彩说辞的原因之一。第二，标准版作者也许不认同这种及时行乐的现实主义生活方式，而更喜爱威武、好斗、勇敢的英雄，乐道于宣传不安现状、敢于冒险、特立独行、勇往直前甚至残暴血腥的英雄行为。很明显，阿卡德语版的《吉尔伽美什史诗》（包括古巴比伦版和标准版）

倾向于把吉尔伽美什打造成英勇、专横、粗暴、执着甚至血腥的国王，标准版《史诗》作者删去宣扬及时行乐的内容，符合标准版试图改变吉尔伽美什形象的做法。第三，也许标准版《史诗》作者认为这番人生哲理表述不该由酒肆女主人说出。

第98行：乌尔沙纳比和洪巴巴一样，身体周围有光环，他们既能用光环防身，也能凭之藏身。这里，乌尔沙纳比用来藏身的“光”是*namru*，而洪巴巴用来防身和藏身的是“披风”（^{túg}*naḫlapātu*，第四块泥版第198行），其实也是光，而且最多可披七道光。

第111行：第104—111行残损严重，只有第106行的“把魔法石打碎，将之抛在河里”相对完好。乔治版按照泥版的原貌提供了译文，几乎都是残文断句，读者基本无法了解故事中真正发生了什么。毛尔版提供了缺文的完整译文，但没有说明补缺的依据。汉译从毛尔版。虽然补全了缺文，但情节似乎不那么连贯。也就是说，第111行与第112行以下乌尔沙纳比提出的问题似乎不在一个思路上。因此，对毛尔版的补缺暂且从之，同时存疑。

第160行：1竿相当于6米，5竿即30米，参见第一块泥版第56行注释。古巴比伦人使用的船竿一般长6米（Maul 2005, 181），即1个*nindanu*。吉尔伽美什做船竿是为了渡过死水区，把船竿做成30米，说明乌尔沙纳比想象中的死水区深度在30米上下。

第166行：做300支船竿也是乌尔沙纳比的建议，根据乌尔沙纳比的估计，300支船竿足够渡过死水区之用，但事实证明，乌尔沙纳比的判断是错误的，二人还没有渡过死水区，300支船竿已用完。此前，乌尔沙纳比渡海靠的是“魔法石”，如今没有了“魔法石”，渡海对乌尔沙纳比来说也成了挑战。

第180行：1吉什（giš）相当于360米，120吉什相当于43 200米，大约43公里。

第183行：船桨已经用完，危急时刻，二人都脱下衣服，把衣服撑起做船帆。

第208行：吉尔伽美什终于如愿以偿地见到了洪水幸存者、从远古到那时一直活着的乌塔纳皮什提。这是吉尔伽美什见到这位获得永生的传奇人物时说的第一句话，表达了羡慕之情，同时似乎带着一种弦外之音：人是否能真正获得永生？对这个问题，他将信将疑。接下来，吉尔伽美什大概直接表达了心中的疑虑，直截了当地问了乌塔纳皮什提如何逃过洪水劫难而获得永生的问题。可惜泥版此处破损严重，具体不详。

第213行：乌塔纳皮什提没有回答吉尔伽美什的问题，反而接连向吉尔伽美什发问。他问的问题在《史诗》中已经出现了两次，第一次是希杜丽无法想象眼前的这个疲惫不堪的人是吉尔伽美什，于是接连问了几个问题（第十块泥版第40—45行）。第二次是乌尔沙纳比问同样的问题（第十块泥版第113—118行），现在，乌塔纳皮什提没有理会吉尔伽美什的关切，而是向吉尔伽美什提出同样的问题。三种情景，三个不同的人，问的问题一字不差，完全相同，吉尔伽美什的三次回答也完全相同，这在文学创作上应该是大忌，因为这非常容易让人产生单调、乏味、缺乏创造力的感觉。但在《史诗》中运用这一手法效果却非常好。我个人对这三次重复的感觉是：第一，吉尔伽美什那种破衣烂衫、披头散发、奔波疲惫、手和脸都晒爆了皮、内心深处充满悲伤的状态，通过重复给人留下深深的烙印。第二，三个发问者都是神，三个（神）人在不同场合问同样的问题，让读者感到一切都在神的掌握之中，神在考验吉尔伽美什的意志，故意设下几道难关，每次过关时通过这种问答来验明身份。第三，这种重复给人一种强烈的表演感，让人感到，《吉尔伽美什史诗》即使不是歌剧剧本，也胜似歌剧剧本！

第 250 行：这句话明确说明，乌塔纳皮什提的故事在民间广泛流传，是街头巷尾的谈资（mUta-*napišti rūqa ša idabbubūš*，“人们都在谈论的远古的乌塔纳皮什提”）。吉尔伽美什一直想见见这个获得永生的远古贤王，恩启都之死成为他把夙愿付诸实施的导火索。

第 268 行：“你是神与人相结合的造物”（*ša ina šīr ilī u amēlūti banâta*，直译为“你是用神肉和人肉造的”）。

第 270 行：乌塔纳皮什提论为王之道（第 270—278 行），核心是以民为本，关心百姓疾苦，王作为“牧羊人”不但要爱民，更要敬民（*iši rēšišu*，“让他们抬起头”）。这是伟大的民本思想，也是人类历史上最早的有文献记载的民本思想。

第 271 行：“他们在集会上（*ina puhri*）把御座（giš*kussâ*）给你，并说：‘请君入座！’（*tišab*）”在此，乌塔纳皮什提描述了吉尔伽美什“登基”的情形。“集会”（*puḫru*）指乌鲁克的“青年会”和“长老会”（见第二块泥版第 260 行注释）。这句话虽然没有明确说明国王产生的具体过程（有民众推举的意味），但乌塔纳皮什提要表达的意思很清楚，即吉尔伽美什的王权来自于民，而作为国王，吉尔伽美什并未履行好国王的义务，致使百姓以粝粢藜藿充饥，粗布葛衣遮体，与美食美酒、锦衣华服的贵族阶层形成鲜明对比。吉尔伽美什统治的社会，不是绝对贫困，而是贫富分化严重的社会。乌塔纳皮什提作为曾经的国王，关心的是社会底层的疾苦，多么难能可贵！

第 301 行："人类就像芦苇丛中的芦苇，其后裔常被折断"（*amēlūtum ša kīma qanê api ḫaṣpu šumšu*）。乌鲁克地处两河流域南部，芦苇随处可见。把人类比作芦苇是用人们最熟悉的、当地最常见的植物做喻体来形象说明人类的特点。芦苇因为细高而容易折断，这是正常现象，不会影响芦苇丛继续生长。用芦苇的折断来比喻人的夭折既形象恰当，又容易被乌鲁克人理解。

第 304 行：指活着的人不可能经历过死亡，因为一旦经历了死亡就不再是活人，就不再属于现世，而属于冥界。

第 308 行：在此（包括第 309 行），乌塔纳皮什提以"我们"的口气和吉尔伽美什交谈，说明乌塔纳皮什提虽然位列诸神，且获得永生，但与其他本来就是神的神还是有所不同。在神的世界，每个神都有自己的神通和神格，而乌塔纳皮什提不具备这个特点。他虽然居住在神界，但与其他神并没有交往，似乎只与半神半人的乌尔沙纳比和希杜丽有往来。从他说话的口气中可以看到，他自己并未自视为神，而是把自己看作与吉尔伽美什一样的人间国王，时刻关心着人间情况，对吉尔伽美什治下的乌鲁克了如指掌，因此非常有针对性地指出了吉尔伽美什的弊政及其后果（第 270—278 行），且为他指明了今后的施政方向（第 279—295 行，大部分内容残缺）。这之后，乌塔纳皮什提开始向吉尔伽美什传授人生哲理（第 296—322 行）。

第 313 行：用“浮游”（*kulīlu*，George 2003, 876）做喻体来比喻人生之短暂。

第 319 行：关于阿努纳吉，见第三块泥版第 73 行注释。

第 320 行：玛米图（Mamītum）是母神宁胡桑伽的别称之一。

J_1 K 3375 iii

0 1 cm

110

112–13

115

120

125

130–1

135

140

145

148–9

150

151–2

155

160

161–2

165

（抄本 J，第 3 栏，George 2003，Pl. 125）

第十一块泥版

待到第七天，
我放出一只鸽子，让它自由飞翔。
鸽子飞了出去，不久又回到船上。
因为无处落脚，它只好返航。
我放出一只燕子，让它自由飞翔。
燕子飞了出去，不久又回到船上。
因为无处落脚，它只好返航。
我放出一只乌鸦，让它自由飞翔。
乌鸦飞了出去，看到水位在下降。
它又蹦又跳觅食忙，不再返回到船上。

（第 147—156 行）

对远古的乌塔纳皮什提，吉尔伽美什这样语：
“乌塔纳皮什提啊，我在仔细打量你，
你浑然与我一个样，你的肢体与我的并无异。
你我之间无二致，我你之间无差异。
我很想与你通过搏斗比高低，
现在面对你，我的胳膊却变得软无力。
你如何获得永生？如何能够与神在一起？”

对吉尔伽美什，乌塔纳皮什提这样语：
“吉尔伽美什啊，我来给你揭示这个秘密，
我来告诉你这个天机：
舒鲁帕克是座城，那座城邑你熟悉。
幼发拉底河岸边，它就坐落在那里。
那座城邑甚古老，神在那里曾安息。
一天大神共商议，发场洪水淹大地。

父神安努先赌誓一番，
（赌誓者包括）英雄恩利尔，他遇事知道如何办。
亦有宁努尔塔，他们的司椅官，
还有恩努吉，他们的河道总管，
大智大慧的埃阿，也是赌誓者中的一员。
（尽管如此，）诸神的话语，他还是对芦苇藩篱重复了一遍：

《吉尔伽美什史诗》第十一块泥版（抄本）

这是第十一块泥版（抄本 C，K. 2252 + Sm. 1881+）背面，包括洪水故事，古代已断为多个碎片，1873 年，由乔治·史密斯修复。此图为史密斯于 1876 年发表的抄本，见 George Smith, *The Chaldean Account of Genesis*, Scribner, Armstrong & Co., New York, 1876，第 10 页。

（智慧神埃阿透露洪水来袭的天机）
‘芦苇藩篱，芦苇藩篱！砖建墙壁，砖建墙壁！
芦苇藩篱请听好！砖建墙壁请注意！
舒鲁帕克人啊，乌巴尔图图之子，
快把房屋毁掉，速将船只建造。
放弃金银财宝，快把生路寻找！
抛弃所有的家当财产，快把生灵的性命保全。
把所有生物的种子都装上船。

你将建造的那条船，
其尺寸的比例应当相应：
宽度和长度相等，
像阿普苏一样，再为之做个顶棚。’

我明白神意，（于是）把我的主人埃阿这样回应：
‘我的主人啊，你之所言，我都赞同。
我一直在注意聆听，我将按你所言行动。
可我怎么向城市交代？如何向民众和长老解释才行？’

埃阿开口说话，
把他的仆人我这样回应：
‘你就对他们做这样的说明：
恩利尔显然已经讨厌我，
我已不能继续居住在你们的城市中，

我已不能再踏足恩利尔的土地，
我要到阿普苏去，与我的主人埃阿朝夕与共。
他将为你们把富饶从天降，
鸟儿漫天飞，鱼儿水中藏。
秋收时节粮满仓。
面饼降在黎明时，
小麦之雨黄昏降。’

清晨刚刚出现第一缕阳光，
举国之众已在阿特拉哈西斯的门前熙熙攘攘。
木匠手持斧头，
芦苇工搬着石头，
造船木工把大斧肩上扛。
壮男忙着准备木料，
老叟忙着准备缆绳，
富人忙着搬运沥青，
穷人随时做其他需要做的事情。

到了第五天，我已做好了它的外形：
面积一伊库大，周壁十竿高，
十竿也是顶边的大小。

我设计了（船舱的）形状和格局，
做了六层甲板，

做了七个层级，
把每层分为九个区域。
我把水楔钉在船腹，
找了一支船桨，把必备之物备齐。
我把无数桶沥青倒入炉中，
倒入的沥青多得无法统计。
抬油桶的士兵抬来无数油脂，
举行仪式用了三分之一，
三分之二都被船夫私匿。

为犒劳帮工我杀牛，
每日杀羊无数头。
啤酒、麦芽酒、油和葡萄酒，
拿给帮工来享用，多得就像河水流。
仿佛过大年，他们每日吃喝乐悠悠。

随着旭日升，我着手来涂油，
落日西下前，万木已成舟。
[……………………] 很吃力。
从后面到前面，我们把滑道上的圆木不断向前移，
直到三分之二的船体浸水里。

我把我拥有的一切都装进船舱：
把我拥有的全部银都装进船舱，

《吉尔伽美什史诗》第十一块泥版（照片）

这是第十一块泥版（抄本C，K. 2252 + Sm. 1881+）背面，史密斯修复版，实物现存大英博物馆，高清图片见J. G. Westenholz（主编），*Royal Cities of the Biblical World, Bible Lands Museum Jerusalem*, Israel, 1996, 第181页。楔文抄本见A. R. George, *The Babylonian Gilgamesh Epic: Introduction, Critical Edition and Cuneiform Texts*, Oxford University Press, New York, 2003, Pl. 118-123。

把我拥有的全部金都装进船舱，
把我拥有的全部生命种子都装进船舱，
让我的全部家眷与亲戚都登船入舱，
让各种野兽家畜都登船入舱，还有各行各业的工匠。

沙玛什曾为我把时限定：
‘黎明之时他将降下面饼，黄昏之时他将把小麦雨下不停。
这时你要进入船舱中，而后便把舱门封！’

规定的时限已来到，
黎明之时他降下面饼，黄昏之时他把小麦雨下不停。
我观察着天气情况，
天气看上去令人惊恐。

我急忙登船入舱，随即便把舱门封。
封舱门的人叫普祖尔恩利尔，他的职业是船夫，
我把宫殿送给了他，包括里面的所有财物。

黎明时分天刚蒙蒙亮，
一团黑云就已经出现在地平线上。
阿达德在其中隆隆作响。
舒拉特和哈尼什一马当先，
司椅官疾行于高山与平原，
埃拉伽尔拔出堵水的木杆，

宁努尔塔让水溢出堤堰。
阿努纳吉高举火把，
用可怕的火焰把大地点燃。
天空死一般寂静，
所有发光的东西都变得昏暗。
他[1]像公牛一样践踏了大地，像打碎陶器一样将它打得稀烂。

只一天，暴风雨就把整个大地席卷。
风刮得又快又猛，洪水袭来伴着东风。
像一场混战，灭顶之灾骤然降于众生。
在这场灾难中，兄弟彼此看不见，
人们相互认不清。
众神亦惧怕洪水毛骨悚，
一起畏缩退避升天宫。
众神就像（丧家）犬，蜷缩露天成一团。
女神大声喊，仿佛妇女在分娩。

声音甜美的蓓蕾特伊丽且哭且抱怨：
‘过去的时日都已化为泥土，
皆因我在众神集会时把恶言出。
我为何在众神集会上把恶言出？
我为何向人类宣战？决意把他们铲除？

① 指雷雨神阿达德。

是我生了他们，他们是我的民众。
（如今）他们像小鱼一样，尸横大海之中。’

阿努纳吉与她一起哭号，
泪水纵横的众神也与她一起号啕，
直哭得口干舌燥。
六天七夜已过去，
狂风暴雨大洪水，夷平了整个大地。

到了第七天，
狂风暴雨已然减缓，
大海曾汹涌咆哮，仿佛分娩的女人一般。
（现在）大海终平息，风暴终停止，洪水终收关。

四野周遭皆阒然，这天的情况我都看在眼。
世上所有人，都已成泥土。
遭到洪水洗劫的大地，平得就像房屋的顶部。

我打开一扇天窗，阳光照在我的脸上。
我立刻双膝跪下，而后坐下来哭丧，
满脸涕泗流淌。

我朝着大海的周边环视远望，
有十四个陆地露出水面的地方。

船在尼木什山搁浅，
尼木什山把船停住，使它不再继续飘荡。
第一天、第二天，尼木什山把船停住，使它不再继续飘荡。
第三天、第四天，尼木什山把船停住，使它不再继续飘荡。
第五天、第六天，尼木什山把船停住，使它不再继续飘荡。

待到第七天，
我放出一只鸽子，让它自由飞翔。
鸽子飞了出去，不久又回到船上。
因为无处落脚，它只好返航。
我放出一只燕子，让它自由飞翔。
燕子飞了出去，不久又回到船上。
因为无处落脚，它只好返航。
我放出一只乌鸦，让它自由飞翔。
乌鸦飞了出去，看到水位在下降。
它又蹦又跳觅食忙，不再返回到船上。

我拿出牺牲祭神，朝着四个风向。
在逐级升高的山巅，我为神焚香。
我准备了香炉无数，
在香炉下面，堆积了芦苇、雪松和桃金娘。
众神闻到了香味，
众神闻到了甜蜜芳香，
众神像苍蝇一样，围拢在奉祀者的身旁。

（这时）蓓蕾特伊丽来到此处，
手里拿着蝇珠项链，这是安努向她求爱的信物。
（她说）‘神啊，这是我的青金石首饰，
它将让我记住这些天发生的事情，并永远不会忘记。
每位神都可以享用烟熏祭，
唯有恩利尔不可以享用烟熏祭，
因为他不经慎重考虑就把洪水发起，
把我的人民置于灭绝的境地。’

话音刚落，恩利尔就来到这里，
恩利尔见到那艘船，顿时怒从心中起，
满腔怒火都发向伊吉吉：
‘这个活人来自哪里？
在这场灭绝中，活一个都不可以。’

宁努尔塔开口把话讲，
对英雄恩利尔，他直接道出真相：
‘谁还能把这事做成？除了埃阿没人行！
只有埃阿无所而不能。’

埃阿开了口，
把英雄恩利尔这样回应：
‘你是神中智者，你是一位英雄，
你怎么可以不经慎重考虑就让洪水横行？

谁犯罪谁应伏法，
谁犯科谁应受罚。
（常言道）怕断就放松，怕松就紧绷。
与其发洪水，
不如用狮子来减少人类。
与其发洪水，
不如用狼来减少人类。
与其发洪水，
不如用饥荒来把大地摧毁。
与其发洪水，
不如让埃拉来把大地摧毁。
我没有泄露大神的秘密，
我给阿特拉哈西斯托了一梦，于是他知道了天机。
事到如今，还是商议商议如何把他处理！’

恩利尔登船入舱，
拉着我的手，领我出舱来到陆地。
他让我的女人也从舱里走出，并让她在我的身边跪伏，
他触摸着我们的前额，站在我们中间为我们赐福：
‘过去，乌塔纳皮什提一直是人，
从现在起，乌塔纳皮什提和他的女人，将像我们一样成为神，
乌塔纳皮什提将在那遥远的河口安身。’
（于是）他们把我带到遥远的河口，让我在这里安身。

而如今，谁能为你把众神聚在一起做决定？
让你得到你想要的永生？
来吧，看你六天七夜不睡不眠行不行！”

他刚刚屈膝盘坐在地，
便云里雾里地昏昏睡去。
对他的妻子，乌塔纳皮什提这样说了一句：
“瞧瞧这个家伙，居然把永生觊觎！
他已云里雾里地昏昏睡去。”

对远古的乌塔纳皮什提，他的妻子这样建议：
“快快碰他一碰，让这个人赶紧清醒！
让他沿着来时的路线，安全地踏上归程。
让他经由来时的大门，返回自己的辖地中。”

乌塔纳皮什提对他的妻子这样讲：
“人类心地不良，他们会把你欺诓。
来吧，为他烘烤面包，按每天的定量，并将之置于他的身旁。
此外，还要把他睡觉的天数标记在墙上。”

她烘烤面包，按每天的定量，并将之置于他的身旁，
还把他睡觉的天数标记在墙上。

第一炉的面包已经发干，

第二炉的已经变韧，第三炉的已经湿软，
第四炉的已经发白，
第五炉的已经生了霉点，
第六炉的仍然非常新鲜，
第七炉的正在烘焙中。他轻轻地将他一碰，那人便从梦中惊醒。

对远古的乌塔纳皮什提，吉尔伽美什开口问究竟：
“我刚刚睡意蒙胧，
你怎么就把我碰醒？”
对吉尔伽美什，乌塔纳皮什提这样回应：
“吉尔伽美什啊，请来我这边，把为你做的面包数一遍！
你由此可知晓，你到底睡了多少天。
你的第一炉面包已经发干，
第二炉的已经变韧，第三炉的已经湿软，
第四炉的已经发白，
第五炉的已经生了霉点，第六炉的仍然非常新鲜，
第七炉的还在炭火上烘烤，我才碰你一下把你唤。”

对远古的乌塔纳皮什提，吉尔伽美什这样言：
“乌塔纳皮什提啊，我该怎么办？我该何处去？
强盗已夺走我的肉体，
死神就在我的卧室栖息。
我把脸朝向哪里，哪里就有死神与我相觑。”

（乌塔纳皮什提没有回答吉尔伽美什的问题，而是转向船夫）

对船夫乌尔沙纳比，乌塔纳皮什提说道：
“乌尔沙纳比啊，但愿码头不再把你接受，渡口视你为仇雠。
你常在岸边行走，此事今后不会再有。
由你带来的这个人，
居然蓬头乱发满身污垢。
身体之完美竟毁于皮肤之丑陋。

乌尔沙纳比啊，快带他到洗浴房，
让他用水将乱发清洗，要洗得干净而明亮。
让他脱去一层皮，让大海把老皮带到远方。
让他身体洁白精神爽，
让他重新把包头巾系上，
让他穿上适合王者身份的服装。
直到他回到自己的城邑，
直到他走完全部路程，
要让他的王袍一尘不染，保持崭新的模样。”

乌尔沙纳比把他带到洗浴房，
他用水将乱发清洗，洗得干净而明亮。
他洗掉一层老皮，大海把它们带到远方。
他浸泡了身体精神爽，
他重新把包头巾系上，

他穿上适合王者身份的服装。
直到他回到自己的城邑，
直到他走完全部路程，
他都将让王袍不褪色，始终保持崭新的模样。

吉尔伽美什和乌尔沙纳比，他们一起登上木舟，
一起撑起小船，准备棹舟返航。

对远古的乌塔纳皮什提，他的妻子这样讲：
“吉尔伽美什此行历尽千辛万苦，
他即将返回家园，你给了他何物？”
（此话一经说出）吉尔伽美什便立刻荡起船桨，
把船划到岸边停住。

对吉尔伽美什，乌塔纳皮什提把这样的话说出：
“吉尔伽美什啊，你来这里经历了千辛万苦，
现在你即将返回家园，我给了你何物？
吉尔伽美什啊，有个秘密我来向你透露。
这是神的秘密，我将对你把它说出。
那是一种植物，形与枸杞相仿。
它的棘刺像玫瑰刺，能戳伤你的手掌。
你若得到这种植物，
就能实现返老还童的梦想。”

吉尔伽美什闻听此语，
便把一条通道开辟，[………………]
他把重重的石头系脚上，
石头拉他下沉，他便潜入海底。
他抓住那个植物，随即把它连根拔起。
他把系在脚上的重石割断，
于是大海把他抛到岸边。

对船夫乌尔沙纳比，吉尔伽美什这样道：
“乌尔沙纳比啊，这种植物叫‘心跳草’，
它能让人的心脏再次跳。
我要把它带回羊圈乌鲁克，
我要找一个老者试一试，看看这种植物的功效。
从今后，我们就叫它‘返老还童草’。
我自己也要吃，我想让自己再次体强年少。”

（吉尔伽美什带着乌尔沙纳比，踏上返回乌鲁克的归程）
二百二十里，他们吃点面包。
三百三十里，他们支棚歇脚。

这时，吉尔伽美什发现一池塘，池塘里面水清凉。
他下到池塘里，想用清水洗一洗。
一条蛇闻到了草的香味，
便悄悄向香草爬去，把香草叼在嘴里。

它刚要转身离去，就已经蜕去了老皮。

那一日，吉尔伽美什坐在地上号啕不已，
满面涕泗淋漓。
对乌尔沙纳比，他且语且哭泣：
“乌尔沙纳比啊，为了谁我搞得自己力尽筋疲？
为了谁我熬尽心血费尽力？
我做了好事，但我自己并未得利，
我所做的这一切，只是让‘土地狮’受了益。
如今，大浪高达二十贝鲁，
我开辟了通道，却把工具丢弃。
我还能找到什么东西，可以作为归途的标记？
我当初还不如放弃（取长生草），而把小船岸边系。”

（吉尔伽美什空手而归）

二百二十里，他们吃点面包。
三百三十里，他们支棚歇脚。
他们到达了羊圈乌鲁克，
对船夫乌尔沙纳比，吉尔伽美什这样道：
“乌尔沙纳比啊，登上乌鲁克城墙，绕墙转一转。
仔细瞧瞧那台基，好好看看那些砖，
瞧瞧其砖是否炉火所炼，
看看其基石是否七贤所奠。
城大无边，园广无边，坑阔无边，伊什妲庙是其一半。

这些加在一起便是乌鲁克的幅员。”

衔接行：

但愿我今天把球忘在了木工坊！

·第十一块泥版·
解　读

第 3 行：很显然，在吉尔伽美什的想象中，乌塔纳皮什提不是他现在看到的样子。现实和想象之间的反差使吉尔伽美什惊叹不已：原来乌塔纳皮什提的模样和普通人（吉尔伽美什拿自己做比较）没有什么区别。吉尔伽美什的话耐人寻味，他想象中的乌塔纳皮什提到底是什么样子？这给读者留下了想象空间。

第 5—7 行：吉尔伽美什很想和乌塔纳皮什提“大战一场”（*ana epēš tuqumti*），其中暗含吉尔伽美什对乌塔纳皮什提的想象。既然准备与乌塔纳皮什提以武相会，他想象中的这位对手就一定是个与自己势均力敌甚至强于自己的人，更何况乌塔纳皮什提曾是国王，从远古活到当今，是一个与神为伍、永生永存的人。吉尔伽美什不远万里来见乌塔纳皮什提，为的是求得长生不老之法，揭开获得永生的秘密。他本应心怀敬畏之心，见到乌塔纳皮什提时不跪拜也应拱手作揖，对这位远古前辈表示尊敬。然而，吉尔伽美什想的不是这样，他想的是先战胜乌塔纳皮什提，而后逼迫乌塔纳皮什提说出永生秘密。这完全符合《史诗》中塑造的吉尔伽美什的形象：年轻、自负、专横、勇武，自以为天下无敌。但是，他现在遇到了真正强大的对手，而这个对手是一个具有伟大人格魅力的人。“面对”（*elu ṣēri*）这位远古智者，尤其是听了乌塔纳皮什提一番醍醐灌顶的“王道论”和“人生论”之后，吉尔伽美什的胳膊已经没了力气（“我的胳膊却变得软无力”），大概心灵也受到了震撼，他这时似乎开始明白，乌塔纳皮什提之所以获得永生不是因为武功，而是有更深层次的原因。所以，他迫不及待地问：“你如何获得永生？如何能够与神在一起？”（第 7 行）。吉尔伽美什带着这个问题来见乌塔纳皮什提，本以为乌塔纳皮什提不肯轻易说出这个秘密，结果发现乌塔纳皮什提跟他想象的完全不同，这个问题是可以问的，于是便迅速把这个百思不得其解的问题抛出。

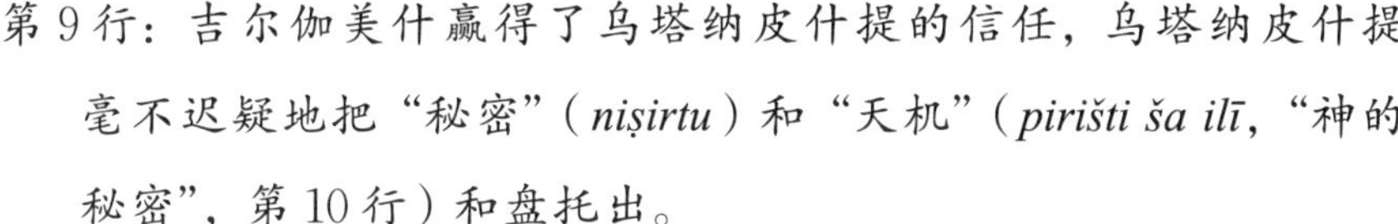
第 9 行：吉尔伽美什赢得了乌塔纳皮什提的信任，乌塔纳皮什提毫不迟疑地把“秘密”（*niṣirtu*）和“天机”（*pirišti ša ilī*，“神的秘密”，第 10 行）和盘托出。

第 11 行：关于舒鲁帕克，见第一块泥版第 5 行注释。

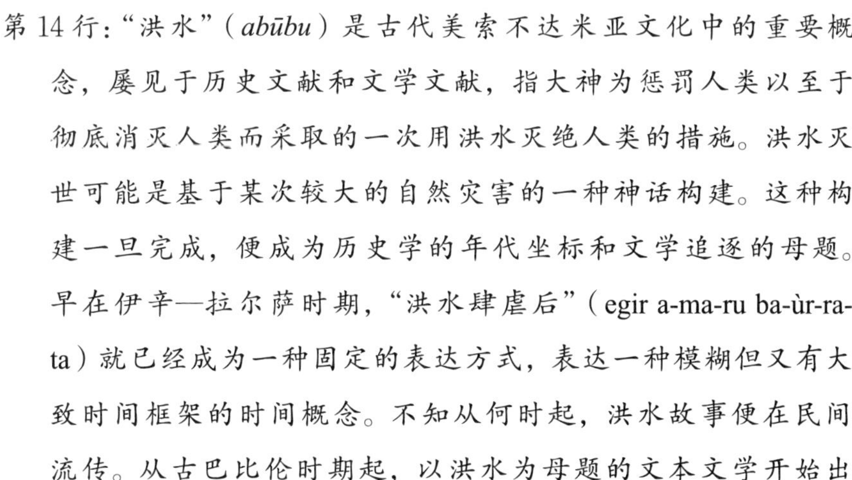
第 14 行：“洪水”（*abūbu*）是古代美索不达米亚文化中的重要概念，屡见于历史文献和文学文献，指大神为惩罚人类以至于彻底消灭人类而采取的一次用洪水灭绝人类的措施。洪水灭世可能是基于某次较大的自然灾害的一种神话构建。这种构建一旦完成，便成为历史学的年代坐标和文学追逐的母题。早在伊辛—拉尔萨时期，“洪水肆虐后”（egir a-ma-ru ba-ùr-ra-ta）就已经成为一种固定的表达方式，表达一种模糊但又有大致时间框架的时间概念。不知从何时起，洪水故事便在民间流传。从古巴比伦时期起，以洪水为母题的文本文学开始出

现。作为现代学者，我们能够接触的只有文本文学。如今已知最早的洪水故事用苏美尔语书写，属于古巴比伦时期的抄本，原创可能在更早的乌尔第三王朝时期，主人公是吉乌苏德拉。最早的阿卡德语版本的洪水故事创作于古巴比伦时期，现代学者称之为《阿特拉哈西斯》，因为主人公叫阿特拉哈西斯。《史诗》此处通过乌塔纳皮什提之口讲述的洪水故事化用了《阿特拉哈西斯》中的相应情节，省略了与《史诗》情节不相关的部分。“一天大神共商议，发场洪水淹大地”对现代读者来说可能有点突兀、率性，甚至给人一种拿生命当儿戏的感觉，但对古代读者而言，感受可能不是这样，因为洪水故事家喻户晓，点到即可，没有必要把发洪水消灭人类的原因统统讲出来，因为原因人人皆知，不必多言。为了取得最佳文学效果，也为了让吉尔伽美什了解事实真相，《史诗》作者非常清楚如何取舍，取其精粹，不简不繁，恰到好处。1872年，时任大英博物馆泥版修复员的史密斯解读了一块泥版残片，正是《吉尔伽美什史诗》第十一块泥版的一块残片，恰好涉及洪水故事的主要内容，而泥版上记载的洪水故事与西方世界熟悉的希伯来《圣经》中讲述的洪水灭世、挪亚受到神的启示造方舟逃过劫难的故事如出一辙。史密斯的发现引起世界轰动，他也因此一举成名。史密斯发现泥版上记载的洪水故事，挑战了希伯来《圣经》中洪水叙事的原创性和权威性，因此，当时在社会上引起很大震撼。现在我们知道，史密斯发现的洪水故事也不是原创。洪水故事在古今中外不同时期和不同地区的文化中普遍存在，但基本情节乃至很多细节基本一致的洪水故事有五个，分别是苏美尔洪水故事（成文年代约公元前1700年）、阿卡德语的《阿特拉哈西斯》（成文年代约公元前1600年）、《吉尔伽美什史诗》第十一块泥版（成文年代约公元前1300年）、希伯来《圣经》中的洪水故事（成文年代约公元前500年）以及贝洛索斯记载的洪水故事（成文年代约公元前300年）。

第18行：恩努吉（Ennugi，写作 ^{d}en-nu-gi）是负责水渠和堤坝的神，即《史诗》中说的“灌溉总管”（*gugallu*），有文献称其为恩利尔之子。他的地位不高，不属于特别重要的大神，发洪水这么重大的决定之所以要他参与，是因为他负责管理水。

第20行：五个神商议发洪水彻底灭绝人类，一个人都不放过。埃阿为了使生命得以延续，托梦（第197行）给乌塔纳皮什提，向他泄露了天机。

第23行：“舒鲁帕克人啊，乌巴尔图图之子”（^{lú}*šuruppakû mār Ubār-Tutu*）是《舒鲁帕克教谕》中的叫法，乔治认为，这句话引自《舒鲁帕克教谕》（George 2003, 155）。毛尔认为，埃阿不直接呼乌塔纳皮什提的名字是故意的（Maul 2005, 185），言外之意是埃阿为了保守秘密，故意把话说得含糊一些。不过，“乌巴尔图图之子”明确指明了乌塔纳皮什提的身份，所以，“舒鲁帕克人啊”是否属于故意含糊其辞，值得商榷。

第29—30行：长、宽相等，所以此船是个方舟。近年来，有学者依据新材料提出新观点，认为至少古巴比伦时期的洪水故事中的救生船不是方舟，而是圆舟（Finkel 2014，第7章）。

第31行：阿普苏（*apsû*，苏美尔语：abzu）地下淡水域，早在创世之前，智慧神恩基（即阿卡德语的埃阿）就成为这个区域的主人。苏美尔人认为，泉水、溪流、河流和湖泊的淡水都源于阿普苏。文献和艺术形象中的阿普苏都是方形。“像阿普苏一样”（*kīma apsî*）在救生船上覆盖个“顶棚”（*ṣullulu*），此比喻也暗示这个救生船是方形。阿普苏的顶棚是人类居住的地层。阿普苏方，救生船亦方，可见方形在古代美索不达米亚地区的文化中具有重要意义。用阿普苏作喻体，让人直接联想到埃阿，而埃阿正是救人类于万劫不复之灾难的救世主。所以，“像阿普苏一样”是精心选择的、一语双关的比喻。

第 35 行：乌塔纳皮什提是国王，要动员全国民众来造一艘巨大方舟，必须向百姓和长老说明理由。乌塔纳皮什提不敢说明真相，大概又不想欺骗臣民，于是陷入无计可施的尴尬境地，最后把这个球踢给神，保持自己无辜。

第 43 行：谁将为人间带来“富饶”（*nuḫšu*）？这里的主语不清楚。神给人间带来富饶，常见于文献，指神的恩惠，但此处指的是哪个神，不详。大神们已经决定“降”（*zanānu*）下大雨，淹没大地，消灭人类，但乌塔纳皮什提对自己的臣民把话说得真实而含蓄，告诉你真相，又让你不理解。乌塔纳皮什提作为国王撇下民众，独家逃生，无法向民众交代，只能采取欺骗手段。

第 44 行：这句讲的应该是洪水来临前的征兆：鸟成群地低飞，鱼成群地深游。乌塔纳皮什提想讲真相，又不能明说，只能含糊其辞，聊以自慰，但这对民众而言毫无意义。

第 46—47 行：这两句也是双关语，但作者玩弄的不是一种语言中的文字游戏，而是两种语言之间的文字游戏，即苏美尔语和阿卡德语之间的文字游戏（Maul 2005, 186）。阿卡德语的“面饼”（*kukku*）与苏美尔语的“黑暗、阴暗”（kúkku）同音，而阿卡德语的“小麦”（*kibtu*，复数：*kibātu*，苏美尔语为 [še]gig）对应的是苏美尔语的 gig，这个词在苏美尔语中既是“小麦”，也有“疾病、悲惨”之意。所以，“面饼降在黎明时，小麦之雨黄昏降”相当于说“黑暗降在黎明时，悲惨之雨黄昏降”。

第 49 行：“阿特拉哈西斯”的意思是“超级智慧”。此行的“阿特拉哈西斯”可有两解，既可以解释为“超级智慧”，做乌塔纳皮什提的同位语，修饰乌塔纳皮什提，亦可解释为人名阿特拉哈西斯，即古巴比伦版的《阿特拉哈西斯》中的主人公。如果如此，《史诗》此处讲述的洪水故事就取自《阿特拉哈西斯》，在按照蓝本抄写或改写时，作者需要把“阿特拉哈西斯”替换为“乌塔纳皮什提”，此处完全可能是由于一时疏忽而没有替换造成的结果。

第 51 行：芦苇工（[lú]*atkuppu*）搬着石头是因为他们需要用石头来处理或加工芦苇，如，把芦苇压平（Maul 2005, 186）。

第 58 行：1 伊库（*ikûm*）相当于 3600 平方米，1 竿等于 6 米，因此，面积 1 伊库，周壁 10 竿即 60×60×60 立方米（= 216,000 立方米，Maul 2005, 186）。

第 63 行：乌塔纳皮什提的方舟高 60 米，分为 7 层，每层有 9 个舱室，共 63 个舱室，每个舱室 20×20 平方米，舱室高 8 米有余。《史诗》作者构建方舟时，考虑的不是方舟是否便于航行或漂游，他考虑的是宇宙格局，而方舟便是宇宙格局的缩影。7 个层级代表宇宙的 7 个层次，而 9 个舱室代表宇宙的 9 个星区（Maul 2005, 186）。

第 66—67 行：沥青（*kupru*）是用来密封船缝以防渗水的材料。密封如此巨大的方舟自然需要很多沥青，《史诗》在形容使用沥青之多时用的是“3 沙尔”（3 šár），1 沙尔等于 3600（桶），3 沙尔即 3×3600（桶），显然不是实指，而是言“极多、无数”。

第 70 行：为了给神进献牺牲（*niq'um*），乌塔纳皮什提准备了 3 沙尔“油膏”（*šamnu*），举行仪式只用了 1 沙尔，而其余 2 沙尔都被“船夫”（[lú]*malāḫu*）“私匿”（*pazāru*）。从中或可对当时的社会风气略见一斑，盛行占便宜，中饱私囊，为国家服役（为王造船也就是为国家造船）时，偷工减料。《史诗》作者不但在针砭时弊，同时针对人性中的贪婪给予了莫大讽刺：灭顶之灾在即，在生命垂危之际有人还在贪图小利，中饱私囊！这不但是对人性的批判，也是对人性的讽刺。

第 75 行：造船的民众不知真相，每日造船，得到好吃好喝的酬报，乐此不疲，“像过年一样”（*kī ūmī akītim*），殊不知末日即将来临！唯一知道真相的人是乌塔纳皮什提，但他不能对任何人说明真相，只能把秘密埋在心里。洪水将至，一切将化为乌有，只有他和他的妻子以及他选择带走的生物将获得生机。面对兴高采烈、死到临头尤不知的无辜百姓，他难道可以坦然面对，无动于衷？古巴比伦时期的《阿特拉哈西斯》中的主人公阿特拉哈西斯面对这种情形是“进进出出，不能坐，不能蹲，撕心裂肺，口吐胆汁”（Lambert 1969, 92，第 45—47 行），从中似乎可见一位受到良心谴责而坐立不安的国王。《史诗》

中未见乌塔纳皮什提有同样反映。两个版本之间的区别大概反映了两个时代的道德取向。

第 82—83 行:“银”(*kaspu*)和“金”(*ḫurāṣu*)应该指银器和金器。既然一切都将荡然无存,消失殆尽,金银又有何用?但金银器代表着人类文明的发展高度,保留金银器等于保留人类文明发展过程中人类发明和创造的技术和技术成果。

第 84 行:“全部生命种子”(*zēr napšāti kalâma*)大概指植物种子,因为接下来专门提到动物和家畜。

第 86 行:“各行各业的工匠”的阿卡德语是 *mārī ummānī kalîšunu*,直译“(从事各种职业的)民众之子”,这些人可能都是年轻人。*ummānu* 通常指“军队、士兵”,有时指“芸芸众生”,把这个词用在这里,语意并不十分清楚。如果各行各业都出一个代表,人数会很多。乌鲁克出土的、年代属于公元前四千纪末的“百工表”(即通常所说的“人表”)表明,至少那时乌鲁克人从事的职业已多达百余种。虽然乌塔纳皮什提是传说中的人物,不能与任何历史时期对号入座,但《史诗》作者却生活在社会分层高度发达的历史时期,他所说的“所有民众之子”包括的人可能不在少数,因为只有这样才能确保洪水过后人类文明得以在原来的基础上延续。不过,《史诗》再未提到洪水过后神对这些人做了怎样的安排,给读者留下了一个莫大的悬念。

第 95 行:封仓人的名字叫普祖尔恩利尔(Puzur-Enlil),意为“恩利尔之佑护”或“恩利尔之秘密”。发洪水灭人类是恩利尔的决定,让一个叫“恩利尔之佑护”的人来封舱,而后他就会被

洪水吞噬，死于非命，这是莫大讽刺。这种讽刺既是针对人的，也是针对神的。人相信神，为求得神的保佑，让愿望成为名字，天天呼之，结果适得其反，偏偏遭到希望得到保护的神的灭杀。

第 96 行：这句诗文更具讽刺意味，也更显示了人的伪善，显示了乌塔纳皮什提的伪善。一切即将化为乌有，这一点乌塔纳皮什提心里很清楚，他通过欺骗手段，发动民众为自己造了救生船，在逃生之际，继续隐瞒真相，继续欺骗无辜的民众，把即将化为乌有之物许给了即将化为乌有之人。作为故事，这样的情节极具震撼力。传递信息，这种手段极其高明。鞭挞人性的阴暗面，这种方式一针见血。

第 98 行：巴比伦人所谓的“地平线”即“天基、天根”（*išid šamê*）。

第 99 行：关于雷雨神阿达德，详见第二块泥版第 225 行注释。“雷雨神在其中隆隆作响”即雷声隆隆。

第 100 行：舒拉特和哈尼什都是雷雨神阿达德的侍臣，即“司椅官”（第 101 行），也是雷雨神的“先锋”。

第 102 行：埃拉伽尔（Errakal）的字面意思是“强大的埃拉”。埃拉和涅伽尔原本为两个独立的神，后来成为一个神，即冥界神涅伽尔，妻子是冥界女王埃丽什吉佳（见第七块泥版第 203 行注释）。埃拉伽尔是涅伽尔的一个别名，他是恩利尔之子，参与发洪水大概与他的出身有关。巴比伦人认为天上地下都有水，这个所谓“堵水的木杆”（*tarkullu*）犹如门闩，一旦取下，天上水就会一涌而出，朝地上倾泻（Maul 2005, 187）。

第 104—105 行：关于阿努纳吉，详见第三块泥版第 73 行注释。他们“高举火把”（*iššū dipārāti*），把大地（*mātum*）点燃。俗称水火不容，发洪水，同时亦用火攻，令人难以想象。

第 110 行：目前尚无法解释洪水与“东风”之间的联系（Maul 2005, 187）。

第 117—118 行：“女神”（ᵈištar）指母神蓓蕾特伊丽。关于蓓蕾特伊丽，详见第一块泥版第 49 行注释。

第 119 行：乔治认为“过去的时日”（*ūmu ullû*）指大神决定发洪水之时（George 2003, 887），而毛尔认为指母神造人之时（Maul 2005, 188）。解为造人之时更合情合理，母神当初用泥造人，如今人类又回到原本的泥土状态。

第 120—122 行：说明发洪水之前众神曾聚集在一起商议此事，在“众神集会上”（*ina puḫur ilī*），母神蓓蕾特伊丽也对发洪水的决议表示了赞同，且说了对人类不利的话，现在追悔莫及。

第 123 行：在阿卡德语里，表达“创造”或类似意思的词有多个，但涉及神造人的词通常有两个，一个是 *banû*，另一个是 *walādu*。涉及第二人称和第三人称时，通常用 *banû*，涉及第一人称时用 *walādu*，如“你是神与人相结合的造物”（*ša ina šīr ilī u amēlūti banâta*，第十块泥版第 268 行）。古巴比伦版《吉尔伽美什史诗》在谈到神造人时，用的也是 *banû*：“神创造人类之时”（*inūma ilū ibnū awīlūtam*, George 2003, 278, iii 3）。母神蓓蕾特伊丽说“是我生了他们”（*anākumma ullada*），用的是 *walādu*。*banû* 通常用于造物，而 *walādu* 用于妇女生育。与 *banû* 相比，*walādu* 的感情色彩非常明显，给人亲生、母子、血肉相连的感觉。母神把芸芸众生视为己出（*nišū'a*，“我的人”），因此，在人类遭受灭顶之灾时，她才声泪俱下，悲不自胜。

第 125 行：阿努纳吉是冥界神，没有活人，也就没有了死者，冥界也就不复存在，所以，阿努纳吉也意识到了灭世带来的后果，既害怕，又后悔。

第 128 行：关于洪水持续的时间，有两种说法，一种是“七天七夜”，如苏美尔洪水故事（u_4-7-àm gi_6-7-àm，Lambert 1969, 142: 203）和古巴比伦时期的《阿特拉哈西斯》（7 *ūmi* 7 *mūšâti*, Lambert 1969, 96: 24），一种是“六天七夜”（6 *urri* 7 *mūšâti*, 此行）。

第 143 行：尼木什山（*šadû* Nimuš）位于伊拉克的库尔德斯坦，在当今的苏莱曼尼亚城附近。在贝洛索斯讲述的洪水故事中，希苏特罗司的“方舟”最后停泊在亚美尼亚的戈迪山。在贝洛索斯时代，“方舟”残骸仍在，当地人取“方舟”残留的沥青，作为具有魔力之物使用（Lambert 1969, 136）。

第 154 行：“方舟”在尼木什山搁浅七天后，乌塔纳皮什提先放出一只鸽子（*summatu*，第 148 行）探视外面的水情，之后放出一只燕子（*sinuntu*，第 151 行），鸽子和燕子因为没有落脚处，都回到了船上。此后，乌塔纳皮什提放出了一只乌鸦（*āribu*），因为洪水已经退去，乌鸦再没有回到船上。有学者认为，让鸽子和燕子回到船上而让乌鸦远走高飞，意在解释鸽子、燕子习惯凭借房屋构建巢穴的渊源，而乌鸦却没有这种习性（Maul 2005, 188）。《圣经·创世记》（8:6-12）讲述的洪水故事在细节上与《史诗》有所区别。“方舟”在亚拉腊山搁浅后，挪亚先放出了乌鸦，虽然洪水尚未退去，乌鸦也没有回到挪亚身边。

挪亚第二次放出一只鸽子，鸽子无处落脚，又回到方舟上。挪亚第三次仍然放出了鸽子，鸽子衔着新折下来的橄榄枝叶回到方舟上。挪亚第四次放出的飞禽还是鸽子，这一次鸽子远走高飞，再未回返。《史诗》中的洪水故事与《圣经》中的洪水故事虽然细节有别，渊源仍了然于目，不容置疑。

第 158 行：乌塔纳皮什提在“方舟”搁浅的尼木什山祭神，称这座山是“山中的齐库拉特”（*ziqqurrat šadî*），即“逐级升高的山巅”。*ziqqurratu* 是从阿卡德语动词 *zaqāru*（“使凸出，把……建得很高”）演变而来的名词，意为“高台”“巅峰”，在阿卡德语中常用来指建筑在高台上的神庙，英语常用 temple tower 对译，而中国学者已约定俗成地称之为“塔庙”。在此，乌塔纳皮什提用“逐级升高的山巅”来形容这座山，显然一语双关，借山喻塔庙。早在公元前四千年代末，苏美尔地区的神庙就建造在高台上。随着高台的不断增高，高台本身开始出现层级。塔庙是古代美索不达米亚文明特有的神庙建筑形式，地基或为长方形，或为正方形，地基面积平均为 40 米 ×50 米。乌尔第三王朝时期的乌尔塔庙有 3 个层级，地基面积为 64 米 ×46 米，而新巴比伦时期的巴比伦塔庙，即巴别塔，地基百米见方，高 91 米，有 7 层级，塔庙上面建有房屋式建筑，供供奉神像或举行宗教仪式之用。几乎每个城市都有塔庙，塔庙也是城市的最高建筑。乌塔纳皮什提在此把尼木什山峰视为塔庙，意味深长，充满对毁于一旦的昔日美好生活的回忆和留恋。

第 159 行：“无数”是阿卡德语的“七个又七个”的意译，详见第六块泥版第 52 行注释。

第 163 行："众神像苍蝇一样"（*ilū kīma zumbē*）蜂拥而至，争先恐后来享用祭品的芳香。《史诗》传递的信息很清楚：神发洪水灭人类是自食其果。没有了人，神就没有了供给；没有了神，人便失去了佑护，二者唇齿相依，互为存在的基础和前提。古巴比伦版《阿特拉哈西斯》的相应表述中没有"奉祀者"（*bēl*），只有"祭品"（*niqî*），即"他们像苍蝇一样围拢在祭品周围"（*kīma zubbi elu niqî paḫrū*，Lambert 1969, 98: III v 35）。

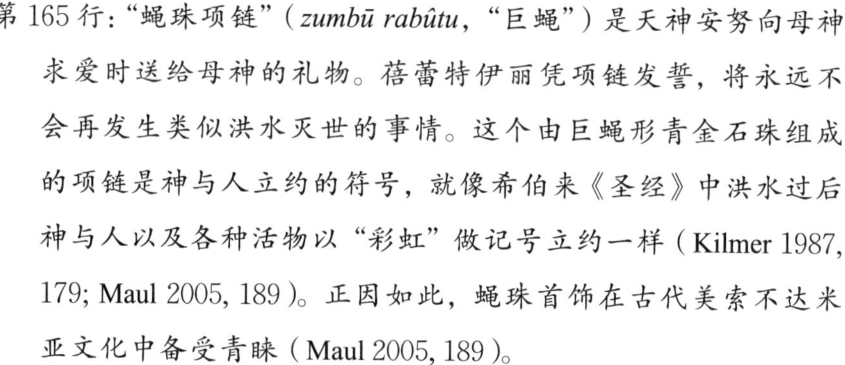

第 165 行："蝇珠项链"（*zumbū rabûtu*，"巨蝇"）是天神安努向母神求爱时送给母神的礼物。蓓蕾特伊丽凭项链发誓，将永远不会再发生类似洪水灭世的事情。这个由巨蝇形青金石珠组成的项链是神与人立约的符号，就像希伯来《圣经》中洪水过后神与人以及各种活物以"彩虹"做记号立约一样（Kilmer 1987, 179; Maul 2005, 189）。正因如此，蝇珠首饰在古代美索不达米亚文化中备受青睐（Maul 2005, 189）。

第 170 行：发洪水灭人类是恩利尔倡议的，但得到了众神的支持和默许。在此，母神把全部责任都推给了恩利尔，这在现代读者眼里有点不公平，但古人可能不这么看，因为"商议"只是一种形式，没有人能改变恩利尔的决定。

第 175 行：即这个"生命"（*napištu*）从何而来？

第 180 行：埃阿是智慧神，"精通一切"（*idêma kalâ šiprī*），包括魔法。他很精明，老练，甚至有些狡诈，但始终是人类的保护者。违背神意、泄露秘密解救人类于万劫不复的事情只有他才能做得出来。所以，宁努尔塔才在没有任何证据的情况下就肯定地认为是埃阿泄露了天机。

第 183 行：埃阿用“智者”（*apkallu*）和“英雄”（*qurādu*）两个头衔称呼恩利尔，明显带有讽刺意味（George 2003, 891）。

第 185—186 行：“谁犯罪谁应伏法”（*bēl arni emid ḫīṭašu*），“谁犯科谁应受罚”（*bēl gillati emid gillassu*）。《阿特拉哈西斯》的一个新巴比伦时期的抄本中保留了类似的说法（*bēl šērti emid šēressu / bēl gillati emid gillassu*, George 2003, 891）。显然，《史诗》中的这两句话源自《阿特拉哈西斯》，只是将蓝本中的 *šērtu* 替换成了 *arnu*（两词均为“罪过”）。发洪水消灭整个人类带有株连的意味，埃阿的主张是罪不及孥，治罪止于本人，不累及妻子和子女，不殃及无辜。古代美索不达米亚文化中的法律意识非常突出，自公元前 22 世纪开始，苏美尔人就有了成文法，即人类历史上最早的法典《乌尔娜玛法典》。到了几个世纪后的古巴比伦时期，法律意识达到空前的高度，出现了“包罗万象”的《汉穆拉比法典》。《史诗》在此表达的观点应该是古巴比伦时期法律意识的体现。《汉穆拉比法典》中没有株连式惩罚，背后的指导思想应该就是这里明确表达的罪不及孥的思想。

第 187 行：这句话可能是谚语，表示做任何事情都要适度，适可而止。埃阿是在批评恩利尔发洪水灭人类的做法过分。

第 195 行：埃拉是战神，同时也是狩猎神和瘟疫神。此处的埃拉应该是瘟疫神，“让埃拉摧毁大地”即用瘟疫减少人类。关于埃拉，参见第十一块泥版第 102 行注释。

第 197 行：这句话明确交代了埃阿泄密的方式——托梦（*šunāta barû*），这种方式是神人交流的主要方式，另一种常见的方式是神直接向人喊话，还有其他方式，如，求梦、祷告、献牺牲等。在埃阿看来，托梦不属于泄露天机，因此，他认为自己没有违背誓言。

第 199 行：《史诗》没有交代乌塔纳皮什提何时回到了船上。恩利尔“登船入舱”（*ilamma* ^{d}*Enlil ana libbi* ^{giš}*eleppi*），把乌塔纳皮什提和他的妻子从船舱中领了出来。众神围拢在乌塔纳皮什提周围享用祭品的芳香，恩利尔拉着乌塔纳皮什提的手（*iṣbat qātija*，“拉着我的手”，第 200 行）走出船舱，这清楚地展示了另一种神人交流的方式——直接接触。乌塔纳皮什提这时还只是普通人，但已经与神在一起。从中可见神的二重性，即神性与人性，刚性与柔性，强大与软弱，等等。吉尔伽美什的精神和身体构造也是这种二重性的体现。

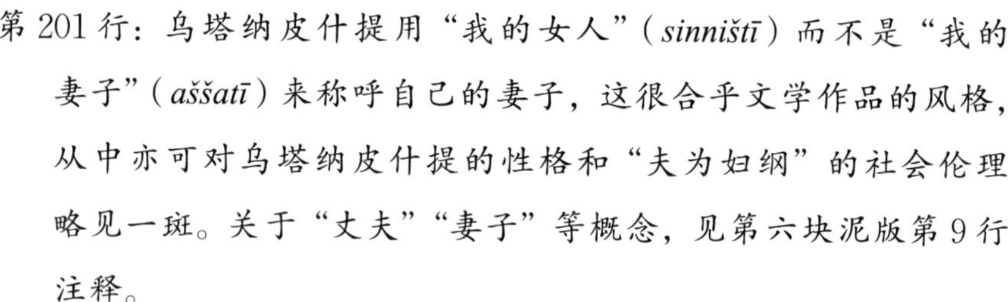

第 201 行：乌塔纳皮什提用“我的女人”（*sinništī*）而不是“我的妻子”（*aššatī*）来称呼自己的妻子，这很合乎文学作品的风格，从中亦可对乌塔纳皮什提的性格和“夫为妇纲”的社会伦理略见一斑。关于“丈夫”“妻子”等概念，见第六块泥版第 9 行注释。

第 203 行：“乌塔纳皮什提一直是人”（*Ūta-napišti amēlūtumma*）。一个人一般用 *amēlum* 或 *awīlum* 表达，*amēlūtum* 指人类，即乌塔纳皮什提一直是人类中的一员。

第 204 行：“将像我们一样成为神”（*lū emū kīma ilī nâšima*）。

第 205 行：“在那遥远的河口”（*ina rūqi ina pî nārāti*）指波斯湾中的巴林岛，即楔文文献中常见的迪尔蒙。

第 207—208 行：这两句诗文回答的是吉尔伽美什在第十一块泥版

开篇处（第 7 行）提出的问题“你如何获得永生？如何能够与神在一起？”（*atta kīkī tazzizma ina puḫur ilī balāṭa tešû*）。吉尔伽美什就是带着这个问题来的。三言两语作答，未必能说服吉尔伽美什，所以，乌塔纳皮什提通过详细叙述洪水事件，完整地、用讲故事的形式解释了前因后果，听得吉尔伽美什如醉如痴、惊心动魄，甚至是目瞪口呆，因为他自始至终没有插话，直到乌塔纳皮什提一口气把事件叙述完毕，反问吉尔伽美什问题时，吉尔伽美什似乎还没有回过神儿来。在“而如今，谁能为你把众神聚在一起做决定？”（*eninna ana kâša mannu ilī upaḫḫarakkumma*）这个问题中，乌塔纳皮什提传递了一个明确的信息：从他以后，其他任何人都不可能再获得永生，因为大神发洪水灭人类，某神泄密拯救人类于万劫不复的事不会再度发生。这个事件是一次性的，不会重复，不可复制。因此，乌塔纳皮什提的经历也是独一无二的，不可复制。听了洪水故事，吉尔伽美什再没有提出求永生的问题，说明他此后彻底打消了求永生的念头。他的追求受到毁灭性打击，身体也到了崩溃的边缘。

第 209 行：乌塔纳皮什提亲身经历的洪水持续了“六天七夜”（6 *urri* 7 *mūšâti*，第 128 行）。在此，乌塔纳皮什提又以“六天七夜”为限来检验吉尔伽美什的身体极限。“六天七夜”似乎是固定短语，表示“持续相当长时间”，有汉语中“十天八天”的意味。乌塔纳皮什提通过讲述洪水灭世这种一次性事件向吉尔伽美什清楚表明，人类获得永生的外部条件已经不复存在。这时，乌塔纳皮什提转向吉尔伽美什自身，用睡眠问题让吉尔伽美什明白，连几天几夜不睡不眠都做不到，还想成为像神一样永生永存的人是不可能的，人类自身的生理特点决定了人就是人，不能成为神。

第 211 行："便云里雾里地昏昏睡去"（*šittu kīma imbari inappuš elišu*，直译"睡意像薄雾一样向他飘来"）具有浓厚浪漫主义色彩。

第 212 行：乌塔纳皮什提称自己的妻子为"我的女人"（*sinništī*，见第十一块泥版第 201 行注释），此处，作者称乌塔纳皮什提的妻子为"他的妻子"（*marḫītišu*）。同一个人，不同角度，不同称呼，这种区别明确显示了两个词的不同内涵，*marḫītu* 指法理上的妻子，描述一种事实和状态，不带任何感情色彩，而由乌塔纳皮什提说出的 *sinništu* 明显带有贬义，感情色彩浓厚。

第 220 行："人类心地不良"（*raggat amēlūtu*）颇具人性本恶的意味。

第 230 行：此行中的"那人便从梦中惊醒"中的"那人"（*amēlu*）耐人寻味，谁都晓得"那人"指吉尔伽美什，而作者偏偏不说"吉尔伽美什"，而故意用"那人"，诙谐调侃的意味十分明显。

第 232—233 行：乌塔纳皮什提认为，人生来善于欺骗，这两句本是用来证明这个论断的。但吉尔伽美什并没有故意歪曲事实，他真的以为自己刚刚睡去就被叫醒。在《史诗》中，吉尔伽美什始终是诚实的人。

第 245 行："死神就在我的卧室栖息"（*ina bīt mayyālija ašib mutum*，直译"死亡住在我的卧室"）。

第 248—249 行：乌尔沙纳比属于神界成员，经常在人界和神界之间来往。吉尔伽美什的到来改变了他的命运。乌尔沙纳比摆渡吉尔伽美什穿越隔离两界——神界与人界——的大海和其中的死水区，显然是一种越界行为，他要为此付出代价：从此，“码头”（*kāru*）将“拒绝”（*nadû*）他停靠，“渡口”（*nēberu*）将“仇恨”（*zêru*）他，往来两界的事，从此不会有。这意味着乌塔纳皮什提剥夺了乌尔沙纳比的永生。于是，乌尔沙纳比陪同吉尔伽美什回到乌鲁克，成为普通人。这一方面是对乌尔沙纳比的惩罚，另一方面又是向人类宣告：对人类而言，通往神界之路已经不复存在，任何人都不会再见到乌塔纳皮什提。

第 281—286 行：在妻子的提醒和敦促下，乌塔纳皮什提再次向吉尔伽美什泄露了“天机”（*amāt niṣirti u pirišta ša ilī*，直译“神的宝藏和秘密”），他告诉吉尔伽美什，海底生长一种草（*šammu*），吃了这种草，人能“返老还童”（这句话残缺，乔治将之修补为 *atta ina libbīšu takaššad napšatka*, George 2003, 895）。乌塔纳皮什提这样做的目的何在？从表面上看，乌塔纳皮什提似乎是为了同情吉尔伽美什，为了让他从付出的艰辛中得到一点回报和安慰。但如果从结果反观动机看就会发现，乌塔纳皮什提的醉翁之意不在安慰吉尔伽美什，让他在未得到永生的情况下也返老还童一次，而在尽快摆脱他，让他迅速踏上归程，不再回返。《史诗》交代得明白，吉尔伽美什得到了“返老还童草”，但最终的结果是神草被蛇吃掉了。这个结果应在乌塔纳皮什提的意料之中，甚至是乌塔纳皮什提的安排。吉尔伽美什历尽艰辛后，终于见到乌塔纳皮什提，至此故事情节到达最高潮，洪水故事又使这个高潮居高不下，但讲完洪水之后便出现了一个棘手的问题，即如何处置吉尔伽美什？听了洪水故事，吉尔伽美什仍不死心，大打悲情牌，请求

乌塔纳皮什提告诉他现在何去何从。乌塔纳皮什提根本没有理会吉尔伽美什的请求，而是直接向乌尔沙纳比发话，让他带领吉尔伽美什沐浴更衣，返回家园，让吉尔伽美什安于职守，做一个称职的国王。这是乌塔纳皮什提的情怀和关怀，他对吉尔伽美什求永生的诉求并不关心，所以，他急忙打发吉尔伽美什，并通过让他得而复失“返老还童”草的方式，迅速回归现世，重新做人，并对自己的结局心悦诚服。

第 290 行：原文为潜入“阿普苏”（*ana apsî*），为了押韵，本书将之译作“海底”。

第 295—296 行：“心跳草”（*šammu nikitti*）的功能是“使心脏获得新生”（*ina libbišu ikaššadu napšassu*），不但可以强心，还可以使心脏再次跳动起来。这种植物任何人都没有见过，因为它们生长在海底，又是神的秘密，但这种植物的名称和功能显然在民间盛传，吉尔伽美什对这种植物也有所耳闻，不但能叫出名称，还知道它们的功能。

第 298 行：为了检验这种神奇植物的功效，吉尔伽美什决定让一位“老人”（*šību*）先吃一些。大臣为国王尝药的做法在亚述时期很常见（Maul 2005, 191），但这种习俗并非始于亚述，《史诗》作者的意图很明确，此习俗源远流长，吉尔伽美什是始作俑者。

第 299 行：“返老还童”（*šību iṣṣaḫir amēlu*，“老人变成了年轻人”）。

第 305 行：“一条蛇闻到了草的香味”（*ṣēru īteṣin nipiš šammu*）。所谓“香味”即“植物的呼吸”（*nipiš šammu*），反映了古人对植物的理解：植物有生命，通过呼吸维持生命，呼吸产生气味，可以被其他生物感知。这不仅是一种拟人表达，也许反映了一种先进的科学思想。

第 307 行:《史诗》试图用这种方式解释蛇蜕皮（*qulipta nadû*）的生理现象。

第 314 行:“土地狮”或“大地之狮”（*nēši šá qaqqari*）指偷吃了“返老还童草”的蛇。蛇和狮是古代美索不达米亚平原上对旅行者危害最大的两种动物，在占卜文献中有“……就会遭到狮袭”（*šiḫiṭ nēši*）”或“……就会遭到蛇袭（*šiḫiṭ ṣēri*）”的说法（George 2003, 897）。至此，吉尔伽美什的所有努力都付诸东流。现在，他能够做的就是回到乌鲁克，按照乌塔纳皮什提的嘱咐，做一名称职的国王。

第 323—328 行：重复第一块泥版第 18—23 行，首尾呼应，故事又回到起点，作者带领读者经过了横贯世界、穿越古今的周游后，最后又回到起点。三千余年前的《史诗》作者把首尾呼应的文学手段运用得炉火纯青，令人叹为观止、拍案称奇。

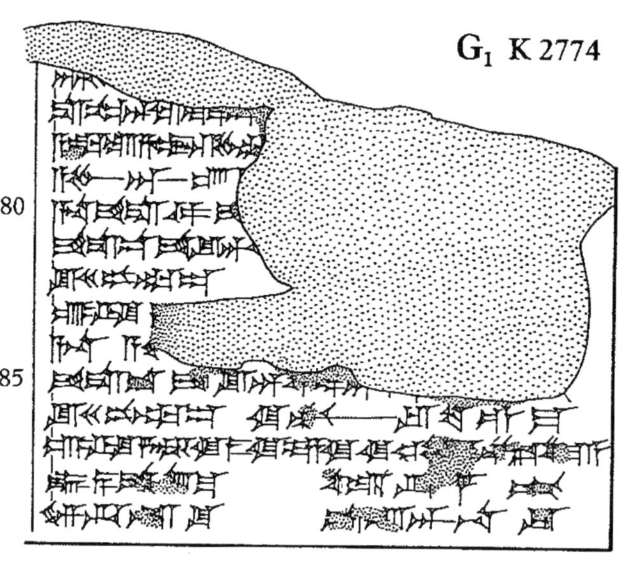

（抄本 G1，George 2003，Pl. 144）

第十二块泥版

沙玛什遵从埃阿的命令，
沙玛什，宁伽尔之子，年轻的英雄，
打开了一道阴间地缝，
让恩启都的亡灵出来，仿佛一股轻风。
他们相互拥抱，相互亲吻，
相互交流，相互把情况打听。

（第84—89行）

（吉尔伽美什在对恩启都说话）

“但愿我今天把球忘在了木工坊！
木匠的妻子啊，你像母亲生了我，但愿是我将它忘！
木匠的女儿啊，你和我妹一个样，但愿是我将它忘！
今天，球掉进了阴间，
球棍也未能幸免。”

对吉尔伽美什，恩启都这般言：
“我的主人啊，何必哭泣，何必痛苦？
今天，我将亲自到阴间，为你把球取出。
我将亲自到阴间，为你把球棍取出。”

吉尔伽美什，这样回答恩启都：
“你若亲自下阴间，
请你仔细听我言。
莫把干净衣服穿，
否则会被视为与众不同的外来汉。
莫把碗里的香油涂，
他们闻到香味就会聚在你身边。
莫在阴间抛掷回力标，
被击中的人会围在你周遭。
莫把棍棒持在手，
亡灵见你会发抖。
莫将凉鞋脚上穿，

莫在阴间大声喊。
莫吻所爱之妻，
莫打所恶之妻，
莫吻所爱之子，
莫打所恶之子，
（否则）阴间的怨气会捉住你。
她躺在那里，她躺在那里，宁阿祖之母躺在那里，
她的香肩冰肌无衣遮蔽，
她的乳房仿佛石质容器，袒露无遗。”

恩启都来到阴间，
没有听从吉尔伽美什的忠言。
他穿了一件干净的衣裳，
异类身份立刻就被戳穿。
他把碗里的香油涂在身上，
闻到香味，（亡灵）聚拢他身边。
他在阴间投掷了回力标，
被回力标击中者都围在他周遭。
他把棍棒拿在手，
亡灵见状直发抖。
他把凉鞋脚上穿，
他在阴间大声喊。
他吻了所爱之妻，
他打了所恶之妻，

他吻了所爱之子，
他打了所恶之子，
（于是）阴间的怨气把他捉住。
她躺在那里，她躺在那里，宁阿祖之母躺在那里，
她的香肩冰肌无衣遮蔽，
她的乳房仿佛石质容器，袒露无遗。
从那时起，恩启都再未从阴间回到人际。

擒他者非纳木塔，擒他者非阿撒库，是阴间把他捉住。
擒他者非涅伽尔的无情法警，是阴间把他捉住。
他没有战死沙场，是阴间把他捉住。

这时，身为国王的宁荪之子，为仆人恩启都放声大哭。
他只身来到埃库尔，在恩利尔神庙（把情况陈述）：
“父啊，恩利尔，今天，球掉进了阴间。
球棍也未能幸免。
恩启都下去想把它们取出，可阴间将他捉住。
擒他者非纳木塔，擒他者非阿撒库，是阴间把他捉住。
擒他者非涅伽尔的无情法警，是阴间把他捉住。
他没有战死沙场，是阴间把他捉住。”
父恩利尔，对他一言都未复。

他只身来到乌尔，在辛神庙（把情况陈述）：
“父啊，辛，今天，球掉进了阴间。

球棍也未能幸免。
恩启都下去想把它们取出，可阴间将他捉住。
擒他者非纳木塔，擒他者非阿撒库，是阴间把他捉住。
擒他者非涅伽尔的无情法警，是阴间把他捉住。
他没有战死沙场，是阴间把他捉住。”
父辛，对他一言都未复。

他只身来到埃利都，在埃阿神庙（把情况陈述）：
“父啊，埃阿，今天，球掉进了阴间。
球棍也未能幸免。
恩启都下去想把它们取出，可阴间将他捉住。
擒他者非纳木塔，擒他者非阿撒库，是阴间把他捉住。
擒他者非涅伽尔的无情法警，是阴间把他捉住。
他没有战死沙场，是阴间把他捉住。”
父埃阿，危难时刻出手相助。

他对年轻英雄沙玛什说：
“沙玛什啊，宁伽尔之子，年轻的英雄，
也许你能打开一道阴间地缝。
让恩启都的亡灵出来，仿佛一股轻风。”

沙玛什遵从埃阿的命令，
沙玛什，宁伽尔之子，年轻的英雄，
打开了一道阴间地缝，

让恩启都的亡灵出来，仿佛一股轻风。
他们相互拥抱，相互亲吻，
相互交流，相互把情况打听：
“我的朋友啊，速速道来！我的朋友啊，速速道来！
快告诉我你看到的阴间是怎样的情形！”

“我的朋友啊，我不能讲给你听！我的朋友啊，我不能讲给你听！
我若把见到的阴间规矩告诉你，
你要坐下来放声大哭才行。”

“我愿意坐下来，哭泣我放开声！”
“我的朋友啊，你接触的阴器，让你情悦心喜，
［……仿佛］蛀虫，蚕食旧衣。
我的朋友啊，你接触的私处，让你眉飞色舞，
可它像地缝一样，上面积满尘土。”

“哀哉！”王者一声感慨，随即在尘土中坐了下来，
“哀哉！”吉尔伽美什一声感慨，随即在尘土中坐了下来：

“你是否见到了独生子之父？”
　　“那人我见到。
钉在墙上有一柱，他在那里哭，其状甚凄楚。”

“有两个儿子的那个人你可曾见到?”
　　“那人我见到。
他坐在两块土坯上，正在吃面包。”

“你可曾见到有三个儿子的那个人?”
　　“我见到那个人。
他从皮囊中把水饮。”

“你可曾见到有四个儿子的那个人?”
　　“我见到那个人。
仿佛拥有一套拉车的驴，他过得甚开心。”

“有五个儿子的那个人你可曾见到?”
　　“那人我见到。
就像一个好书吏，他心灵手亦巧。
进入宫殿时，犹如履平道。”

“你可曾见到有六个儿子的那个人?”
　　“我见到那个人。
他像农夫一个样，过得甚开心。”

“你可曾见到有七个儿子的那个人?”
　　“我见到那个人。
他像众小神一个样，稳坐王座听庭审。”

“那个宫廷太监你可曾见到?”
　　“那人我见到。
他像一杆好旗帜，依靠在墙角。”
仿佛［……］

120—143 行残缺。

“那个被桅杆打死的人你可曾见到?”
　　“那人我见到。
悲哉其父母，柱子一拔出，他便到处跑。”

“你可曾见到那个寿满天年之人?”
　　“我见到那个人。
他饮清凉水，还与众神同床寝。”

“那个战死沙场的人你可曾见到?”
　　“那人我见到。
他的父母为他感到自豪，他的妻子却抱头哭嚎。”

“那个暴尸荒野的人你可曾见到?”
　　“那人我见到。
他的亡灵在阴间一点安息也得不到。”

“那个亡灵得不到照料的人你可曾见到?”

“那人我见到。
他吃盆里的剩饭，还吃扔在大街上的碎面包。”

（全诗终）

·第十二块泥版·
解　读

第1行：这块泥版讲述的故事取材于《吉尔伽美什、恩启都与冥界》（最新音译与翻译，见 Gadotti 2014）。《吉尔伽美什、恩启都与冥界》是苏美尔文学作品，创作于公元前22—前21世纪的乌尔第三王朝时期。第十二块泥版的第1行相当于《吉尔伽美什、恩启都与冥界》的第171行，也就是说，《史诗》的第十二块泥版是《吉尔伽美什、恩启都与冥界》的后半部分。前半部分的内容大致如下：该作品以"很久以前"开篇，即刻把读者带到一个天地玄黄、宇宙洪荒的时代。后来天地分离，大神们各有所得，各就各位，世界才有了秩序（第1—13行）。至此，作品突然话锋一转，开始叙述智慧神恩基乘舟前往冥界时遭遇的种种艰难险阻（第14—26行）。恩基乘坐的船经受住了大风、巨浪和冰雹的考验，然而，幼发拉底河岸边的一棵哈鲁布树（^{ĝiš}ḫa-lu-úb）却被大风连根拔起，一个妇女（后文明确交代，这个女人是女神伊楠娜）恰好在河边走过，见到在河水中漂移的树，便将它拿到乌鲁克，并把它移植在园林里，准备待到此树成材时，用此树之木做椅（^{ĝiš}gu-za）、做床（ĝiš-nú）（第27—39行）。十年之后，当此树长成大树时，一条蛇在树根筑了巢，安祖鸟在树枝上搭了窝，而一个幽灵女（líl-lá）在树干中间安了家。伊楠娜看到这种情形，平时的笑颜常开霎时荡然无存，悲上心头，开始哭泣（第40—46行）。次日黎明，伊楠娜求助于兄长太阳神乌图，对太阳神讲述事情的始末原委，但是，太阳神无动于衷，没有对伊楠娜伸出援手（第47—90行）。次日黎明，伊楠娜到吉尔伽美什那里求助，对吉尔伽美什讲述事情的始末原委，吉尔伽美什毫不迟疑，出手相助（第91—135行）。吉尔伽美什系上腰带，操起大斧，杀了那条蛇，吓得安祖鸟和幽灵女离开大树，远遁他方。吉尔伽美什把这棵树连根拔起，乌鲁克的年轻人把树枝砍掉，吉尔伽美什把加工好的木料交给伊楠娜做椅、做床（第136—148行）。帮助伊楠娜实现心愿后，吉尔伽美什用树根做了一个木“球”（^{giš}ellag，第149行），用树枝做了“球棍”（^{giš}e-ke$_4$-ma），并开始玩了起来（游戏规则不详）。他不但自己沉溺于玩球，乐此不疲，还逼迫乌鲁克的年轻人和他一起玩，一整天没有停歇，乌鲁克的年轻人叫苦不迭，有母亲的母亲送饭，有姐妹的姐妹递水，天黑方止，第二天一大早又开始接着玩。寡妇和年轻姑娘开始抱怨，结果吉尔伽美什的木球和球棍都掉入了冥界。吉尔伽美什用尽各种方法试图取回失物，都没有成功。于是，吉尔伽美什坐在冥界入口，放声大哭，且边哭边自言自语，表达遗憾和无奈（第149—170行）。接下来的内容就是《史诗》第十二块泥版的内容，换言之，《史诗》的第十二块泥版截取了《吉尔伽美什、恩启都与冥界》第171行以下的内容。《史诗》作者几乎把第171行以下的内容逐字逐句照搬过来，只有个别地方做了微调或改进，例如，《吉尔伽美什、恩启都与冥

界》的第171—172行为“但愿我的木球还在木工坊！我待木匠之妻如生母，（如果）我的木球还在木工坊”。《史诗》把这两句话修改为“但愿我今天把球忘在了木工坊！木匠的妻子啊，你像母亲生了我，但愿是我将它忘！”《史诗》作者把苏美尔语原创中的gál（“存在”）改为*ezēbu*（“忘记”），这样做似乎能更好地体现吉尔伽美什希望木球和球棍没有掉入冥界的愿望，希望是他自己的行为导致了不良后果，更希望由于这种后果是自己导致的，因此是可逆的。再如，在《吉尔伽美什、恩启都与冥界》中，吉尔伽美什且哭且问“谁为我下去（取球）？”（第174行），“谁为我下去（取球棍）？”（第175行），仆人恩启都应声前来，表示愿意下到冥界为吉尔伽美什取回失物。这未免有王命在先、仆人恩启都是服从王命的意味。《史诗》删去了吉尔伽美什的问话，这样，恩启都的行为便成为自告奋勇，如此处理更能凸显恩启都勇敢、义气、为朋友两肋插刀的性格，更符合恩启都在《史诗》中的总体形象。

第5行：在《吉尔伽美什、恩启都与冥界》中，吉尔伽美什用伊楠娜做椅、做床的余料做了两个物件，一个是“木球”，一个是“球棍”。《史诗》在翻译这两个名词时分别用*pukku*和*mekkû*来对译苏美尔语的^{giš}ellag和^{giš}e-ke$_4$-ma。这两种物件为何物？什么游戏用这两种物件做游戏用具？游戏规则如何？这些问题都有争议（见Edzard 1993-1997, 34; George 2003, 898）。有学者认为*pukku*和*mekkû*是“鼓”和“鼓槌”，有学者认为这两个物件分别是“木圈”和驱动木圈的“木棍”，有人认为它们是能发出乐音的削刮器。乔治综合了所有关于*pukku*和*mekkû*的文献信息，认为*pukku*是“木球”，而*mekkû*是玩球的“木棍”，以这两种物件为玩具的游戏相当于后来的“背驮高尔夫”（piggyback golf）或“单人马球”（solo polo）（George 2003, 900）。

第28行：宁阿祖（Ninazu，“医王”）是冥界神之一，冥界女王埃丽什吉佳之子，神格与植物、生长、衰败密切相关，与“医、巫（azu）”无关。此处的“宁阿祖之母”指冥界女王埃丽什吉佳。

第29—30行：这两行诗文化用了苏美尔语的《伊楠娜入冥界》（*Inanna's Descent to the Nether World*, *ETCSL*〔http://etcsl.orinst.ox.ac.uk/〕1. 4. 1）的第232—233行（George 2003, 901）。

第52行：纳木塔（Namtar，苏美尔语，意“命运”）是冥界女王埃丽什吉佳使唤的小神，有神话传统视其为恩利尔之子。冥界预告死亡的神也叫纳木塔。阿撒库（Asakku）是个威力非常大的恶神，长相凶恶，能让鱼在河里活活地被煮沸。阿撒库也是攻击和杀害人类的魔鬼。

第53行：涅伽尔是冥界神，是冥界女王埃丽什吉佳的丈夫。被现代学者称为《涅伽尔与埃丽什吉佳》的文学作品描述了他们之间的爱情故事。

第54行：作为英雄好汉，恩启都非常在意如何终结一生。在《史诗》的第七块泥版（第263—267行）中，恩启都对自己没有“像战死沙场的勇士一样战死沙场”感到遗憾。从中可见，战死沙场，留名后世，是英雄们追求的目标，古今中外莫不如此。

第64行：月神辛是乌尔的保护神。在古代美索不达米亚宗教中，太阳神和月神都是阳性神，太阳神为月神之子。乌尔的月神神庙叫埃基什努迦尔（Ekišnugal）。苏美尔语版的《吉尔伽美什、恩启都与冥界》没有吉尔伽美什到乌尔请求月神帮助的情节，吉尔伽美什在尼普尔遭到恩利尔拒绝后，直接去了埃利都，请求恩基帮助。可见，请求月神帮助是阿卡德人的增补和演绎。

第 72 行：埃利都是美索不达米亚南部城市，苏美尔人认为这座城市是人类历史上最早的城市，《苏美尔王表》记载的第一座城市就是埃利都："当王权自天而降时，王权在埃利都"（Jacobsen 1939, 70）。考古学也证明，这座城市非常古老。智慧神恩基是该城的守护神，埃利都的恩基神庙叫埃阿布祖（E-Abzu）。

第 81 行：宁伽尔（Ningal，苏美尔语，意"太媓"）是月神之妻，太阳神沙玛什之母。

第 88—89 行：恩基命沙玛什打开一道"阴间地缝"（*takkap erṣetim*，第 82 行），让"恩启都的亡灵"（*utukku ša* [d]Enkidu，第 83 行）出来，"仿佛一股轻风"（*kī zaqīqi*，第 83 行），吉尔伽美什与恩启都"相互拥抱，相互亲吻"（*innedrūma uttaššaqū*，第 88 行），"相互交流，相互把情况打听"（*imtallikū ištannalū*，第 89 行）。这几行是《史诗》第十二块泥版最精彩的部分，把灵魂不灭的思想表达得淋漓尽致，用巧妙的方式突破了冥界是"有去无回之地"（kur nu-gi_4）的传统观念。让死者直接与活人对话，通过死者之口讲述冥界的情况，用冥界的"现实"来进行现世道德说教，想象之丰富，手段之高明，令人赞叹。中国读者读到这里，很容易联想到李商隐的《锦瑟》，想到"蓝田日暖玉生烟"，进而联想到《搜神记》中的紫玉，这位为爱殉情的公主，虽然在相爱之人祭吊时显形，但终不能面对现世活人，现世活人稍有所动，这位显形的公主便化烟而逝，结果是生死两茫茫，相见再无望。相反，吉尔伽美什不但见到了亡友，还能与之拥抱、亲吻和交谈。这时，不论是对吉尔伽美什还是对《史诗》读者而言，恩启都之死带来的悲伤都一扫而光，气氛骤然轻松下来，恩启都之死变成了现世与冥界沟通的桥梁，成了此岸了解彼岸的窗口。

第 102 行：从第 102 行开始，吉尔伽美什询问亡者在冥界的生活状况，他首先关心的是身为一家之主的为父者，从独生子之父，依次问到养育七个儿子的父亲，结果，他们的生活状况从惨不忍睹到令人羡慕，一个比一个好。独生子之父整天冲着“墙柱”（*sikkatu ina igarīšu*，第 103 行）哭泣，其状“凄楚”（*marṣiš*，第 103 行），“墙柱”显然暗喻独生子。而七子之父的情况最好，“他像众小神一个样，稳坐王座听庭审”（第 116 行）。其中反映的多子多福、养儿防老的思想非常明显。

第 146 行：“寿满天年”（*mūt ilišu*，直译“〔由〕某人之神〔决定的〕死亡”）者生前受到神的呵护，死后受到神的待遇，居然“与众神同床共寝”（*ina mayyāl ilī ṣalilma*，第 147 行），而且饮用“清凉水”（*mê zakûti*，第 147 行），其他亡者（亡灵）饮用的是污水。崇尚和羡慕高寿者的理念一目了然。

参考文献

外文参考文献

Abusch 2015=Tzvi Abusch, *Male and Female in the Epic of Gilgamesh, Encounters, Literary History, and Interpretation*, Eisenbrauns, Winona Lake, Indiana, 2015.

Ali 1964=F. A. Ali, *Sumerian Letters. Two Collections from the Old Babylonian Schools*, Diss. Univ. of Pennylvania, 1964.

Al-Rawi / George 2014=F. N. H. Al-Rawi / A. R. George, "Back to the Cedar Forest: The Beginning and End of Tablet V of the Standard Babylonian Epic of Gilgameš", *Journal of Cuneiform Studies* 66 (2014), 69-90.

Alster 1983=B. Alster, "Dilmun, Bahrain, and the Alleged Paradise in Sumerian Myth and Literature", 见 D. T. Potts (主编): *Dilmun. New Studies in the Archaeology and Early History of Bahrain*, Berliner Beiträge zum Vorderen Orient 2, Dietrich Reimer Verlag, Berlin, 1983, 39-74.

Alster 1992=Bendt Alster, "Court Ceremonial and Marriage in the Sumerian Epic 'Gilgamesh and Huwawa'", *Bulletin of the School of Oriental and African Studies* 55/1 (1992), 1-8.

Alster 1996=B. Alster, "Inanna Repenting. The Conclusion of Inanna's Descent", *Acta Sumerologica* 18 (1996), 1-18.

Alster 2005=B. Alster, *Wisdom of Ancient Sumer*, CDL Press, Bethesda, Maryland, 2005.

Annus / Lenzi 2010=A. Annus / A. Lenzi, *Ludlul Bēl Nēmeqi, The Standard Babylonian Poem of the Righteous Sufferer*, State Archives of Assyria Cuneiform Texts 7, Eisenbrauns, Winona Lake, Indiana, 2010.

Beaulieu 2000=Paul-Alain Beaulieu, "The Descendants of Sîn-lêqi-unninni", 见 J. Marzahn / H. Neumann / A. Fuchs (主编): *Assyriologica et Semitica: Festschrift für Joachim Oelsner anläßlich seines* 65. *Geburtstages am 18. Februar 1997*, Ugarit-Verlag, Münster, 2000, 1-16.

Beaulieu 2007=Paul-Alain Beaulieu, "Berossus on late Babylonian History", 见北京大学东方学研究院东方文学研究中心(主编):《东方研究·古代东方文明专辑》, Oriental Studies, Special Issue 2006, 经济日报出版社，北京，2007, 116-134。

Bidmead 2002=J. Bidmead, *The Akītu Festival, Religious Continuity and Royal Legitimation in Mesopotamia*, Gorgias Press, New Jersey, 2002.

Black 1981=J. A. Black, "The New Year Ceremonies in Ancient Babylon: 'Taking Bel by the Hand' and a Cultic Picnic", *Religion* 11 (1981), 39-59.

Black 2005=J. Black, "Songs of the Goddess Aruru", 见 Y. Sefati / P. Artzi /C. Cohen 等(主编): *An Experienced Scribe Who Neglects Nothing, Ancient Near Eastern Studies in Honor of Jacob Klein*, CDL Press, Bethesda MD, 2005, 39-62.

Borger 1979=R. Borger, *Babylonisch-Assyrische Lesestücke*, Heft I (Analecta Orientalia 54, Pontificium Institutum Biblicum, Roma, 1979), 95-104: "Die Höllenfahrt der Göttin Ištar".

Borger 2004=R. Borger, *Mesopotamisches Zeichenlexikon*, Ugarit-Verlag, Münster, 2004.

Budge 1925=E. A. W. Budge, *The Rise and Progress of Assyriology*, Martin Hopkinson Co., LTD, London, 1925.

Bulkley 1993=K. Bulkley, "The Evil Dream of Gilgamesh: An Interdisciplinary Approach to Dreams in Mythological Texts", 见 C. S. Rupprecht (主编): *The Dream and the Text: Essays on Literature and Language*, SUNY Press, Albany, 1993, 159-177.

Cavigneaux / Al-Rawi 1993$_{(1)}$=A. Cavigneaux / F. N. H. Al-Rawi, "New Sumerian

Literary Texts from Tell Haddad (Ancient Meturan): A First Survey", *Iraq* 55 (1993), 91-105.

Cavigneaux / Al-Rawi 1993$_{(2)}$=A. Cavigneaux / F. N. H. Al-Rawi, "Gilgameš et Taureau de Ciel (Šul-mè-kam, Textes de Tell Haddad IV", *Revue d'assyriologie et d'archéologie orientale* 87, Presses Universitaires de France, Paris, 1993, 97-129.

Cavigneaux / Al-Rawi 2000=A. Cavigneaux / F. N. H. Al-Rawi, *Gilgameš et la Mort, Texte de Tell Haddad VI, avex un Appendice sur les Textes Funéraires Sumériens, Cuneiform Monographs* 19, Styx Publications, Groningen, 2000.

Cavigneaux / Renger 2000=A. Cavigneaux / J. Renger, "Ein altbabylonischer Gilgameš-Text aus Nippur", 见 A. R. George / I. L. Finkel (主编): *Wisdom, Gods and Literature, Studies in Assyriology in Honour of W. G. Lambert*, Eisenbrauns, Winona Lake, Indiana, 2000, 91-103.

Chen 2013=Y. S. Chen, *The Primeval Flood Catastrophe, Origins and Early Development in Mesopotamian Traditions*, Oxford University Press, Oxford, 2013.

Civil / Reiner 1971=M. Civil / E. Reiner, *A Reconstruction of Sumerian and Akkadian Lexical Lists, Izi = išātu, Ká-gal = abullu and Níg-ga = makkūru,* Materials for the Sumerian Lexicon 13, Roma, 1971.

Cooper 1992=J. S. Cooper, "The Fate of Mankind: Death and Afterlife in Ancient Mesopotamia", 见 H. Obayashi (主编): *Death and Afterlife, Perspectives of World Religions*, Greenwood, New York / London, 1992, 19-31.

Dalley 1989=S. Dalley, *Myths from Mesopotamia: Creation, the Flood, Gilgamesh, and Others*, Oxford University Press, Oxford, 1989.

Dalley 2013=S. Dalley, "First Millennium BC Variation in Gilgamesh, Atrahasis, the Flood Story and the Epic of Creation: What was Available to Berossos?", 见 J. Haubold / G. B. Lanfranchi / R. Rollinger / J. Steele (主编): *The World of Berossos, Proceedings of the 4th International Colloquium on "The Ancient Near East Between Classical and Ancient Oriental Traditions"*, Classica et Orientalia 5, Hatfield College, Durham 7th-9th July 2010, Harrassowitz Verlag, Wiesbaden, 2013, 165-176.

Drews 1975=Robert Drews, "The Babylonian Chronicles and Berossus", *Iraq* 37

(1975), 39-55.

Dundes 1988=Alan Dundes (主 编): *The Flood Myth,* Berkeley: University of California Press, 1988.

Edzard 1987=D. O. Edzard, “Zur Ritualtafel der sog. ‘Love Lyrics’”, 见 Francesca Rochberg-Halton (主 编): *Language, Literature, and History, Philological and Historical Studies Presented to Erica Reiner*, American Oriental Society, New Haven, Connecticut, 1987, 57-69.

Edzard 1990=D. O. Edzard, “Gilgameš und Huwawa A. I. Teil”, *Zeitschrift für Assyriologie und Vorderasiatische Archäologie* 80/2 (1990), 165-203.

Edzard 1991=D. O. Edzard, “Gilgameš und Huwawa A. II. Teil”, *Zeitschrift für Assyriologie und Vorderasiatische Archäologie* 81/2 (1991), 165-233.

Edzard 1993=D. O. Edzard, *Gilgameš und Huwawa, Zwei Versionen der sumerischen Zedernwaldepisode nebst einer Edition von Verson B*, Bayerische Akademie der Wissenschaften, Philosophisch-Historische Klasse, Sitzungsberichte-Jahrgang 1993, Heft 4, Verlag der Bayerischen Akademie der Wissenschaften, München, 1993.

Edzard 1997=D. O. Edzard, *Gudea and His Dynasty*, University of Toronto Press, Canada, 1997.

Edzard 1993-1997=D. O. Edzard, “mekkû, pukku”, *Reallexikon der Assyriologie und Vorderasiatische Archäologie* 8 (1993-1997), 34.

Englund / Nissen 1993=R. Englund / H. J. Nissen, *Die Lexikalischen Listen der Archaischen Texte aus Uruk*, Archaische Texte aus Uruk Band 3, Gebr. Mann Verlag, Berlin, 1993.

Englund 1983=R. Englund, “Dilmun in the Archaic Uruk Corpus”, 见 D. T. Potts (主编): *Dilmun. New Studies in the Archeology and Early History of Bahrain*, Berliner Beiträge zum Vorderen Orient 2, Dietrich Reimer Verlag, Berlin, 1983, 35-37.

ETCSL=http://etcsl.orinst.ox.ac.uk/ (牛津苏美尔文学电子文献集)。

Farber-Flügge 1973=G. Farber-Flügge, *Der Mythos “Inanna und Enki” unter besonderer Berücksichtigungen der Liste der me*, Studia Pohl 10, Biblical Institute

Press, Rome, 1973.

Ferrara 2006=A. J. Ferrara, "The Size and Versions of Inanna's Descent", 见 A. K. Guinan 等（主编）: *If a Man Builds a Joyful House: Assyriological Studies in Honor of Erle Verdun Leichty*, Brill, Leiden・Boston, 2006, 127-138.

Finkel 2014=I. Finkel, *The Ark Before Noah, Decoding the Story of the Flood*, Hodder & Stoughton, London, 2014.

Foster 1993=B. R. Foster, *Before the Muses — An Anthology of Akkadian Literature*, CDL Press, Bethesda, Maryland, 1993.

Foster 2001=B. R. Foster, *The Epic of Gilgamesh: A New Translation, Analogues, Criticism*, W. W. Norton & Company, New York/London, 2001.

Frayne 1990=D. Frayne, *The Royal Inscriptions of Mesopotamia, Early Period, Vol. 4, Old Babylonian Period* (2003-1595 *BC*), University of Toronto Press, Toronto / Buffalo / London, 1990.

Gadotti 2014=Alhena Gadotti, *"Gilgamesh, Enkidu, and the Netherworld" and the Sumerian Gilgamesh Cycle*, Untersuchungen zur Assyriologie und Vorderasiatischen Archäologie, Ergänzungsbände zur Zeitschrift für Assyriologie und Vorderasiatische Archäologie 10, Walter de Gruyter, Bosten / Berlin, 2014.

George 1999=A. George, *The Epic of Gilgamesh Epic, A New Translation*, Penguin Books, London, 1999.

George 2003=A. R. George, *The Babylonian Gilgamesh Epic: Introduction, Critical Edition and Cuneiform Texts*, Oxford University Press, New York, 2003.

George 2007=A. R. George, "Gilgamesh and the Literary Traditions of Ancient Mesopotamia", 见 G. Leick（主编）: *The Babylonian World*, Routledge, New York and London, 2007, Chapter Thirty-One, 447-459.

George 2020=A. George, *The Epic of Gilgamesh, The Babylonian Epic and Other Texts in Akkadian and Sumerian*, Second Edition, Penguin Books, London, 2020.

Glassner 1992=J.-J. Glassner, "Inanna et les ME", 见 Maria deJong Ellis（主编）: *Nippur at the Centenial-Papers Read at the* 35th *Rencontre Assyriologique Internationale, Philadelphia 1988*, Occasional Publications of the Samuel Noah Kramer Fund 14, Philadelphia, 1992, 55-86.

Heidel 1946=A. Heidel, *The Gilgamesh Epic and Old Testament Parallels*, University of Chicago Press, Chicago, 1946.

Hruška 2000=B. Hruška, "Die Sumerer und ihr 'Heiliges'. Das profane und sakrale Wissen", 见 J. Marzahn / H. Neumann / A. Fuchs (主编): *Assyriologica et Semitica: Festschrift für Joachim Oelsner anläßlich seines* 65. *Geburtstages am* 18. *Februar* 1997, Ugarit-Verlag, Münster, 2000, 179-188.

Jacobsen 1939=Th. Jacobsen, *The Sumerian King List*, *Assyriological Studies* 11, The University of Chicago Press, Chicago, 1939.

Jacobsen 1943=Th. Jacobsen, "Primitive Democracy in Ancient Mesopotamia", *Journal of Near Eastern Studies* 2 (1943), 159-172.

Jacobsen 1981=Th. Jacobsen, "The Eridu Genesis", *Journal of Biblical Literature* 100/4 (1981), 513-529.

Katz 1993=D. Katz, *Gilgamesh and Akka*, Styx Publications, Groningen, 1993.

Katz 2005=D. Katz, "Death They Dispensed to Mankind, The Funerary World of Ancient Mesopotamia", *Historiae* 2 (2005), 55-90.

Keetman 2008=Jan Keetman, "Der Kampf im Haustor. Eine der Schlüsselszenen zum Verständnis des Gilgameš-Epos", *Journal of Near Eastern Studies* 67/3 (2008), 161-173.

Kilmer 1987=A. D. Kilmer, "The Symbolism of the Flies in the Mesopotamian Flood Myth and Some Further Implications", 见 Francesca Rochberg-Halton (主编): *Language, Literature, and History, Philological and Historical Studies Presented to Erica Reiner*, American Oriental Society, New Haven, Connecticut, 1987, 175-180.

Komoroczy 1973=G. Komoroczy, "Berosos and the Mesopotamian Literature", *Acta Antigua Academica Scientiarum Hungarica* 21 (1973), 125-152.

Kramer 1938=S. N. Kramer, *Gilgamesh and the Huluppu-Tree, A Reconstructed Sumerian Text,* Assyriological Studies 10, The University of Chicago Press, Chicago, 1938.

Kramer 1942=S. N. Kramer, "The Oldest Literary Catalogue: A Sumerian List of Literary Compositions Compiled about 2000 B. C.", *Bulletin of the American*

Schools of Oriental Research 88 (1942), 10-19.

Kramer 1944=S. N. Kramer, "Dilmun, the Land of the Living", *Bulletin of the American Schools of Oriental Research* 96 (1944), 18-28.

Kramer $1944_{(2)}$=S. N. Kramer, "The Epic of Gilgameš and Its Sumerian Sources: A Study in Literary Evolution", *Journal of the American Oriental Society* 64/1 (1944), 7-23.

Kramer $1944_{(3)}$=S. N. Kramer, "The Death of Gilgamesh", *Bulletin of the American Schools of Oriental Research*, No. 94 (1944), 2-12.

Kramer 1947=S. N. Kramer, "Gilgamesh and the Land of the Living", *Journal of Cuneiform Studies* 1 (1947), 3-46.

Kramer 1960=S. N. Kramer, "Gilgameš: Some Sumerian Data", 见 P. Garell (主编): *Gilgames et sa légende*, Imprimerie Nationale, Librairie C. Klincksieck, Paris, 1960, 59-68.

Kramer 1981=S. N. Kramer, *History Begins at Sumer — Thirty-Nine Firsts in Man's Recorded History*, University of Pennsylvania Press, Philadelphia, 1981.

Kramer 1983=S. N. Kramer, "The Sumerian Deluge Myth: Reviewed and Revised", *Anatolian Studies* 33 (1983, Special Number in Honor of the Seventy-Fifth Birthday of Dr. Richard Barnett), 115-121.

Lamberg-Karlovsky 1982=C. C. Lamberg-Karlovsky, "Dilmun: Gateway to Immortality", *Journal of Near Eastern Studies* 41 (1982), 45-50.

Lambert 1957=W. G. Lambert, "Ancestors, Authors, and Canonicity", *Journal of Cuneiform Studies* 11/1 (1957), 1-14.

Lambert 1960=W. G. Lambert, *Babylonian Wisdom Literature*, At the Clarendon Press, Oxford, 1960.

Lambert $1962_{(1)}$=W. G. Lambert, "A Catalogue of Texts and Authors", *Journal of Cuneiform Studies* 16/3 (1962), 59-77.

Lambert $1962_{(2)}$=W. G. Lambert, "The Fifth Tablet of the Era Epic", *Iraq* 24 (1962), 119-125.

Lambert 1969=W. G. Lambert / A. R. Millard / M. Civil, *Atra-ḫasīs, The Babylonian Story of the Flood*, At the Clarendon Press, Oxford, 1969.

Lambert 1976=W. G. Lambert, "Berossus and Babylonian Eschatology", *Iraq* 38 (1976), 171-173.

Lambert 1982=W. G. Lambert, "The Hymn to the Queen of Nippur", 见 G. van Driel / Th. J. H. Krispijn / M. Stol / K. R. Veenhof (主编): *Zikir Šumim. Assyriological Studies Presented to F. R. Kraus on the Occasion of his Seventieth Birthday*, E. J. Brill, Leiden, 1982, 173-218.

Lang 2013=M. Lang, "Book Two: Mesopotamian Early History and the Flood Story", 见 J. Haubold / G. B. Lanfranchi / R. Rollinger / J. Steele (主编): *The World of Berossos, Proceedings of the 4th International Colloquium on 'The Ancient Near East Between Classical and Ancient Oriental Traditions',* Classica et Orientalia 5, Hatfield College, Durham 7th-9th July 2010, Harrassowitz Verlag, Wiesbaden, 2013, 47-60.

Lapinkivi 2004=P. Lapinkivi, *The Sumerian Sacred Marriage in the Light of Comparative Evidence*, The Neo-Assyrian Text Corpus Project, Finland, 2004.

Lapinkivi 2010=P. Lapinkivi, *The Neo-Assyrian Myth of Istar's Descent and Resurrection, Introduction, Cuneiform Text, and Transliteration with a Translation, Glossary, and Extensive Commentary*, State Archives of Assyria, Cuneiform Texts VI, The Neo-Assyrian Text Corpus Project, Helsinki, 2010.

Lehmann-Haupt 1938=C. F. Lehmann-Haupt, "Berossos", *Reallexikon der Assyriologie* 2 (1938), 1-17.

Lenzi 2008=Alan Lenzi, "The Uruk List of Kings and Sages and Late Mesopotamian Scholarship", *Journal of Ancient Near Eastern Religions* 8 (2008), 137-169.

Livingstone 2000=A. Livingstone, "On the Organized Release of Doves to Secure Compliance of a Higher Authority", 见 A. R. George / I. L. Finkel (主编): *Wisdom, Gods and Literature, Studies in Assyriology in Honour of W. G. Lambert*, Eisenbrauns, Winona Lake, Indiana, 2000, 375-387.

Marchesi 2000=G. Marchesi: "ì-a lullum$_x$ ù-luh-ha sù-sù on the Incipit of the Sumerian Poem Gilgameš and Huwawa B", *Studi sul Vicino Oriente Antico, dedicati alla memoria di Luigi Cagni*, a cura di Simonetta Graziani, Instituto Universitario Orientale, Dipartimento di Studi Asiatici, *Series Minor* LXI, Napoli,

2000, 673-684.

Maul 2005=S. M. Maul, *Das Gilgamesch-Epos, Neu Übersetzt und Kommentiert von Stefan M. Maul*, C. H. Beck, München, 2005.

Michalowski 2006=Piotr Michalowski, "The Strange History of Tumal", 见 Piotr Michalowski / Niek Veldhuis (主编): *Approaches to Sumerian Literature*, Cuneiform Monographs 35, Brill, Leiden/Boston, 2006, 145-166.

Moorey 1984=P. R. S. Moorey, "Where Did They Bury the Kings of the IIIrd Dynasty of Ur?", *Iraq* 46 (1984), 1-18.

Moran 1987=William L. Moran, "Some Considerations of Form and Interpretation in Atra-ḫasīs", 见 Francesca Rochberg-Halton (主编): *Language, Literature, and History, Philological and Historical Studies Presented to Erica Reiner*, American Oriental Society, New Haven, Connecticut, 1987, 245-255.

Nissinen / Uro 2008=M. Nissinen / R. Uro (主编): *Sacred Marriages — The Divine-Human Sexual Metaphor from Sumer to Early Christianity,* Eisenbrauns, Winona Lake, Indiana, 2008.

Noegel 1991=S. B. Noegel, "A Janus Parallelism in the Gilgamesh Flood Story", *Acta Sumerologica* 13 (1991), 419-421.

Noegel 1994=S. B. Noegel,"An Asymmetrical Janus Parallelism in the Gilgamesh Flood Story", *Acta Sumerologica* 16 (1994), 10-12.

Noegel 1997=S. B. Noegel, "Raining Terror: Another Wordplay Cluster in Gilgamesh Tablet XI (Assyrian Version, II. 45-47)", *Nouvelles Assyriologiques Brèves et Utilitaires* 42 (1997), 39-40.

Oppenheim 1956=A. L. Oppenheim, "The Interpretation of Dreams in the Ancient Near East: With a Translation of the Assyrian Dream Book", *Transactions of the American Philosophical Society* 46, No. 3 (1956), 179-373.

Parpola 1993=S. Parpola, "The Assyrian Tree of Life: Tracing the Origins of Jewish Monotheism and Greek Philosophy", *Journal of Near Eastern Studies* 52 (1993), 161-208.

Parpola 1997=S. Parpola, *The Standard Babylonian "Epic of Gilgamesh"— Cuneiform Texts, Transliteration, Glossary, Indices and Sign List*, State Archives of Assyria, Cuneiform Texts, Vol. I, Finland, 1997.

Poebel 1914(1)=A. Poebel, *Historical Texts, Publications of the Babylonian Section IV (PBS IV) of the University Museum,* University of Pennsylvania, Philadelphia, 1914.

Poebel 1914(2)=A. Poebel, *Historical and Grammatical Texts, Publications of the Babylonian Section* V *(PBS* V*) of the University Museum,* University of Pennsylvania, Philadelphia, 1914.

Powell 2000=Marvin A. Powell, "Gilgamesh's Elusive Thirty Shekels", 见 J. Marzahn / H. Neumann / A. Fuchs (主编): *Assyriologica et Semitica: Festschrift für Joachim Oelsner anläßlich seines 65. Geburtstages am 18. Februar 1997*, Ugarit-Verlag, Münster, 2000, 343-345.

Pritchard 1969=J. B. Pritchard (主编): *Ancient Near Eastern Texts Relating to the Old Testament*, Third Edition with Supplement, Princeton University Press, Princeton · New Jersey, 1969.

Radau 1909=H. Radau, "Miscellaneous Sumerian Texts from the Temple Library of Nippur", 见 E. Mahler / H. V. Hilprecht (主编): *Hilprecht Anniversary Volume: Studies in Assyriology and Archaeology Dedicated to Hermann V. Hilprecht upon the Twenty-Fifth Anniversary of his Doctorate and his Fiftieth Birthday (July 28) by his Colleagues, Friends and Admirers*, Leipzig/Chicago, 1909, 374-457.

Renger 1967=J. Renger, "Untersuchungen zum Priestertum in der altbabylonischen Zeit, I. Teil", *Zeitschrift für Assyriologie und Vorderasiatische Archäologie* 58 (1967), 110-188.

Renger 1987=Johannes Renger, "Zur Fünften Tafel des Gilgameschepos", 见 Francesca Rochberg-Halton (主 编): *Language, Literature, and History, Philological and Historical Studies Presented to Erica Reiner*, American Oriental Society, New Haven, Connecticut, 1987, 317-326.

Schnabel 1923=P. Schnabel, *Berossos und die babylonisch-hellenistische Literatur*, Verlag und Druck von B. G. Teubner, Leipzig, Berlin, 1923.

Selz 2001=G. Selz, Review of Antoine Cavigneaux / Farouk N. H. Al-Rawi,

Gilgameš et la mort, Textes de Tell Haddad VI, avex un appendice sur les textes funéraires sumériens, Cuneiform Monographs 19, Groningen 2000, *Wiener Zeitschrift für die Kunde des Morgenlandes* 91 (2001), 418-422.

Shaffer 1963=A. Shaffer, *Sumerian Sources of Tablet XII of the Epic of Gilgameš*, A Dissertation Presented to the Faculty of the Graduate School of Arts and Sciences of the University of Pennsylvania, 1963.

Shaffer 1983=A. Shaffer, "Gilgamesh, the Cedar Forest and Mesopotamian History", *Journal of American Oriental Society* 103/1 (1983), 307-313.

Shaffer 2000=A. Shaffer, "A New Look at Some Old Catalogues", 见 A. R. George / I. L. Finkel（主编）: *Wisdom, Gods and Literature, Studies in Assyriology in Honour of W. G. Lambert*, Eisenbrauns, Winona Lake, Indiana, 2000, 429-436.

Sjöberg / Bergmann 1969=Å. W. Sjöberg /S. J. Bergmann, *The Collection of the Sumerian Temple Hymns*, J. J. Augustin Publisher, New York, 1969.

Sladek 1974=W. R. Sladek, *Inanna's Descent to the Netherworld*, A dissertation submitted to The Johns Hopkins University, Baltimore, Maryland, 1974.

Smith 1873=George Smith, "The Chaldean Account of the Deluge — Read 3rd December, 1872", *Transactions of the Society of Biblical Archaeology* 2 (1983), 213-234.

Smith 1876=G. Smith, *The Chaldean Account of Genesis*, Scribner, Armstrong & Co., New York, 1876.

Sollberger 1962=E. Sollberger, "The Tummal Inscription", *Journal of Cuneiform Studies* 16/2 (1962), 40-47.

Streck 2003=Michael P. Streck, "Oannes", *Reallexikon der Assyriologie und Vorderasiatische Archdäologie* 10 (2002-2005), 1-2.

Strommenger 1962=E. Strommenger, *Fünf Jahrtausende Mesopotamien, Die Kunst von den Anfängen um 5000 v. Chr. bis zu Alexander dem Grossen*, Hirmer Verlag, München, 1962.

Tigay 1982=J. H. Tigay, *The Evolution of the Gilgamesh Epic*, University of Pennsylvania Press, Wauconda, 1982.

Van der Spek 2008=Robartus J. van der Spek,"Berossus as a Babylonian Chronicler and Greek Historian", 见 Bert van der Spek（主编）: *Studies in Ancient Near Eastern*

World View and Society. Presented to Marten Stol on the Occasion of his 65th *Birthday*, CDL Press, Bethesda, Maryland, 2008, 277-318.

van Dijk 1957 = J. van Dijk, *Tabulae Cuneiforms, à F. M. Th. de Liagre Böhl collectae*, Leidae conservatae II (TLB II), Leiden, 1957.

van Dijk 1960 = J. van Dijk, "Le dénouement de 'Gilgameš au bois de cèdres' selon LB 2116", 见 P. Garelli (主编): *Gilgameš et sa légende*, Compte rendu de la VIIe Rencontre Assyriologique Internationale (Paris 1958), Paris, 1960, 69-81.

Vanstiphout 1990 = H. L. J. Vanstiphout, "The Craftsmanship of Sîn-leqi-unninī", *Orientalia Lovaniensia Periodica* 21 (1990), 45-79.

Veldhuis 2001 = N. Veldhuis, "The Solution of the Dream: A New Interpretation of Bilgames' Death", *Journal of Cuneiform Studies* 53 (2001), 133-148.

Volk 1995 = K. Volk, *Inanna und Šukaletuda. Zur historisch-politischen Deutung eines sumerischen Literaturwerkes, Arbeiten und Untersuchungen zur Keilschriftkunde*, Herausgegeben von Karl Hecker und Walter Sommerfeld, Band 3, Harrassowitz Verlag, Wiesbaden, 1995.

Walker 2011 = C. Walker, "George Smith", *Reallexikon der Assyriologie und Vorderasiatischen Archäologie* 12 (2011), 584.

Weippert 1983 = M. Weipert, "Libanon", *Reallexikon der Assyriologie und Vorderasiatischen Archäologie* 7 (1980-1983), 641-650.

Westenholz / Koch-Westenholz 2000 = A. Westenholz / U. Koch-Westenholz, "Enkid–the Noble Savage?", 见 A. R. George / I. L. Finkel (主编): *Wisdom, Gods and Literature, Studies in Assyriology in Honour of W. G. Lambert*, Eisenbrauns, Winona Lake, Indiana, 2000, 437-451.

Wilcke 1989 = C. Wilcke, "Genealogical and Geographical Thought in the Sumerian King List", H. Behrens / D. Loding / M. T. Roth (主编): *DUMU-E$_2$-DUB-BA-A, Studies in Honor of Åke W. Sjöberg, Occasional Publications of the Samuel Noah Kramer Fund* 11, Philadelphia, 1989, 557-571.

Wilcke 1999 = C. Wilcke, "Weltuntergang als Anfang, Theologische, anthropologische, politisch-historische und ästhetische Ebenen der Interpretation der Sintflutgeschichte im babylonischen *Atram-ḫasīs*-Epos", 见 Adam Jones (主 编), *Weltende, Beiträge zur Kultur- und Religionswissenschaft*, Harrassowitz Verlag, Wiesbaden, 1999, 63-112.

Wilhelm 1998=G. Wilhelm（主编）: *Zwischen Tigris und Nil — 100 Jahre Ausgrabungen der Deutschen Orient-Gesellschaft in Vorderasien und Ägypten*, Verlag Philipp von Zabern, Mainz am Rhein, 1998.

Zgoll 2006=Anette Zgoll, *Traum und Welterleben im Antiken Mesopotamia*, Ugarit-Verlag, Münster, 2006.

中文参考文献

方晓秋 2019=方晓秋:《梦在〈吉尔伽美什史诗〉中的特殊价值》，载《古代文明》，2019 年，第 13 卷，第 2 期，第 3—9 页。

拱玉书 1995=拱玉书:《伊施塔入冥府》，载《北京大学学报》（外语语言文学专刊），1995 年，第 58—62 页。

拱玉书 2001=拱玉书:《日出东方——苏美尔文明探秘》，云南人民出版社，2001 年。

拱玉书 2002=拱玉书:《西亚考古史，1842—1939》，文物出版社，2002 年。

拱玉书 2006=拱玉书:《升起来吧！像太阳一样——解析苏美尔史诗〈恩美卡与阿拉塔之王〉》，昆仑出版社，2006 年。

拱玉书 2017=拱玉书:《论苏美尔文明中的“道”》，载《北京大学学报》（哲学社会科学版），2017 年，第 3 期，第 100—114 页。

贾妍 2019=贾妍:《神采幽深：青金石在古代美索不达米亚使用的历史及文化探源》，《器服物佩好无疆：东西文明交汇的阿富汗国家宝藏》（清华大学艺术博物馆编），上海书画出版社，2019 年，第 217—234 页。

林志纯 1961=林志纯:《史诗〈吉尔伽美什与阿伽〉与军事民主制问题》，《日知文集·第一卷》（张强、刘军整理），高等教育出版社，2012 年，第 297—310 页。原载《历史研究》，1961 年，第 5 期，第 97—108 页。

欧阳晓莉 2016=欧阳晓莉:“妓女、女店主与贤妻——浅析《吉尔伽美什史诗》中的女性形象”，见裔昭印（主编）:《妇女与性别史研究》（第一辑），

上海三联书店，2016 年，第 85—103 页。

欧阳晓莉 2019=欧阳晓莉:“从‘自然’到‘教化’——解读《吉尔伽美什史诗》中的角色恩启都”，《四川大学学报》（哲学社会科学版），2019 年，第 4 期，第 171—182 页。

吴宇虹 1982=吴宇虹:《〈苏美尔王表〉和〈吐马尔铭文〉》，载《世界古代史论丛》（北京大学 / 东北师范大学历史系世界古代史教研室编），三联书店，1982 年，第 222—233 页。

赵乐甡 1999=赵乐甡:《〈吉尔伽美什〉：巴比伦史诗与神话》，译林出版社，1999 年。

图书在版编目(CIP)数据

吉尔伽美什史诗/拱玉书译注.—北京:商务印书馆,2024
(汉译世界学术名著丛书:120年纪念版:珍藏本:增订本)
ISBN 978-7-100-23384-2

Ⅰ.①吉… Ⅱ.①拱… Ⅲ.①英雄史诗—巴比伦 Ⅳ.
①I370.22

中国国家版本馆CIP数据核字(2024)第041270号

汉译世界学术名著丛书
(120年纪念版·珍藏本·增订本)
吉尔伽美什史诗
拱玉书 译注

商 务 印 书 馆 出 版
(北京王府井大街36号 邮政编码100710)
商 务 印 书 馆 发 行
北京中科印刷有限公司印刷
ISBN 978-7-100-23384-2

2024年5月第1版 开本710×1000 1/16
2024年5月北京第1次印刷 印张23½
定价:135.00元